DIGITAL PHOTOGRAPHY

数码摄影完全实用手册

DSLR玩家必读

一白 编著

科学出版社

内 容 简 介

本书着眼于数码摄影的实拍技法与方法，从基础到实践，由浅入深地向各位介绍使用数码相机进行拍摄的操作方法。

全书分6篇，共13章。第1篇为快速入门篇，即第1章，为拍摄者们介绍了拍摄前的注意事项及数码相机上的常用按键与功能，以及如何掌握正确的拍摄姿势，为后面的拍摄奠定良好的基础。第2篇为器材篇，即第2章，针对相机的镜头与常用附件进行介绍，帮助拍摄者们更好地掌握使用相机时必备的相关器材。第3篇为摄影基础原理篇，包含第3～5章，将数码相机的常用操作与设置、不同拍摄的参数设置、各种拍摄模式的应用等内容深入细化地进行分析，帮助拍摄者们更好地使用手中的相机完成拍摄操作。第4篇为创作理念篇，包含第6～7章，作为艺术升华的篇章内容，从构图、用光和色彩三大方面，为拍摄者们介绍如何更好地对景物元素进行安排与组织，并结合光线和色彩的使用营造更理想的画面效果和影调。第5篇为实拍技巧篇，包括第8～12章，将人像、风光、静物和美食、纪实、生态等不同题材类型的照片进行分类，并以不同的拍摄技巧针对不同的主题对象进行表现，使拍摄者们能够更快速地有针对性地掌握实际的拍摄技法。第6篇为后期处理篇，即第13章，通过Photoshop软件对照片的处理与应用，举例说明了不同类型照片的处理方法，使拍摄者们能够在拍摄完成后，获取更加动人、完美的画面效果。

本书内容丰富，从实拍的角度为读者呈现了各类实用的拍摄方法与技巧，同时配有大量精美的照片，适合广大数码摄影爱好者及摄影专业学生参考学习。

图书在版编目（CIP）数据

数码摄影完全实用手册/一白编著．—北京：科学出版社，2011.5

ISBN 978-7-03-030673-9

Ⅰ．①数… Ⅱ．①一… Ⅲ．①数字照相机—摄影技术—技术手册 Ⅳ．①TB86-62②J41-62

中国版本图书馆CIP数据核字（2011）第053677号

责任编辑：杨 倩 陈治立/责任校对：杨慧芳

责任印刷：新世纪书局 /封面设计：彭琳君

科学出版社 出版

北京东黄城根北街16号

邮政编码：100717

http://www.sciencep.com

中国科学出版集团新世纪书局策划

北京天颖印刷有限公司印刷

中国科学出版集团新世纪书局发行 各地新华书店经销

*

2011年6月第一版 开本：16开

2011年6月第一次印刷 印张：18.75

印数：1—5 000 字数：456 000

定价：78.00元

（如有印装质量问题，我社负责调换）

写作这本摄影书，与我学习摄影的经历类似，从入门到了解，从了解到深入，从深入到细化，最后形成一个全面系统化的思路。数码摄影的学习过程，充满了乐趣与未知，我不知道下一秒将会记录些什么，也不知道镜头中的人物是否被美化或夸张化了，但我相信，这一切用镜头记录下来的画面，将永久地被保存下来，那些瞬间的、动人的、唯美的、清晰的、朦胧的画面，都将伴随着我成长的经历，为生活增添一丝言犹未尽的乐趣。

摄影让我们学会具有敏锐的洞察力，不仅可以发现美，还能够更加耐心细致地去发现并学习他人的优点，不局限于相关技术的学习，还深入到对良好习惯的养成。话说多了，言归正传，本书着眼于数码摄影的实拍技法与方法，从基础到实践，由浅入深地向各位介绍使用数码相机进行拍摄的操作方法。

全书内容详实，共分6篇：快速入门篇、器材篇、摄影基础原理篇、创作理念篇、实拍技巧篇、后期处理篇。每篇又以章节的形式详细地对相关内容进行讲解分析。例如，在快速入门篇中为拍摄者们介绍了拍摄前的注意事项及数码相机上的常用按键与功能，以及如何掌握正确的拍摄姿势，为后面的拍摄奠定良好的基础。器材篇中针对相机的镜头与常用附件进行介绍，帮助拍摄者们更好地掌握使用相机时必备的相关器材。摄影基础原理篇则涵盖了更多的内容，将数码相机的常用操作与设置、不同拍摄的参数设置、各种拍摄模式的应用等内容深入细化地进行分析，帮助拍摄者们更好地使用手中的相机完成拍摄操作。创作理念篇作为艺术升华的篇章内容，从构图、用光和色彩三大方面，为拍摄者们介绍如何更好地对景物元素进行安排与组织，并结合光线和色彩的使用营造更理想的画面效果和影调。在了解了以上拍摄方法后，在实拍技巧篇中，将人像、风光、静物和美食、纪实、生态等不同题材类型的照片进行分类，并以不同的拍摄技巧针对不同的主题对象进行表现，使拍摄者们能够更快速地有针对性地掌握实际的拍摄技法。对于已经拍摄完成的照片，本书在最后的后期处理篇中，还通过Photoshop软件对照片的处理与应用，举例说明了不同类型照片的处理方法，使拍摄者们能够在拍摄完成后获取更加动人、完美的画面效果。

本书内容丰富，从实拍的角度为读者呈现了各类实用的拍摄方法与技巧，同时配有大量精美的照片，在此特别感谢摄影师八斤半、金鸡高歌、小致、零度等人的大力支持。

如果读者在使用本书时遇到问题，可以通过电子邮件与我们取得联系，邮箱地址为：1149360507@qq.com，我们将通过邮件为读者解疑释惑。此外，读者也可加本书服务专用QQ：1149360507与我们联系。由于作者水平有限，疏漏之处在所难免，恳请广大读者批评指正。

编著者

2011年5月

目录

第2篇 器材 ························ 17

第2章 了解镜头与常用附件 ························ 18

第3篇 摄影基础原理 …… 39

第 3 章 数码相机的常用操作与设置 ……40

第 4 章 获取理想画面的更多参数设置 ……57

第5篇 实拍技巧…………142

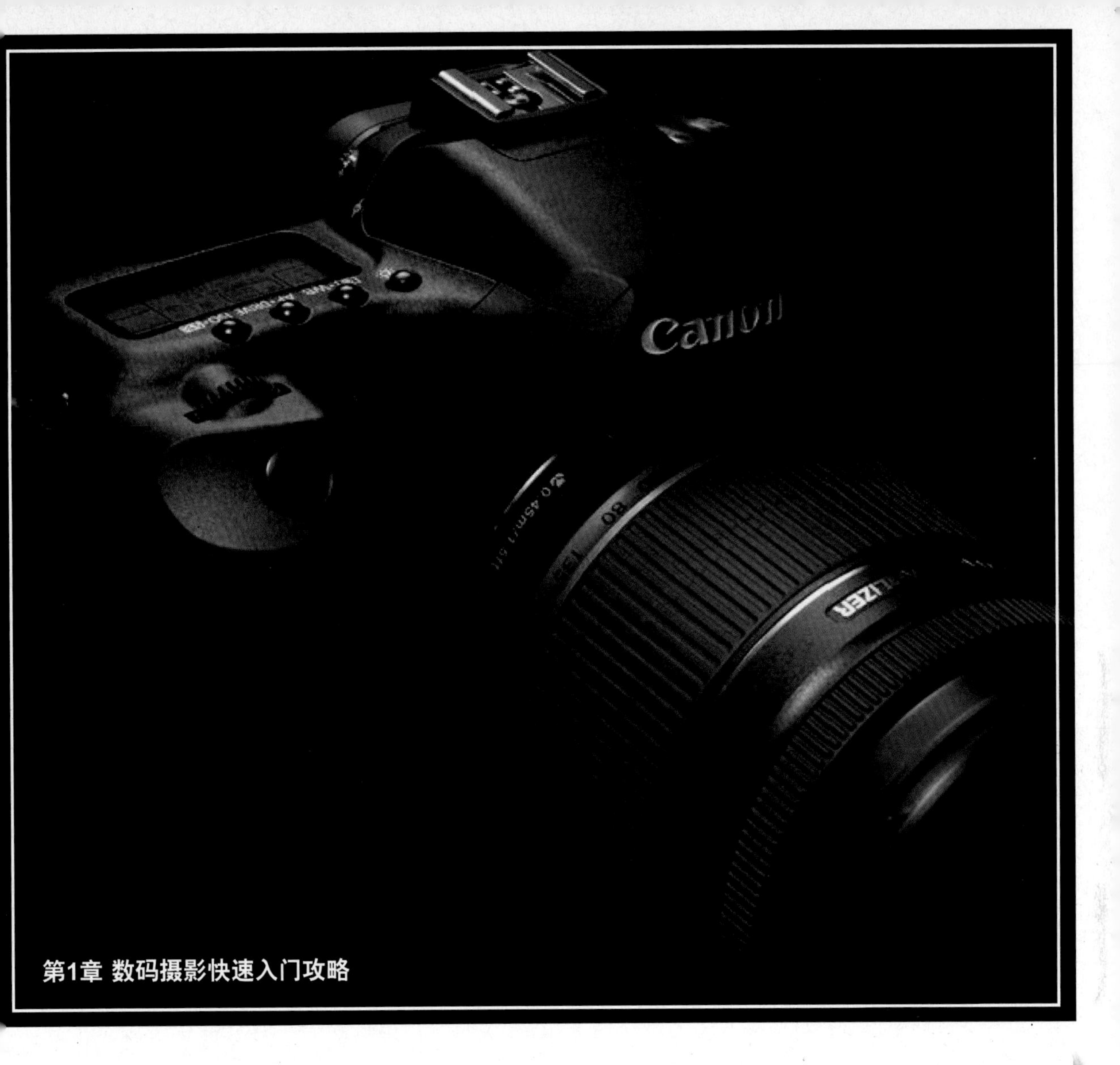

第1章 数码摄影快速入门攻略

第1篇 快速入门

刚刚购买了数码相机，想必大家都急着想要出去拍照片。但是，这时候对相机还不熟悉，怎么办？没关系，在这一篇里就专门针对相机入门操作进行讲解，从拍摄前的准备工作，到拍摄后的照片回放操作，都会进行介绍，让你快速入门。还等什么，一起来学习本书的第1章吧。

第1章

数码摄影快速入门攻略

本章知识要点

- 拍摄前必须要做到的事情
- 照片回放
- 菜单操作
- 照片画质与风格设置
- 速控屏幕
- 相机按键功能和正确的拍摄姿势

1.1 拍摄前必须要做到的事情

刚刚购买了数码相机，想必大家都想马上就能拍摄照片，但在拍摄之前我们还有很多准备工作要做，在本节中将主要针对相机拍摄前的操作设置进行详细的介绍。

1.1.1 将电池安装到相机中

要想相机能够使用，那么首先需要将电池安装到相机中。虽然不同的相机安装电池的位置不同，但是基本方法是一样的，下面就以佳能数码单反相机为例来看看安装电池的操作步骤。

01 步骤 首先找到位于相机底部的电池插槽，如下图所示，用红色圆圈标示出来的为电池插槽，然后将其打开。

02 步骤 打开电池插槽之后，将电池放入到插槽中，如下图所示，当电池插槽中的固定扣将电池固定后，关闭电池插槽盖即可。

如果要拆卸电池，首先打开电池插槽盖，将固定扣向上搬动，如右图所示，这时电池就会自动地弹出来，取出电池即可。

拍摄心得

在购买了数码相机之后，最好再选购一块备用电池，避免外出拍摄的时候因电池电量不足而导致无法拍摄。

1.1.2 安装与更换镜头

在安装了电池之后，接下来还需要安装镜头，如果是使用普通的数码单反相机，就不需要再安装镜头了，下面就来看看如何为数码单反相机安装与更换镜头。

1. 安装镜头

安装镜头的方法很简单，不过对于佳能数码单反相机来说，有一点小小的区别。可以看到机身上有一个红色的镜头安装标示和一个白色的镜头安装标示，在安装镜头时，不同镜头要与安装标示上的颜色一致，下面就来看看安装镜头的方法。

01 步骤 拿出镜头，取下镜头后盖，将镜头安装标示点和机身镜头安装标示点对齐，如下图所示。

02 步骤 将镜头接入机身，向左旋转镜头，当听见咔一声，则说明已经将镜头安装到相机上了，如下图所示。

2. 更换镜头

更换镜头其实就是拆卸镜头加上安装镜头的过程，在这里主要就拆卸镜头的方法进行介绍。

01 步骤 首先右手托住镜头，左手握住相机，然后按下机身上的镜头释放按钮，向右旋转镜头，如下图所示，即可取下镜头。

02 步骤 取下镜头之后，首先将取下的镜头后盖安装好，如下图所示，然后按照安装镜头的方法为相机安装上其他镜头即可。

1.1.3 安装相机背带

为了保证在拍摄时相机的安全性，有必要将相机的背带安装上。对于小型数码相机来说，安装的是腕带。安装腕带的方法比较简单，这里主要介绍安装数码单反相机背带的方法。

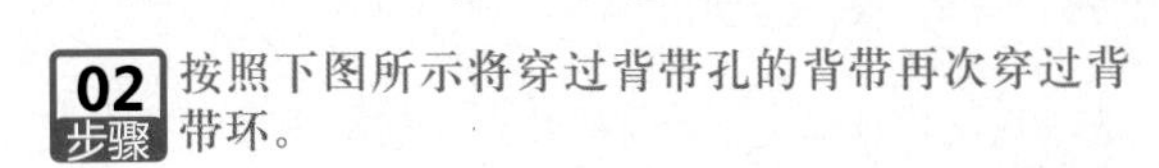

01 步骤 将相机背带按照下图所示的绕法穿过“日”字型的背带扣和用于固定背带的背带环，然后穿过相机上的背带孔。

02 步骤 按照下图所示将穿过背带孔的背带再次穿过背带环。

03 步骤 用与步骤01相同的绕法再次将背带穿过“日”字型背带扣，如下图所示。

04 步骤 拉紧背带末端，并将背带环滑向相机的背带孔，以牢固背带，防止背带的松弛与滑动，如下图所示。

安装背带后，拍摄者大多时间都是将相机挂在脖子上，防止相机滑落。但是，也有很多拍摄者喜欢直接将背带绕在手腕上来防止相机滑落，如右图所示。

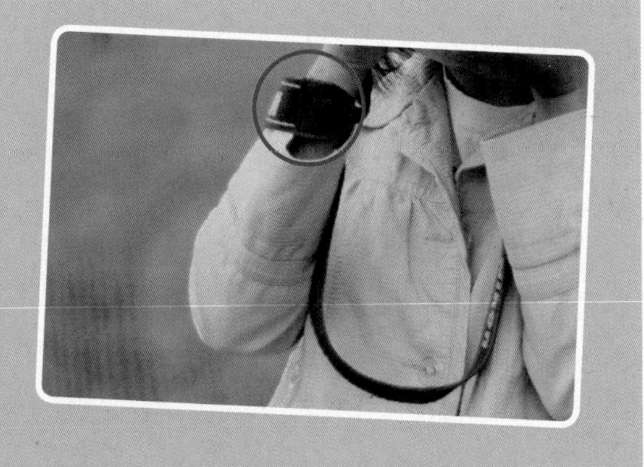

1.1.4 安装存储卡

无论使用什么类型的相机，都需要在相机中安装一张存储卡，用来存放所拍摄的照片。基本上所有数码相机安装存储卡的方法都一样，操作方法如下。

01 步骤 找到位于相机右侧的存储卡插槽，如下图中用红色框线标示出来的位置，向后滑动存储卡插槽盖，即可打开存储卡插槽。

02 步骤 拿出SD存储卡，然后将存储卡插入到存储卡插槽中，如下图所示，最后关上存储卡插槽盖即可。

拍摄心得

在购买相机的同时，多选购一张存储卡，可以避免因为一张存储卡容量不够或者存储卡出错等原因而无法完成拍摄。

1.1.5 开机与选择拍摄模式

将电池和存储卡都安装到相机中之后，我们就可以开机并选择合适的拍摄模式来拍摄照片了。

01 步骤 找到位于相机模式轮盘右侧的电源开关，如下图中使用红色方框标示出来的位置，将电源开关从OFF档拨至ON档即可实现开机。

02 步骤 开机之后，需要选择一种拍摄模式。如下图所示，旋转拍摄模式轮盘，调整到所需的拍摄模式上，在模式轮盘的左侧有一个白色的标示，该标示点是用来显示当前拍摄模式的标记。

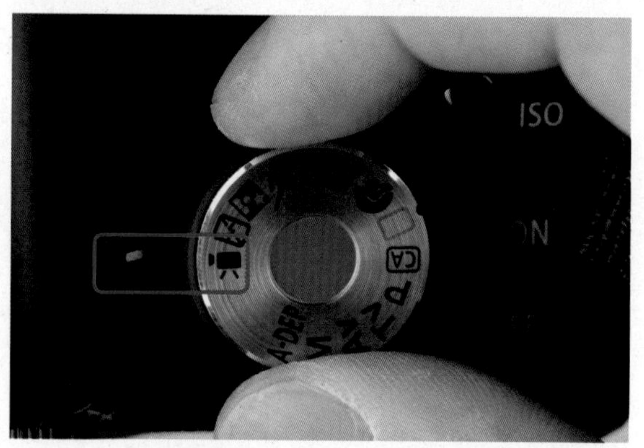

1.1.6 对焦与拍摄

在拍摄照片的时候，我们首先需要通过取景器或者液晶屏进行取景才能完成拍摄。通过取景器取景的时候，右眼看取景器，左眼闭上；采用液晶屏取景的时候，直接看即可。在取景的时候，需要将被拍摄主体纳入取景器中并置于取景器中央的对焦点处或者其他对焦点处。接下来，就需要进行对焦和拍摄了。从对焦到拍摄一共分为三个过程：未按快门、半按快门和全按快门。

右手握住相机，将食指放在快门按钮上，此时相机不会进行任何对焦操作。如下图所示只是将食指放在快门按钮上。

未按快门

半按快门按钮后，相机会进行自动对焦，在取景器中看到的画面会由模糊变清晰，当实现对焦之后，相机通常会出现“滴”的一声提示。如下图所示为半按快门操作图。

半按快门

全按快门按钮就是实现拍摄的最后一步操作，当实现对焦之后，完全按下快门按钮即可实现照片拍摄。如下图所示为全按快门的示意图。

全按快门

下左图所示为对焦之前取景的情况，整个画面很模糊。下右图所示为半按快门之后对焦的效果，画面中被拍摄的主体变得清晰。

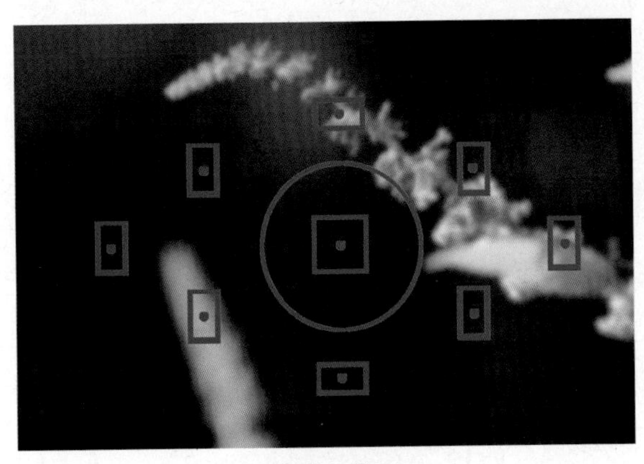

对焦前的效果

对焦后的效果

1.1.7 查看图片

拍摄完照片之后，应该立即查看刚刚拍摄的照片是否达到了拍摄的要求，这时就要回放并查看照片。按下机身上的播放按钮，如右图中用红色方框标示出来的按钮，相机的液晶屏上就会显示出刚刚拍摄的照片。

回放刚刚所拍摄的照片

目前绝大多数数码相机都支持竖拍照片横向查看功能，使用该功能时只需在相机中进行简单的设置即可。

1.2 照片回放

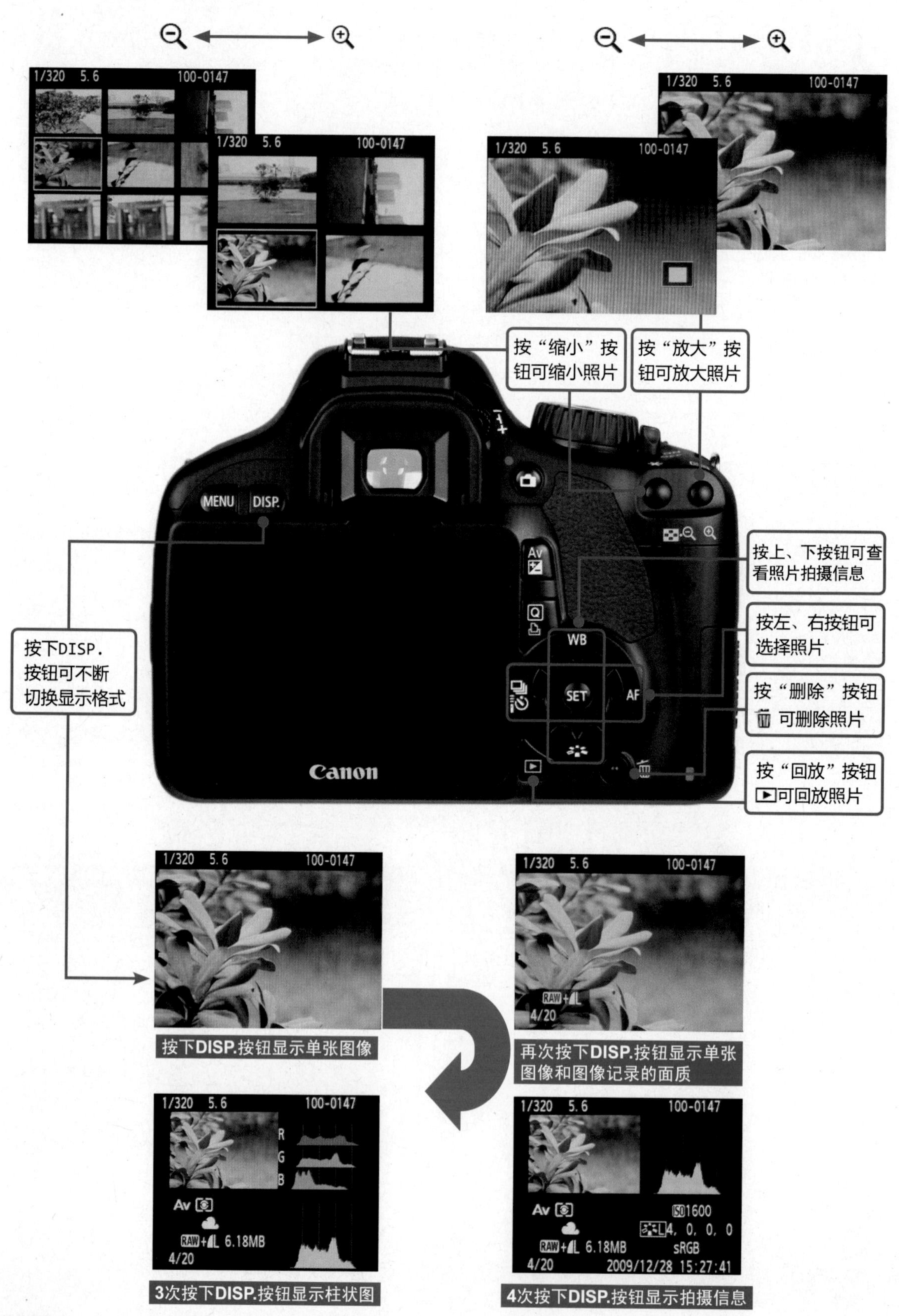

按下DISP.按钮显示单张图像

再次按下DISP.按钮显示单张图像和图像记录的面质

3次按下DISP.按钮显示柱状图

4次按下DISP.按钮显示拍摄信息

1.3 菜单操作

在拍摄照片时，经常会需要对相机的拍摄参数或者拍摄模式等选项进行设置，这些都是需要在相机的菜单中进行设置的，在这里就向拍摄者介绍如何调出菜单以及对菜单进行操作的方法和步骤。

01 步骤 按下机身左侧的MENU按钮，如下图所示，这时液晶屏上会显示出设置菜单。

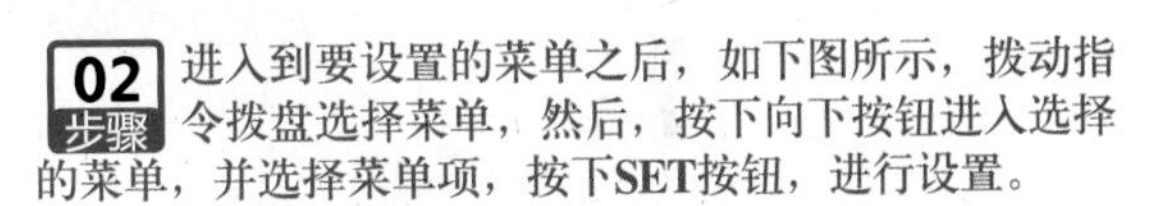

02 步骤 进入到要设置的菜单之后，如下图所示，拨动指令拨盘选择菜单，然后，按下向下按钮进入选择的菜单，并选择菜单项，按下SET按钮，进行设置。

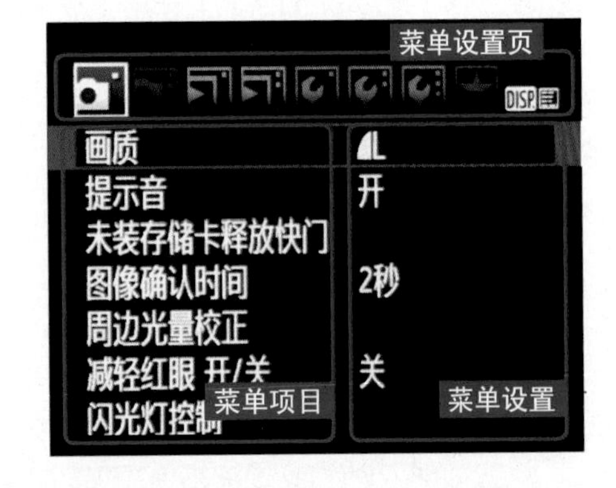

拍摄心得

在不同的拍摄模式下，按下MENU按钮后，液晶屏上显示的菜单也是不一样的。例如，在全自动模式和CA模式下，与视频拍摄模式下显示的菜单是不一样的。

1.4 画质记录

每一款数码相机都可以对拍摄出来的照片画质进行选择，通常情况下，我们都是选择质量最高的画质。但是对于数码单反相机来说，还有一种照片格式是RAW格式，因此在实际拍摄中要根据不同的拍摄需求来选择画质。

首先，按下机身上的MENU按钮，进入相机菜单，并在第一拍摄菜单中选择“画质”，然后按下SET按钮，进入“画质”菜单，如下图所示。拨动指令拨盘选择所需的画质，然后再次按下SET按钮即可。

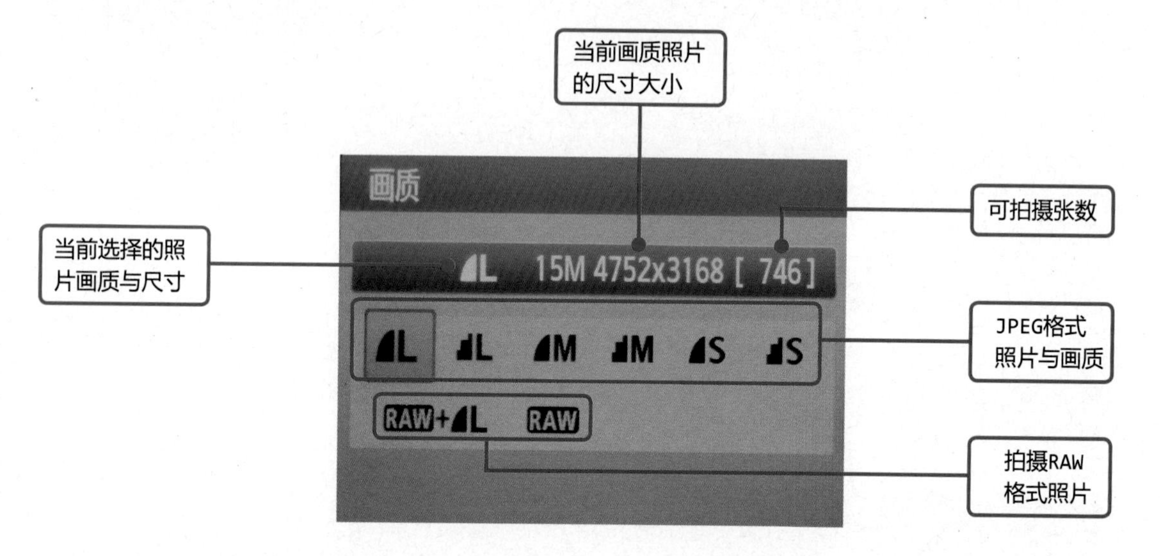

1.5 照片风格

在不同的场景和拍摄环境下，为了更好地烘托照片的特点和艺术气氛，我们可通过设置照片风格来实现。

按下相机机身上的“照片风格”按钮（也就是向下按钮），进入到如右图所示的“照片风格”菜单中，然后拨动指令拨盘选择照片风格，最后按下SET按钮即可。不同的照片风格用于拍摄不同主题的照片，其适合拍摄的照片类型如表1-1所示。

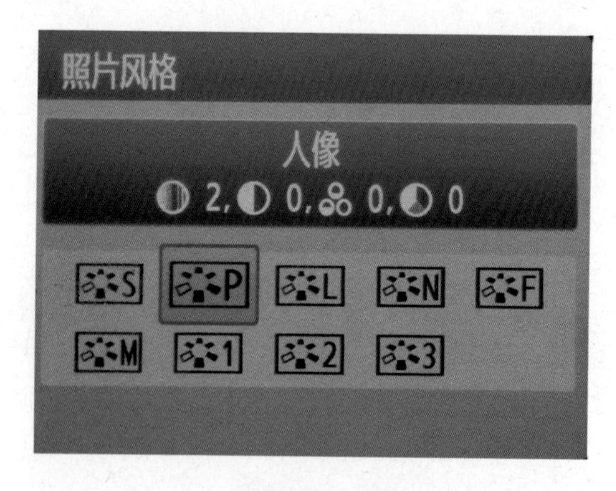

“照片风格”菜单

表1-1　照片风格适合拍摄的照片类型

风　格	描　述
S 标准	适合拍摄颜色鲜艳且清晰的图像
P 人像	适合拍摄肤色较好，略显清晰的图像
L 风光	适合拍摄鲜艳的蓝天、草木，非常清晰的图像
M 单色	适合拍摄黑白图像或者其他单一色彩的图像

1.6 速控屏幕

速控屏幕就是指数码相机液晶屏上显示出来的用于设置参数的界面。虽然数码相机不同，但是其大多数参数的含义是一样的。下面就以佳能和尼康数码相机为例，介绍速控屏幕上各个参数所表示的意义。

佳能数码相机速控屏幕上各参数的含义如下所示。

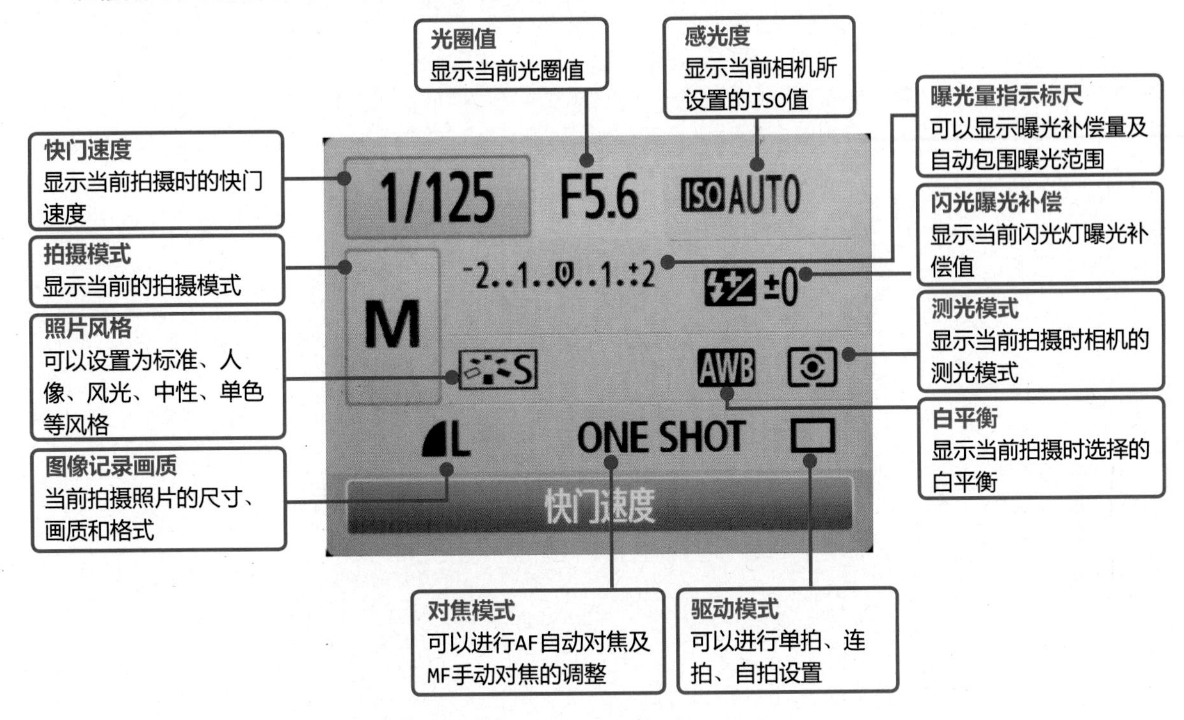

接下来，我们继续了解尼康相机速控屏幕上各参数的含义。

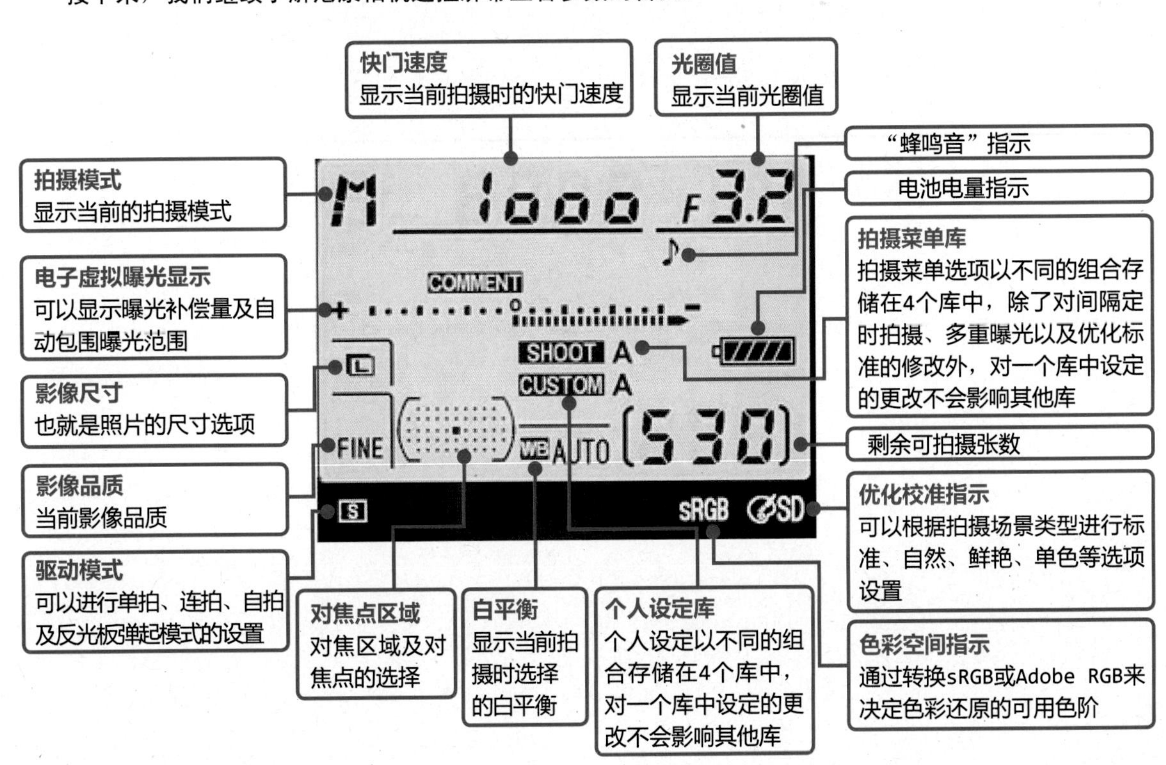

1.7 快速了解数码相机按键及功能

在使用数码相机之前，熟悉数码相机上各个按钮的名称和功能是一个必需的过程。熟悉这些按钮的名称和作用后，对后面的拍摄会带来非常大的便捷，在操控上也更加随心所欲。

1.7.1 相机正面的按键和功能

数码单反相机和普通的数码相机在外观上有很大的区别，但是很多按钮和设备的作用和功能都是一样的，在这里就以佳能的数码单反相机550D为例，详细地介绍每个功能按钮的名称和作用。

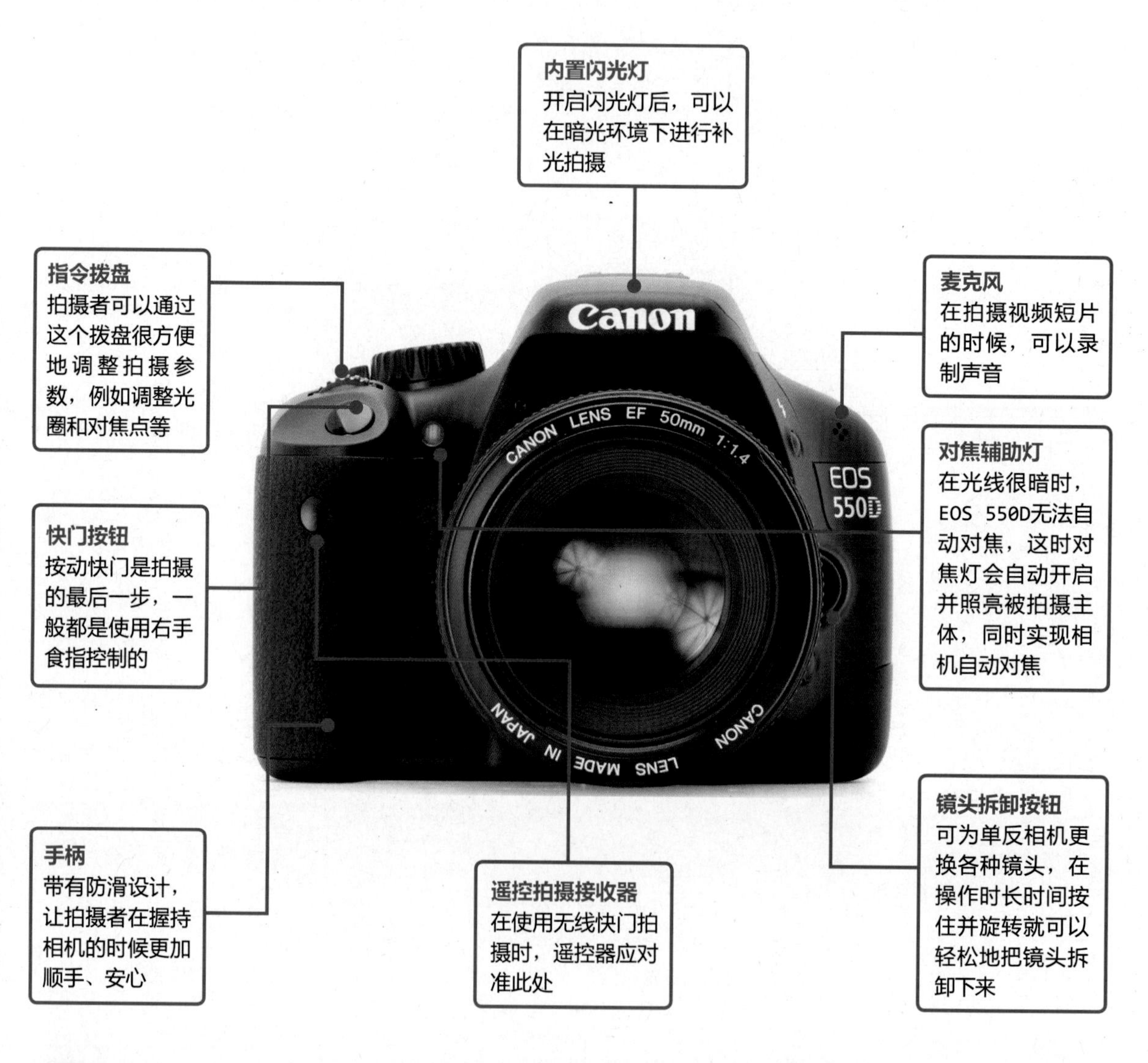

在数码相机的底部，一般来说都会有一个安装电池的位置和一个脚架安装孔，脚架安装孔用于将相机固定在三脚架或独脚架上面。另外，在EOS 550D的底部除了有电池插槽和脚架安装孔之外，还会有相机产地、机身序列号等信息。

1.7.2 相机侧面的按键和功能

数码相机的侧面一般有闪光灯启动按钮、景深预览按钮、数据线连接仓等，下面就来看看数码单反相机侧面的按键和功能。

闪光灯启动按钮
用于开启机顶闪光灯

闪光灯热靴
外接闪光灯的安装位置，也可以安装引闪器

景深预览按钮
拍摄者可以在拍摄之前对所拍摄的景物进行景深预测

数据线连接仓
内部设有很多个不同类型的数据线连接接口，包括USB输出端、相机有线遥控端、闪光灯同步连接线接口等

1.7.3 相机背面的按键和功能

在数码单反相机的背面，所包含的按钮等设备就比较多了，比如取景器、液晶屏、菜单按钮等，下面就来看看数码单反相机背面相关设备的功能及作用。

取景器
在拍摄照片过程中通过取景器对拍摄主体进行取景和构图

拍摄模式拨盘
快速地选择场景拍摄模式、光圈优先模式、快门优先模式、P程序模式以及手动模式等

菜单及其功能按钮
主要为控制相机的菜单选项而设置的快捷操作按钮，可进行照片的阅览、删除等操作

扬声器
在回放拍摄的有声视频时，将声音播放出来

液晶显示屏
用于回放照片、查看拍摄信息、操作菜单信息等

存储卡插槽
用于安装保存照片的存储卡

1.8 掌握正确的拍摄姿势

在拍摄前，我们还需要学习的一个重要环节就是正确的手握相机姿势和身体拍摄姿势。由于数码单反相机和普通的数码相机在外形上有很大差异，因此在手持相机的方法上会有所不同，但是拍摄姿势都是一样的。

1.8.1 手握相机姿势

使用正确的手握相机拍摄姿势可以使拍摄的画质更加稳定，具体的操作方法如下。

右手的中指、无名指和小指握住数码单反相机的手柄，食指放在快门按钮上，如下左图所示，大拇指握住数码单反相机的后上部，如下右图所示。通常，相机的手柄和拇指位置都装配了橡胶或防滑材料，用以增加摩擦系数，防止手握相机时打滑。

如果拍摄者使用的是卡片机，那么在握持相机的时候应该双手拿住相机，右手的食指放在快门按钮上，为了防止相机滑落，还应将相机的腕带套在右手的手腕上，如右图所示。如果是竖拍，那么应该右手在上，左手在下，并且手臂紧贴身体。

横拍：右手握住相机手柄，食指放在快门按钮上，左手托住镜头和机身，一只眼睛看取景器，如下图所示。

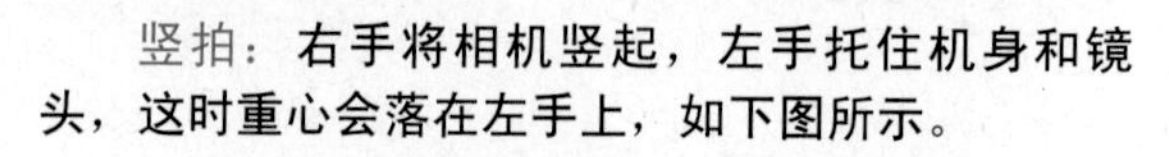

竖拍：右手将相机竖起，左手托住机身和镜头，这时重心会落在左手上，如下图所示。

横拍

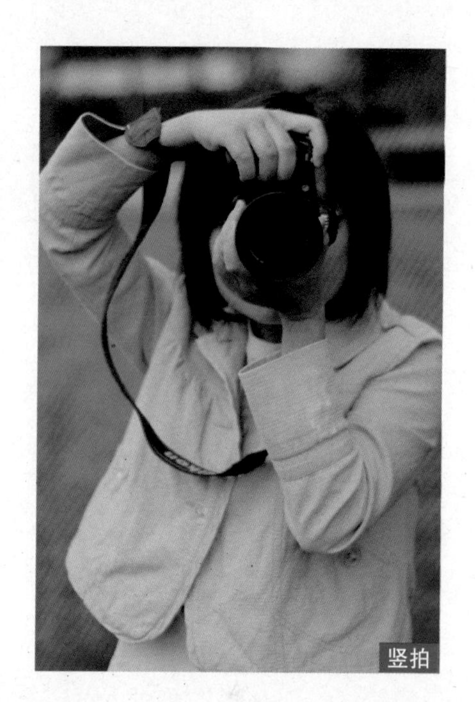

竖拍

1.8.2 身体拍摄姿势

拍摄姿势是否正确可以决定一张照片拍摄出来的效果，错误的姿势会导致身体不稳定，从而使相机抖动的可能性加大，所以一定要学会掌握正确的拍摄姿势。

站立拍摄时，双腿分开一定的距离，并且让双膝适当弯曲，这样能够很好地支撑身体的重心，如下图所示。另外，拍摄时双臂应该紧贴身体。

蹲姿拍摄可降低拍摄高度，这时肘部应放在膝盖上，如下图所示，在按快门前，深呼吸并且屏住呼吸。

坐姿拍摄与蹲姿拍摄的要领一样，双腿盘坐，双手的肘部应该放于两腿膝盖上，以保证身体的稳定性，如下图所示。

正确的站姿

正确的蹲姿

正确的坐姿

错误的站姿

错误的蹲姿

错误的坐姿

1.9 疑难解答

Q 为什么半按快门后，相机不自动对焦？

A 如果按下快门按钮后，相机不进行自动对焦，那么可能是因为拍摄者设置了手动对焦模式，也可能是因为相机上的镜头触点被氧化了。

解决前者的方法是：首先，检查一下相机机身上对焦方式按钮是否在AF档上，若不是则应将镜头上的手动对焦MF档调整至自动对焦AF档上，即可设置为自动对焦，如下左图所示。

如果是因为相机镜头触点被氧化，就需要使用专门的清洁氧化触点的工具进行清洁了，如下右图所示为相机镜头上的触点。

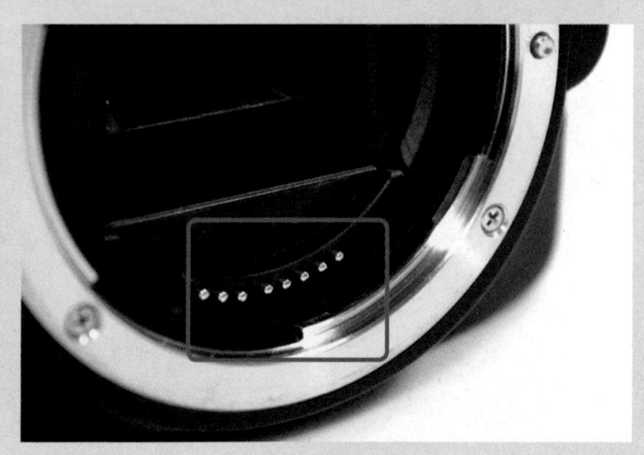

Q 为什么按下快门按钮后无法拍摄？

A 出现这种情况主要有以下几种原因。

1. 有可能是因为相机内的反光板卡住，导致快门能够按下去，但是无法拍摄。如果相机是因为反光板卡住了而无法拍摄，那么可以将电池取出，然后反复开、关机几次，直到反光板复原。

2. 也有可能是因为在整个拍摄过程中没有进行对焦而导致无法拍摄。例如，在暗光下拍摄或拍摄主体与背景颜色差异很小等情况下，按下拍摄按钮后，相机未能对焦，不能完成拍摄。

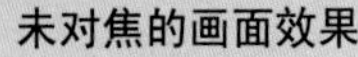
未对焦的画面效果

已对焦的画面效果

3. 还有可能是因为相机在自动对焦模式下拍摄时，在拍摄之前没有进行半按快门对焦操作，照片画面不能对焦，此时按下快门按钮也无法拍摄，如上左图所示。拍摄前半按快门按钮后进行对焦即可拍摄，如上右图所示。需要注意的是，如果切换至MF手动对焦模式，那么在没有对焦的情况下也可以直接拍摄。

第2章 了解镜头与常用附件

第2篇 器材

在掌握数码相机的基本使用方法之后，我们还需要了解数码相机的镜头、常用附件、相机的存放与保养。本篇内容将针对数码相机镜头、滤镜和常用的附件等进行详细的讲解，帮助拍摄者更深入地认识数码相机。

第2章

了解镜头与常用附件

本章知识要点

- 了解与认识镜头
- 镜头焦段系数的转换
- 数码相机镜头的分类
- 常用滤镜
- 摄影附件
- 相机、镜头的存放和保养

2.1 了解与认识镜头

镜头是集聚光线，使感光元件能获得清晰影像的重要元件。常见的镜头一般可以分为：长焦镜头、标准镜头、广角镜头以及超广角镜头。了解镜头的基本知识，有助于在日后的拍摄中更加随心所欲。

2.1.1 镜头的结构

在镜头上，有很多不同的按钮、接环以及其他的标识，下面以佳能EF 70-200mm f/2.8L IS Ⅱ USM这支镜头为例来说明镜头上各个部位的功能和作用。

拍摄心得

目前，市场上大多销售的镜头外部结构都是这样的，但移轴镜头和折返镜头的外观稍有差别。除此之外，还有一些特殊镜头，例如接入在镜头和相机之间的增距镜等滤镜类型的镜头。

2.1.2 镜头上各个标识的意义

在镜头上除了对焦环、变焦环以及功能按钮之外，还有很多符号，例如EF、DX等，这些符号代表不同的含义，在接下来的这个小节中就向大家进行详细的介绍。

由于不同厂商推出的镜头不同，其所标示的字母符号也是不同的，如下左图所示的尼康AF-S DX尼克尔18-200mm f/3.5-5.6GED VRⅡ镜头和下右图所示的佳能EF 70-200mm f/2.8L IS Ⅱ USM镜头，其符号与功能作用代表不同的含义，如表2-1和表2-2所示。

尼康AF-S DX 尼克尔18-200mm f/3.5-5.6G ED VR Ⅱ

佳能EF 70-200mm f/2.8 IS Ⅱ USM

表2-1 尼康AF-S DX 18-200mm f/3.5-5.6G ED VR Ⅱ 镜头

符　　号	功能和作用
AF-S	超声波自动对焦马达
DX	**DX**镜头是尼康专门为**APS-C**画幅数码单反相机设计的镜头
18-200mm	镜头焦段，是指镜头可以变焦的范围
3.5-5.6	镜头变焦范围内光圈变化的范围
G	**G**型镜头没有光圈环设计，光圈调整必须回机身来调整
ED	**ED**是指这枚镜头内含**ED**镜片，**ED**镜片为超低色散镜片，可减低影像的色散现象
MA/M	**MA**是指自动对焦模式，**M**是指手动对焦模式
VR	防止镜头抖动功能

表2-2 佳能EF 70-200mm f/2.8L IS Ⅱ USM镜头

符　　号	功能及作用
EF/EF-S	**EF**镜头是佳能全系列相机都可以使用的镜头，**EF-S**镜头是佳能**APS**画幅相机使用的镜头
70-200mm	镜头焦段，是指镜头可以变焦的范围
2.8	这里是指镜头的光圈大小，若是显示**2.8**则说明该镜头是恒定光圈的镜头
L	**L**源自英语**Luxury**，表示镜头在各方面都追求高水准，带有红圈的**L**镜头代表其具有专业性
IS	图像稳定器，换句话说就是防抖功能
USM	**USM**是超声波马达，用于驱动镜头的自动对焦系统
AF/MF	**AF**是指自动对焦模式，**MF**是指手动对焦模式
Φ77mm	**Φ77mm**指镜头的口径大小

这些符号除了在镜头上能够看到，在镜头的侧面也可以看到，如下左图所示的按钮标示，在镜头前镜上还能看到，如下右图所示的口径标示。

无论是佳能还是尼康镜头，如果专门用于拍摄微距特写，如花卉、昆虫等对象，可选择各自的微距镜头，这样的镜头上会有Macro的标记，以表示该镜头具有微距拍摄功能。

2.1.3 数码变焦与光学变焦的区别

对于数码相机的变焦方式来说，主要有数码变焦和光学变焦两种，但就成像质量来说，数码变焦和光学变焦是有区别的，下面通过照片来了解两者的区别。

数码变焦是以牺牲照片质量为代价的，通过图像处理芯片将图片放大实现变焦，使用数码变焦时，焦段越长，照片像素损失越大，在实际拍摄过程中，数码变焦很少被应用，其变焦效果如下左图所示。

光学变焦是一种物理变焦，是通过改变镜片的组合距离实现变焦的，它可以不损失像素还原远处的景物，如下右图所示。

原始大小

数码变焦后的效果

光学变焦后的效果

2.1.4 镜头自带的防抖功能

无论是数码单反相机还是普通家用数码相机，大多数相机都带有防抖功能，不同的是，数码单反相机的防抖功能可以在镜头和机身上同时体现，而家用型数码相机是机身防抖。在默认设置下，家用数码相机的防抖功能是自动开启的，而数码单反相机上的防抖功能则需要我们进行选择设置，在这个小节中，就以佳能和尼康的防抖功能进行简单的介绍。

佳能数码单反相机的防抖功能标识是IS，即Image Stabilizer，中文意思是图像稳定器，如下左图所示。而尼康数码单反相机防抖功能标识是VR，即Vibration Reduction，是防止抖动的意思，如下右图所示。如果要开启防抖功能，只需要将防抖功能开关拨至ON即可。

佳能防抖标识

尼康防抖标识

下面两张照片都是在手持的情况下拍摄的，下左图所示的照片是开启了防抖功能拍摄的，而下右图所示的照片是未开启防抖功能拍摄的。

开启防抖功能拍摄

未开启防抖功能拍摄

在选购数码相机的时候，商家会提到光学防抖和数码防抖两种不同的防抖类型。光学防抖是一种物理性的防抖，是通过微移镜头中的镜片组或者是感光元件来实现减轻抖动的力度，以保证拍摄出来的照片清晰。数码防抖是在降低照片画面质量的前提下，通过提高ISO感光度提高快门速度拍摄，以实现照片清晰来达到防抖目的，通常这类防抖我们也称为假防抖。所以，在选购数码相机的时候一定要分清楚这两种防抖技术，再进行选择。

2.2 镜头焦段系数的转换

不同类型的数码相机其感光元件大小也不一样，按感光元件大小分类的话可以将相机分为：全画幅相机、APS-C画幅相机以及4/3画幅相机。经常使用数码单反相机外出拍摄的朋友会注意到，相机会有一个镜头的转换系数，而这个系数就是以传统的135相机，即35mm胶片相机为参照的。

全画幅相机是针对以前35mm胶片的尺寸而定的，其感光元件尺寸大小为36×24mm，与以前胶片尺寸差不多。APS-C画幅相机的感光元件尺寸为23.6×15.8mm或者22.3×14.9 mm。4/3画幅相机的感光元件尺寸为17.3×13.0 mm，比起APS-C画幅还要小一些。 由于全画幅数码相机感光元件尺寸与35mm胶片尺寸一样，如果我们将全画幅相机的转换系数看做1，那么APS-C画幅相机的转换系数则为1.5，而4/3画幅相机的转换系数则为2。

从右图可以看出APS-C画幅、全画幅、4/3画幅相机感光元件的大小对比。由于感光元件尺寸大小的缘故，当采用同样的焦段在APS-C画幅相机和全画幅相机上拍摄时，会出现照片中主体大小不同的情况，这是由于相机感光元件尺寸不同造成的。

在同焦段不同画幅拍摄出来的画面中，全画幅画面中涵盖的元素会更多一些。我们通常用“等效焦距”来对比不同画幅之间的差别，不同画幅相同焦距的等效值如表2-3所示。

表2-3　不同画幅间的等级焦距对比

全画幅实际镜头焦距	APS-C画幅1.5倍镜头焦距	4/3画幅2倍镜头焦距
24-70mm	36-105mm	48-140mm
70-200mm	105-300mm	140-400mm

下面3张照片分别用不同画幅的相机在相同位置使用相同焦段拍摄的，对比画面可以看出，不同画幅画面中所包含的元素和场景范围大小不一样。

全画幅

APS-C画幅

4/3画幅

2.3 数码单反镜头的分类

数码单反相机的镜头可以按照两种方式来划分：第一种方式按是否可变焦划分，如定焦镜头和变焦镜头；第二种方式按不同焦段划分，如广角镜头、标准镜头、长焦镜头和微距镜头。无论是哪种类型的镜头，在我们掌握了不同镜头的划分方法与特点后，对于实际的拍摄操作都可以起到很大的帮助作用。

2.3.1 变焦镜头与定焦镜头

变焦镜头指在拍摄时，可根据拍摄需要改变实际焦段的镜头，如下左图所示为佳能推出的变焦镜头。变焦镜头最大的优势就是在拍摄的时候，拍摄者可站在原地不动，只需要调整镜头焦距就可实现变焦取景。在变焦镜头中，还分为非恒定光圈镜头和恒定光圈镜头。恒定光圈镜头是指在变焦的同时光圈始终保持不变，但这类镜头价格昂贵；非恒定光圈镜头则在变焦的同时光圈也会随之改变，这样的镜头在价格上会便宜很多。

定焦镜头和变焦镜头相反，定焦镜头是不能改变焦距的镜头，如下右图所示为佳能推出的85mm定焦镜头。使用定焦镜头在拍摄时，要想完成不同距离的取景，只有通过前后走动来实现。但是，定焦镜头都带有一个大光圈，在光线很暗的情况下也可以完成拍摄。定焦镜头的焦段越长、光圈越大，那么相应的价格也就越贵。

变焦镜头

定焦镜头

2.3.2 视野广阔的广角镜头

广角镜头多用于拍摄大场景的风景照片。广角镜头可以让画面获取更宽广的视觉，焦段的焦距倾向于将透视拉长，使得前景中的物体看上去比实际更大，而远处景物看上去更小。同时，广阔的视角也意味着可以捕捉到眼前更多的景物。

对于大多数的变焦镜头来说，很多镜头的变焦范围都含有广角焦段。以APS-C画幅的相机来说，18-24mm即是广角焦段，而18mm以下的焦段可以算是超广角的焦段了。如下左图所示为图丽的12-24mm广角镜头，如下右图所示为使用广角镜头拍摄的照片，画面中不仅视野广阔，同时该镜头也提供了足够的景深，使得画面整体很清晰。

图丽 SD12-24mm F4（IF）DX

光圈:F9.0 快门速度:1/320s ISO:100 焦距:18mm

2.3.3 视觉还原力最强的标准镜头

标准镜头作为单反相机的标准配置被广大的拍摄者所使用与接受。除此之外，由于50mm镜头的视觉角度与人裸眼的视觉角度很接近，所以通常我们将50mm的镜头定义为标准镜头。如下图所示为尼康AF-S 50mm f/1.4 G标准镜头。

在拍摄时，50mm这个焦段的视觉还原力是最强的，拍摄出的照片画面最贴近于人眼真实的视觉感受。如右图所示为使用该焦段拍摄的人物画面，画面没有强烈的视觉变形，同时展示了少女真实的人物姿态。

光圈:F4.0 快门速度:1/80s ISO:100 焦距:50mm

尼康 AF-S尼克尔 50mm f/1.4G

除了50mm定焦镜头属于标准镜头之外，变焦镜头中的18-55mm f/3.5-5.6G镜头是变焦标准镜头。

2.3.4 压缩视觉空间的长焦镜头

长焦镜头也称为望远镜头，使用长焦镜头拍摄可以将远处景物拉近，并放大眼前的景物。长焦镜头还可以让拍摄者轻松地拍摄出紧凑构图的画面。

右图为佳能EF 70-300mm f/4.5-5.6 DO IS USM长焦镜头，它是一款经典的长焦镜头。例如在进行风景拍摄时，它可以将远处的景物拉近取景，在动物园或是野外进行拍摄时，可以将生动有趣的画面捕捉进来。除此之外，长焦镜头还适合拍摄体育运动类照片，远距离捕捉动态的人物。

佳能 EF 70-300mm f/4.5-5.6 DO IS USM

光圈:F4.0　快门速度:1/80s　ISO:100　焦距:50mm

如左图所示，使用长焦镜头拍摄花卉时，利用镜头的长焦端将花朵拉近，让花朵显得更突出。在视觉空间被压缩之后进行构图，会使画面显得更加紧凑。

如下图所示为利用长焦镜头长焦端取景拍摄的动物园中的熊猫，由于距离熊猫主体较远，使用长焦镜头能够有效地将被摄体拉近并放大呈现，但要注意拍摄时的安全快门速度，即手持拍摄的快门速度应在1/250s以上，以避免抖动造成画面模糊。

光圈:F5.6　快门速度:1/250s　ISO:400　焦距:300mm

2.3.5 适合外出旅游的高倍率镜头

高倍率镜头非常适合外出旅游时拍摄使用，例如郊游的过程中不方便携带大量的镜头，反复地更换镜头也显得较为麻烦，而采用高倍率镜头，在一定程度上还能提高拍摄效率。

高倍率变焦镜头是指焦段范围大的镜头，如右图所示为尼康18-200mm的高倍率镜头。下左图和下右图所示是站在同一位置使用不同焦段拍摄的画面。

尼康 AF-S 18-200mm f/3.5-5.6G ED VRⅡ

光圈:F4.0 快门速度:1/640s ISO:100 焦距:36mm

光圈:F5.6 快门速度:1/200s ISO:200 焦距:200mm

2.3.6 表现细节特点的微距镜头

微距镜头用于拍摄微小的对象，如拍摄花卉细节、昆虫等照片，是属于专业级别的镜头，价格也相对较高。在使用微距镜头拍摄时，可以使对焦距离更近一些，让被拍摄主体更多地呈现在画面中。

右图所示为佳能推出的100mm微距镜头。微距镜头能很大程度的控制景深范围，在F2.8的光圈下拍摄，会出现只有对焦点清晰，其他的地方全部模糊的现象。

佳能 EF 100mm f/2.8L IS USM微距

光圈:F5.7 快门速度:1/50s ISO:200 焦距:55mm

如左图拍摄的花朵，除主体花朵清晰外，陪体与环境都呈虚化状态。

2.4 与镜头完美搭配的镜头滤镜

在外出拍摄时，往往会遇到相机已经达到了设置极限，或者拍摄环境的原因而导致无法拍摄出满意的画面，此时则可以借助滤镜来达到更多完美画面的效果。常见的镜头滤镜包括UV镜、偏振镜、中灰滤镜、中灰渐变镜以及增距镜，本节通过对不同镜头的分析，帮助拍摄者了解更多有关镜头滤镜的知识。

2.4.1 保护镜头的UV镜

在购买相机的同时，几乎每一位使用者都会同时购买UV镜。UV镜的作用有两类：过滤紫外线和保护镜头。但进入到数码摄影时代，区别于胶片机，UV镜更多的时候是作为保护滤镜使用的，这是由于数码相机的感光元件和处理芯片已经对红外光和紫外线不再敏感，可以更准备地实现画面曝光。

如右图所示为B+W推出的77mm口径的UV镜。将UV镜装在镜头前可抵挡意外的冲击和磕碰。在一些意外发生时假如没有安装UV镜，镜头的前组镜片可能会受伤，那么损失的是近万元的镜头。同时UV镜还能够在不同的环境中起到阻挡潮湿，防止灰尘进入镜头的功能，更可避免手指直接触摸到镜头造成对镜头的腐蚀磨损。

B+W 77mm口径的UV镜

2.4.2 过滤反射光的偏振镜

偏振镜也叫偏光镜或者CPL。在拍摄时偏振镜多用于消除玻璃、水面或高反光物体的反射光线。例如，在静物和风光摄影中，偏振镜常用来拍摄强反光处物体的质感，压暗高光部分，它是增强画面表现力的强有力工具。

如右图所示为肯高推出的55mm口径的偏振镜。在使用偏振镜拍摄时，转动滤镜框，寻找最好的旋转角度，达到最佳过滤光线的效果。如果只是将偏振镜安装到镜头上有时是没有任何效果的，要从取景器中观察被拍摄景物，同时转动偏振镜的滤镜框，使反光消失在最佳的位置。

肯高 55mm口径的偏振镜

对于使用偏振镜后拍摄的效果，我们可以从下面两张照片来进行对比。左图为没有使用偏振镜所拍摄的画面，可以看到水面还有很明显的倒影与反光，而右图为使用了偏振镜拍摄的画面，可以看到水面的倒影和反光都不存在了，反射的光线基本上被偏振镜过滤掉了，同时也显得水中的水草更加翠绿。

未使用偏振镜拍摄的效果

使用偏振镜拍摄的效果

2.4.3 减弱光线强度的中灰滤镜

中灰滤镜又叫减光镜或者ND镜。中灰滤镜的作用是过滤光线，区别于偏振镜的地方在于其整体减弱光线，使整个画面的进光量减少，达到削减光线保证画面曝光正常。中灰滤镜有多种密度可供选择，例如ND-2、ND-4、ND-8。其中ND-2镜密度最小，所以减弱光线也最少，使用ND-2可以降低1档快门速度，而ND-4和ND-8分别可以降低2档和3档快门速度。在使用中灰滤镜的时候可以多片滤镜组合使用。如右图所示为肯高推出的52mm口径的ND-4滤镜。

肯高 52mm口径的ND-4滤镜

当光线通过ND-4滤镜后，光线会减少很多。如果使用两个ND-4滤镜则可以加倍过滤光线，如下图所示。

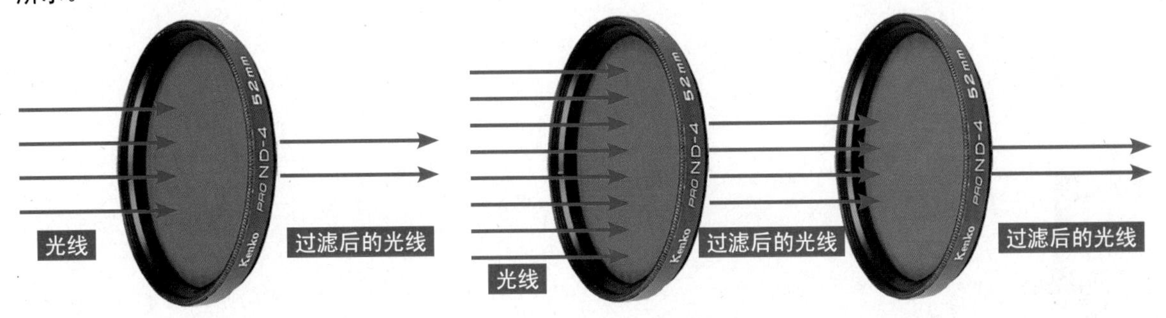

中灰滤镜常用于拍摄溪流和瀑布，如果想要将流水拍摄呈丝滑效果，需要进行长时间的曝光。如果拍摄环境的光线充足，即使将光圈收小，可能还是会出现曝光过度的情况，如下左图所示。而使用ND-4中灰滤镜进行拍摄，在相同参数下所获取的画面曝光适度，同时也呈现了流水丝滑的效果，如下右图所示。

未使用中灰滤镜拍摄的效果

使用中灰滤镜拍摄的效果

2.4.4 减少反差的中灰渐变镜

在外出拍摄风景照片时，常常会遇到画面中元素反差较大的情况。例如拍摄上半部分是天空，下半部分是草原的画面，此时无论是选择哪种测光模式进行拍摄，画面始终会出现局部曝光过渡或局部过暗的情况。为了避免这样的现象发生，我们可以使用中灰渐变镜来拍摄，减少照片中明暗的反差，提升照片的高动态范围。

渐变镜也称为渐层减光镜。渐变镜多用来拍摄带有天空的风景画面，主要是为了防止天空过曝而天空以下部分过暗的情况发生。渐变镜是属于渐层滤镜范围中的一种滤镜，渐变镜有不同种颜色的渐变，如蓝色渐变镜、橙色渐变镜等。通常在拍摄天空时，为了削弱画面的反差，我们使用中灰渐变镜。

在使用中灰渐变镜时，如果要将其安装到镜头前，首先需要有一个底座，如下左图所示，然后再将如下右图所示的滤镜插入到底座中，同时将底座安装于镜头前方，才能进行拍摄操作。

底座

滤镜

下面通过两张照片的对比来看看中灰渐变镜的作用。如下左图所示为使用中灰渐变镜拍摄的效果，可以看到天空很蓝，而下面的水和树林依然保留了原有的亮部细节；下右图所示为没有使用中灰渐变镜拍摄的效果，虽然保留了山的亮部细节，但是天空却显得曝光过度了。

使用中灰渐变镜拍摄的效果

未使用中灰渐变镜拍摄的效果

2.4.5 增大焦距的增距镜

在外出拍摄的时候，常常会遇到因镜头焦段不够，而无法完成对远处的被拍摄主体进行更好拍摄的情况，此时可以在镜头前方添加一个增距镜，增加镜头的焦距来拍摄。

如右图所示为肯高推出的1.4倍增距镜。增距镜使用方法与其他滤镜不一样，它是安装在镜头与相机之间的滤镜。

肯高1.4倍增距镜

倍增镜和近摄镜是两种不同的滤镜。近摄镜与之前介绍的滤镜一样，是安装在镜头前的，多用于拍摄微距效果的照片，可改变最近对焦距离，并且放大被拍摄主体。

如下左图所示的是采用普通镜头拍摄的照片，画面在远处取景并没有将景物拉近，而下右图所示的是在相机上安装了1.4倍的倍增镜后，采用同样的焦段进行拍摄的照片，从画面对比可以看出，远处的景物被拉近并放大了。

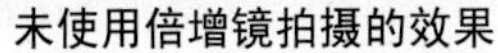

未使用倍增镜拍摄的效果　　　　使用倍增镜拍摄的效果

2.5 重要的其他常用摄影附件

在拍摄的过程中，除了使用到数码相机、镜头、滤镜这些常用的器材之外，我们还需要了解摄影周边器材的准备与使用方法，例如摄影包、脚架、快门线竖拍手柄等，尤其是摄影包和脚架，它们在拍摄的过程中起到了举足轻重的作用。

2.5.1 使用摄影包携带相关器材

使用摄影包能够帮助我们更好地携带摄影器材，同时将不同的器材进行分类存放。但是在选择摄影包的时候也不能马虎，从价格、质材、品牌等各方面充分考虑，选择一款适合自己的摄影包才是最为实际的选择。

在选购摄影包时，主要从耐用性、灵活性、防水性、防震性等方面来综合考量。一款质量好的摄影包一般采用的是纯棉防水帆布或者高密度防撕防水尼龙这两种面料，它们的耐磨耐用性都较高。另外，在确定了需要购买的摄影包类型和款式后，一定要打开摄影包，看下摄影包的隔层是否合理或者是否能够自己设置隔层。目前常见的摄影包有乐摄宝、国家地理以及Jeep等品牌。

从背负方式上分类可以将摄影包分为两种类型：一种是单肩挎包，如下左图所示，另一种是双肩背包，如下右图所示。

单肩摄影包

双肩摄影包

对于一些高档的摄影包来说，无论是单肩摄影包还是双肩摄影包，都会带有一个防雨罩，如右图所示就是将防雨罩套在摄影包上的样式，拍摄者也可自行购买。为摄影包添加一个合适的防雨罩将更有效地保护自己的相机。

摄影包防雨罩

拍摄心得

在选购摄影包的时候，我们还需要更加全面的考虑，例如是否需要购买一个可以放置笔记本电脑的双肩包，这样可以使照片的拷贝与传输更加的方便。

2.5.2 利用脚架稳固相机

在众多摄影器材中，脚架是不可或缺的。常用脚架分为三脚架和独脚架两种。三脚架主要起到稳定相机以保证在低速快门下正常拍摄的作用；而独脚架则更多地用于拍摄体育类题材照片，跟随拍摄，使所记录的照片更富有动感。

目前，三脚架大多数都是由碳纤维、铝合金等材质构成的。碳纤维材料的三脚架相对于铝合金材料的三脚架更贵一些，但重量较轻，方便携带。市场上销售的三脚架品牌有很多，如百诺、曼富图、金钟曼图和伟峰等。三脚架由云台、脚管、重力挂钩组成，如下图所示。

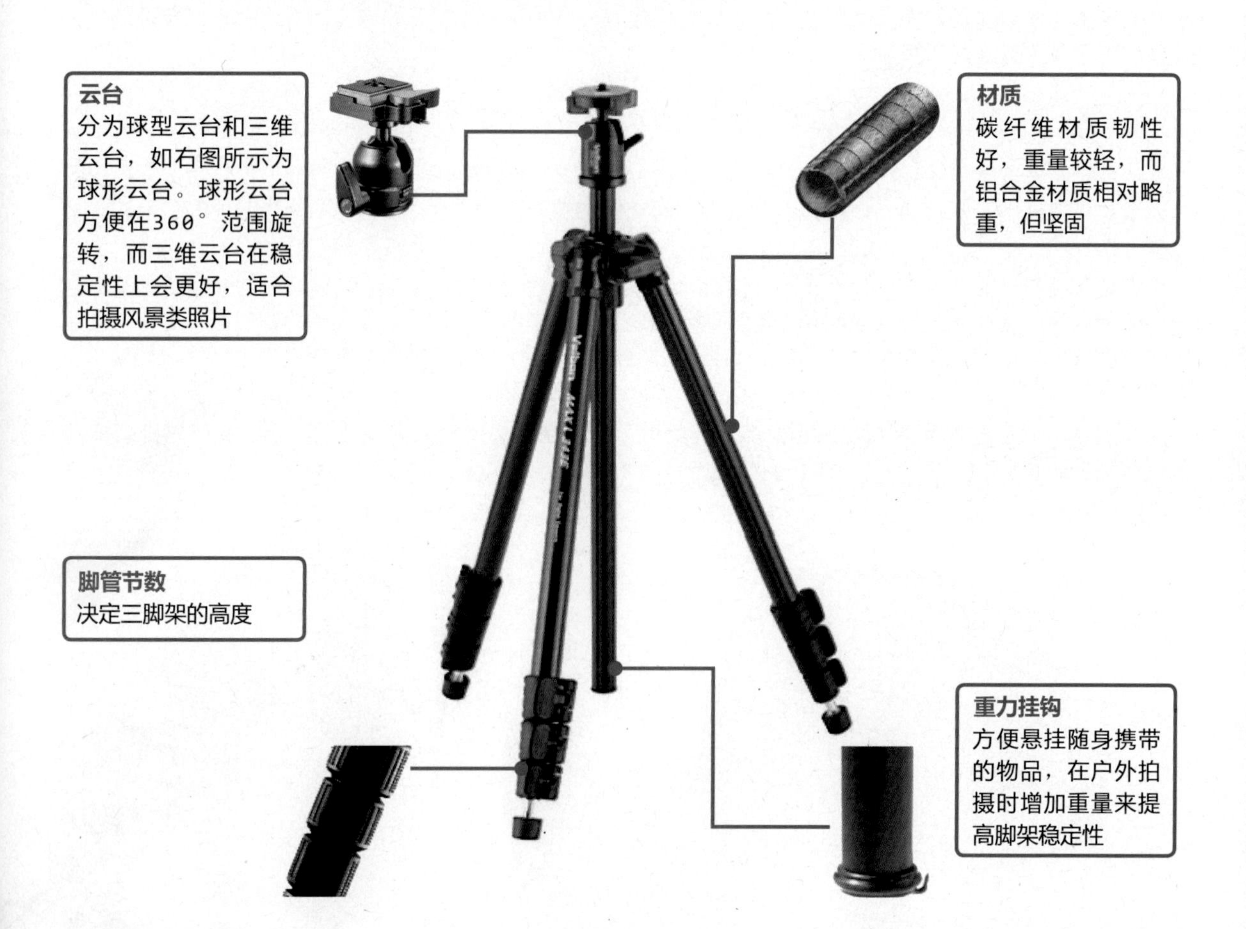

在对三脚架有一定了解之后，接下来就需要将相机安装到三脚架上了，我们可以按照下面的操作步骤来安装。

01 步骤 首先打开三脚架上的禁锢系统，将脚架的脚管拉出来，如下图所示。这里注意的是应该先使用最粗的脚管，这样会更加稳定。

将安装在云台上的快装板取下来，如下图所示。

03 步骤 将取下来的快装板与相机底部的三脚架安装孔对齐，然后安装上去，如下图所示。

04 步骤 将相机连同快装板一起安装到三脚架的云台上，如下图所示，即完成了相机安装到三脚架上的过程。

独脚架与三脚架的作用都是为了使得相机更加稳定，但是独脚架却不适合拍摄需要长时间曝光的照片，如右图所示为独脚架。独脚架在跟拍时能够平稳地旋转相机，多用于拍摄高速运动的体育比赛类题材照片。

在选购独脚架时，稳定性并不是独脚架选购的重点，而应尽量选择轻的独脚架，其次选择脚管时，最好选择3节的，并且在使用的时候应该先使用最粗的脚管。

独脚架

在使用独角架拍摄时，与使用三脚架的方法相似，但是有一点要注意，就是在拍摄之前，要将脚架上的腕带套在手腕上，如右图所示。这样可以避免独脚架不稳定而导致相机损坏。

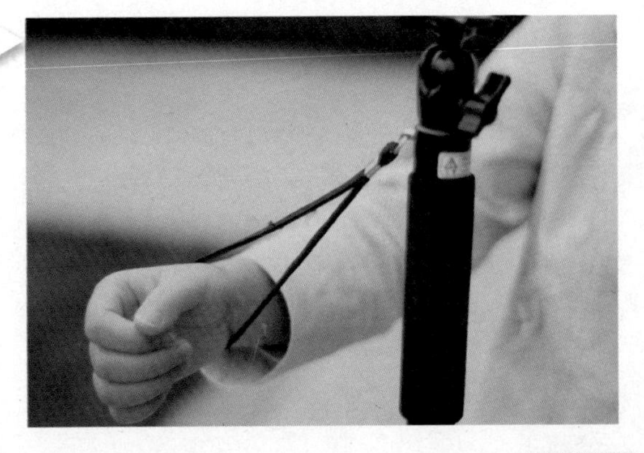

对于独脚架来说，除了在拍摄体育类型的照片时使用之外，还有另外的一些用途，例如在独脚架的头部安装一个手杖，这样在外出拍摄风景照片时，可以用来当做登山杖，以减轻登山时的疲劳感。

2.5.3 快门线使画面更稳定

很多拍摄者即使使用三脚架进行拍摄，按快门键时也容易因为用力过大而导致相机抖动或歪斜，使拍摄出来的画面模糊。在使用B门拍摄时，如果需要长时间按住快门不放，也会因手抖动导致照片模糊。此时，快门线的使用可以有效地解决这一问题。快门线是一种可以控制相机快门，防止因人为触碰导致抖动而破坏画面的一种相机设备。

目前市场上常见的快门线有有线快门线和无线快门线两种，如下左图所示为有线快门线，下右图所示为无线快门线，也称为遥控快门线。快门线的品牌有很多种，原厂的有尼康、佳能，其他厂商的有美科、永诺、天马等。

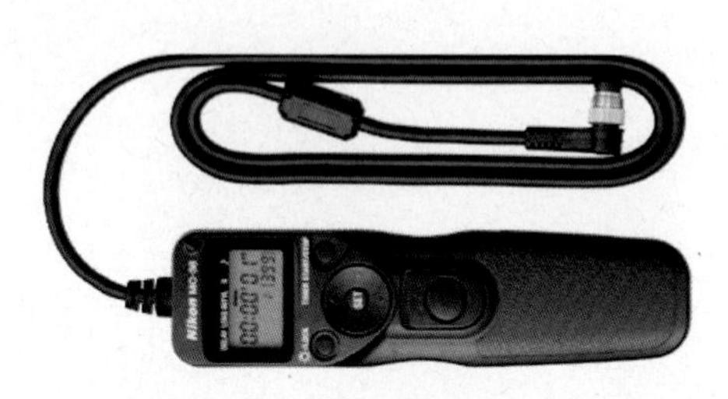

有线快门线

无线快门线

下面以尼康D80数码单反相机为例，来看看有线快门线的安装方法。

01 步骤 首先找到位于相机左侧的快门线仓，如下图所示，用红色方框标识出来的位置。

02 步骤 将橡胶罩打开，我们就可以看到相机上的快门线接口，然后取出快门线将其插入到接口中，如下图所示，再开机就可以使用了。

2.5.4 竖拍手柄让拍摄更方便

经常在外拍摄，尤其是拍摄人像、建筑类题材的照片时，很多时候都需要使用到竖画幅构图。由于竖拍姿势不像横拍姿势那样协调，所以有可能会因为身体重心不稳，而不方便拍摄。这时我们就可以给自己的相机安装一个竖拍手柄，利用竖拍手柄上的快门按钮，将竖拍姿势转换成横拍姿势，以方便拍摄。

竖拍手柄是单反相机的专业附件，有助于增强竖拍时的稳定性。它通常安装于相机的底部以螺丝扣固定，手柄上有快门键，其内部一般加装AA电池或锂电池组，以增强相机的续航能力。在这里以尼康D700数码单反相机为例，来看看如何将竖拍手柄安装到相机上。

01 步骤 首先将竖拍手柄取出，将电池槽的电池盖取下，将电池放入到手柄电池槽中，如下图所示。

02 步骤 将电池放入电池插槽后，再将电池槽的盖子安装上去，如下图所示。

03 步骤 将安装好电池的电池槽安装回竖拍手柄中并旋紧，将电池槽安装好，如下图所示。

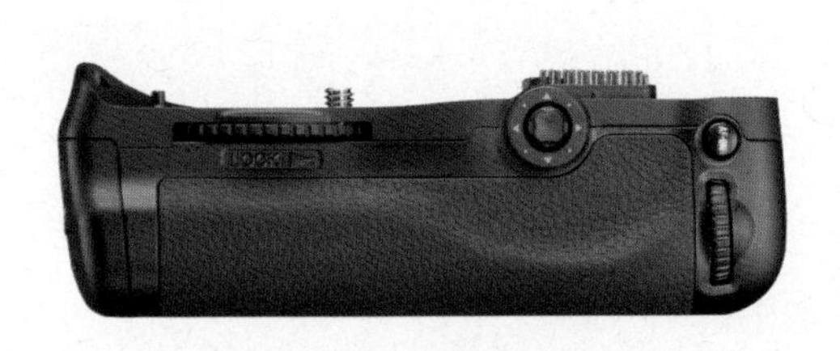

04 步骤 将竖拍手柄安装到D700数码单反相机的下面，并旋紧按钮，如下图所示为将竖拍手柄安装在相机上的样式。

2.6 相机、镜头的存放和保养

长时间不使用相机的时候，就需要将相机存放起来。一般情况下，很多拍摄者都是将相机直接存放在摄影包里面，其实这并不是最好的存放相机的方法。我们应该使用防潮箱来存放相机和镜头，另外还需要购买一套相机清洁工具来清洁和保养相机和镜头。

2.6.1 相机的存放

在存放相机时应该尽量将相机和镜头放入到防潮箱中，这样可以保证相机不会因为环境的因素受潮，导致相机和镜头中产生霉斑，从而影响正常的使用。

每一次外出拍摄回来，应该尽快地将相机和镜头从相机包中取出，然后放入到防潮箱中，如下左图所示。如果没有防潮箱，只能将相机和镜头存放在摄影包中的话，那么可以在相机包中放置一些干燥剂，同样可以起到防潮效果，如下右图所示为干燥剂。

防潮箱

干燥剂

拍摄心得

在相机包中放置干燥剂时，要注意尽量放置颗粒型的而不要放置粉末状的，这是为了避免干燥剂外包装破裂粉状干燥剂撒出来进入相机和镜头内部，导致相机无法正常拍摄。另外，在存放镜头的时候，还可以使用单独的镜头筒来存放。

2.6.2 镜头的保养

镜头和相机一样都是需要进行保养的，镜头的保养主要在镜头的前镜上，而镜头的镜身多采用清洁布来清洁即可。下面针对镜头的清洁方法来说明如何更好地保养镜头。

01 步骤 拿出镜头并取下镜头盖，然后使用镜头笔在镜头表面上擦拭，在擦拭过程中，一定要慢要轻，如下图所示。

02 步骤 注意在清洁镜头时，擦拭镜头表面下手要轻且慢，不要将镜头镜片外镀膜擦坏。还可以购买专用的镜头纸来对镜头进行清洁，方法和使用镜头笔清洁的方法一样，如下图所示。

2.6.3 清洁机身和显示屏

长时间在户外拍摄，相机的表面或多或少都会沉积一些灰尘，在手柄处，还会出现白色的汗渍，那么拍摄者就需要对自己的相机进行清洁。

在清洁相机机身时，首先使用气吹吹去相机机身上的细小灰尘和浮屑，尤其是相机的取景器位置。在清洁的时候要注意不要让气吹头划伤取景器，最好用布或者毛刷等柔软的东西擦拭，如下左图所示。然后使用清洁布占取少量的清洁液对机身部位进行擦拭，如下右图所示。

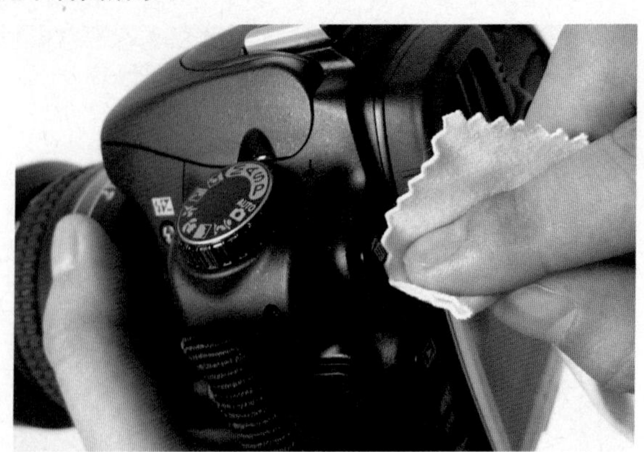

接下来清洁相机的液晶屏。首先用毛刷清除液晶屏上的灰尘或者液晶屏保护盖上的灰尘，如右图所示。再往显示屏上喷上少许清洁剂，如果是尼康的相机，那么先要取下液晶屏保护盖。然后使用清洁布按照一定的方向擦拭显示屏，此时需掌握力度，不要因过度挤压而造成液晶显示屏的损坏。

对于不带自动清洁感应器功能的相机来说，如果感光元件上进灰了，那么就需要进行手动除尘了，下面就来看看手动除尘的过程。

01 步骤 取下镜头，开启相机，选择M挡，设置快门到B门，拿出清洁工具中的气吹对相机的反光板进行清灰操作，如下图所示。

02 步骤 按下快门不放，然后使用气吹对感光元件清灰操作，如下图所示。

拍摄心得

如果数码相机带有自动清灰功能，那么可以直接通过菜单设置来完成。例如佳能数码单反相机可以在第2设置菜单中选择“清洁感应器”菜单，再选择“立即清洁感应器”选项，来自动清洁感光元件。

2.6.4 充电时的注意事项

将电池安装到充电器上，然后接通电源，当电池充电时指示灯会呈红色并且不停闪烁，例如尼康相机的电池在充电的时候，CHANGE指示灯不停闪烁。当完成充电之后，END指示灯会长亮，并呈绿色显示。在这里一定要注意的是，当充电完成时应及时关闭电源，不要让电池一直处于充电状态，尤其是新电池，有人认为新电池应该扩充，其实并没有这样的必要，反而会减少电池的寿命。

另外，在外出拍摄之前，如果遇到电池的电量不足或者电池中的电量还没有完全用完，那么这个时候能不能对电池充电呢？其实，因为相机的锂电池没有记忆效应，所以可以随时对电池进行充电，哪怕只有一小会时间，尤其是在外出旅游时，只要有时间就对电池充电可以保证电池电量充足。

对电池进行充电

2.7 疑难解答

画面的暗角是如何产生的？

暗角是指拍摄出来的照片四个角上显示呈弧形较暗的边角。暗角直接影响照片边缘的成像，通常画面产生暗角的原因有以下几点

- 采用大光圈广角镜头拍摄时可能会产生暗角。
- 采用变焦镜头的广角焦段时可能会出现暗角。
- 不正确使用遮光罩也会出现暗角，例如广角镜头使用很长的遮光罩。

左图和下图所示的照片中，画面四周没有出现黑色的暗角，而下右图所示的照片中由于不正确使用遮光罩，导致了画面四周出现了黑色暗角。

防抖功能在机身上和在镜头上哪个效果会更好？

通常情况下，镜头防抖功能和机身防抖功能的补正效果是相同的。防抖组件装载在机身内时，补正作用的位置位于光学系统的后端，而装载在镜头内时位置位于光学系统的中央，虽然位置略有差异，但是对于防抖来说，只要补正的调整方法到位，效果差异不大。

但是从使用的方便性来看，镜头内搭载防抖功能更有优势一些，这是因为在取景时，可从取景器内实时观察补正效果，对被拍摄主体进行仔细观察后等待拍摄时机。如下左图所示为佳能镜头上的防抖功能开关。

从另一方面来说，装载在相机内部的防抖功能对任何镜头都有效，可谓性价比高。如下右图所示为索尼a350机身防抖开关。

佳能镜头防抖功能开关

索尼a350机身防抖功能开关

第3篇 摄影基础原理

既然数码影像的获取是通过数码相机完成的，那么在了解相机及镜头基础知识后，更好地掌握相机的基本设置，了解对焦、测光模式，以及控制曝光量的快门速度、光圈、感光度、曝光补偿及白平衡等设置，再通过结合各种曝光模式的搭配使用，才能使我们更加自如地控制相机，以便在今后的实拍中不会手忙脚乱。

第3章

数码相机的常用操作与设置

本章知识要点

- 了解相机及存储卡的基本设置
- 调整相机的取景系统
- 选择正确的对焦模式
- 了解测光原理及测光模式

3.1 设置时间和日期

为相机设置时间和日期可以让我们在拍摄后更清楚地了解所拍摄照片的时间和日期。这里以佳能EOS 500D为例，设置相机时间和日期，其步骤如下。

01 步骤 按下相机上的MENU按钮，如下图所示，显示菜单。

02 步骤 通过按下相机的左右按钮选择第2设置菜单。再按下相机的上下按钮选择“日期/时间”选项，如下图所示，然后按下SET按钮。

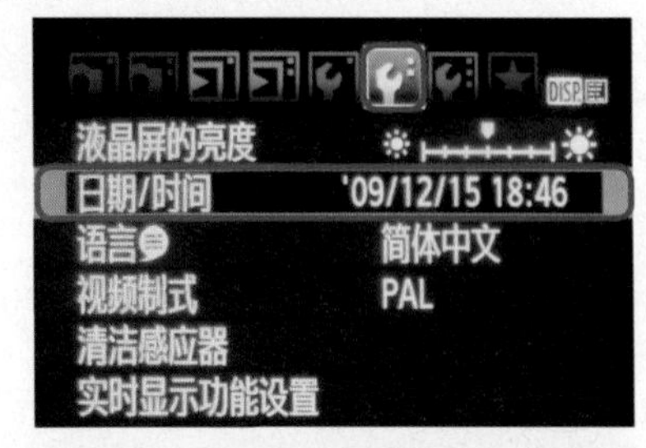

03 步骤 在“日期/时间”选项菜单下，先按下左右按钮选择日期或时间，再按下SET按钮选定需要设定的参数，然后按上下按钮设置日期或时间数值，设置后按下SET按钮，再按左右按钮选择“确定”选项，如右图所示，然后按下SET按钮，即可完成日期和时间的设置，并退出该选项菜单。确定设置之后，时间和日期便开始运用了，这时再按下MENU按钮，便可返回拍摄设置显示。

3.2 存储卡的格式化与写保护

存储卡的格式化与写保护功能是两个相反作用的功能。通常我们在使用新存储卡、其他使用的存储卡时需要使用相机的格式化功能对存储卡进行格式化，删除里面的内容，而写保护则是针对相机所拍摄并保存在存储卡中的图像而言的，以避免误删存储卡中的图像。

3.2.1 格式化存储卡

当出现以下情况时，需要格式化存储卡。

1. 未使用过的新存储卡。

2. 所使用的存储卡在其他相机或电脑中已经格式化过。

3. 存储卡中的图像数据已满，如右图所示为佳能EOS显示存储卡已满。

存储卡已满

4. 相机中显示与存储卡有关的错误信息。

以佳能EOS 500D相机为例，在菜单中对相机存储卡进行格式化的步骤如下。

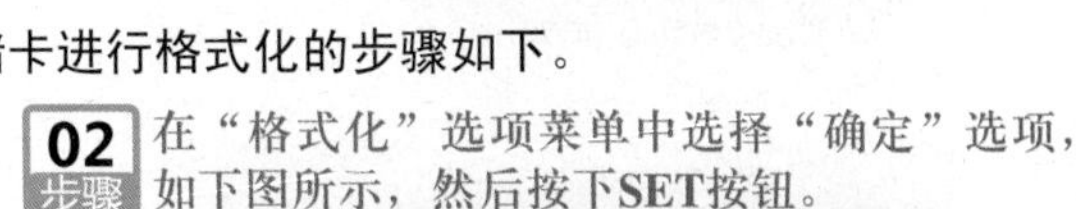

01 步骤 在第1设置菜单下，选择“格式化”选项，如下图所示，再按下SET按钮。

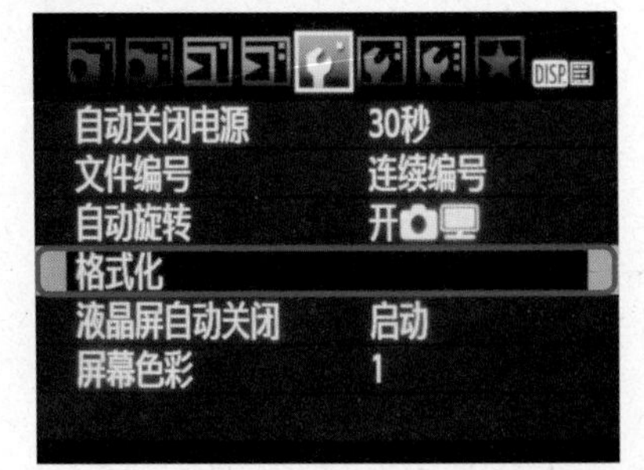

02 步骤 在“格式化”选项菜单中选择“确定”选项，如下图所示，然后按下SET按钮。

若拍摄者要进行“低级格式化”，如右图所示，按下删除按钮，勾选“低级格式化”复选框后，再选择“确定”选项，按下SET按钮即可。

如果感觉存储卡的记录或读取速度较慢，请进行低级格式化。由于低级格式化会删除存储卡中的所有记录区，因此它比标准格式化花费时间稍长。如果选择取消选项停止低级格式化，那么在没有完成低级格式化的情况下也将继续完成标准格式化的操作。

一旦格式化存储卡后，存储卡中的所有图像和数据都将被删除，即使被保护的图像也将被删除，所以要确认其中没有需要再保留的图像。拍摄者在格式化之前，应先将图像保存在电脑中或存储在其他设备中备份。

当存储卡被格式化或数据被删除时，实际上原始图像数据并不会完全被抹去，运用专业的恢复软件是可以将存储卡中的部分数据恢复的。如果是重要的图像需要删除，请对存储卡执行低级格式化或使用更加专业的软件对存储卡进行格式化，而在丢弃存储卡时，甚至可以对存储卡进行物理损坏以防重要文件或资源数据的泄漏。

3.2.2 为存储卡的重要照片写保护

在删除照片时，可能很多拍摄者都遇到过不慎将重要的照片删除的情况，若先给照片写保护就会避免这样的失误了。

使用佳能EOS 500D时，为相机存储卡中的图像设置图像保护的步骤如下。

01 步骤 在第1回放菜单下，如下图所示，选择“保护图像”选项，再按下SET按钮，将会出现保护设置屏幕。

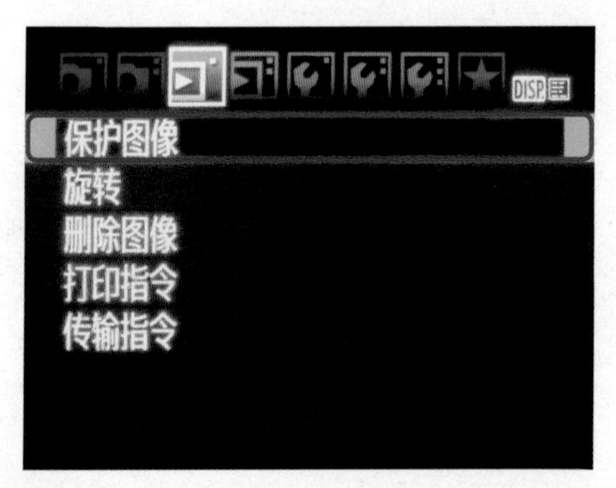

02 步骤 在保护设置屏幕下，按左右按钮选择需要保护的图像，然后按下SET按钮，此时图像上出现图像保护图标，如下图所示，即图像已经被保护了。若要取消该图像的保护，则需要再次按下SET按钮，图像保护图标消失。当要退出该页面时，只需要按下MENU按钮。

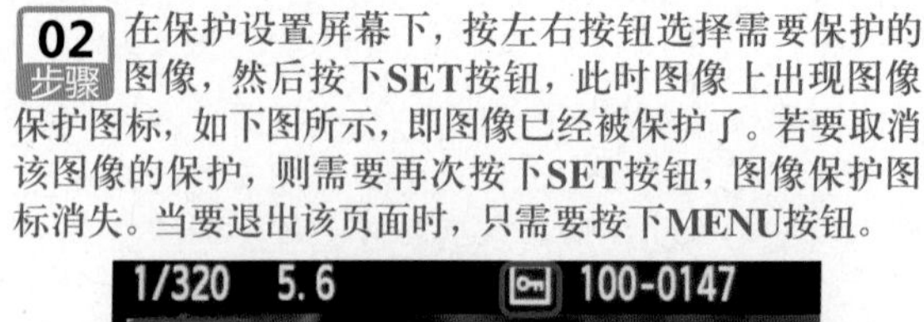

拍摄心得

图像被写保护后，拍摄者使用相机的删除功能不能将这些被保护的图像删除。要删除被保护的图像，必须先取消保护。即使删除存储卡中的全部图像，被保护的图像也将保留，该功能比较适合一次性删除所有不需要的图像。如果对存储卡执行格式化，则被保护的图像将会被删除。

若是尼康数码单反相机的使用者为相机存储卡中的影像写保护则更加简单，只用在回放照片时按下保护按钮即可对照片进行保护。

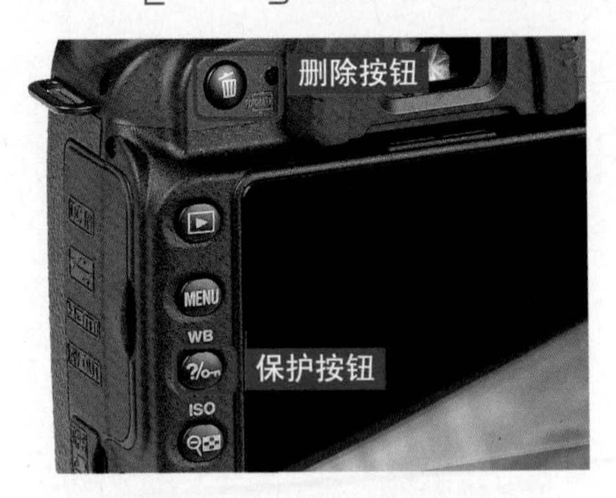

拍摄心得

尼康数码单反相机的使用者在回放照片时，可以同时按下“保护按钮”和“删除按钮”2s左右便可以迅速取消保护相机中所有被保护的影像，以便删除。

若拍摄者所使用的相机可以使用SD卡或SDHC卡，那么为图像设置保护就更加简单了，因为这类存储卡上直接配备了一个写保护开关，以防止数据的意外丢失。

如右图所示，沿着箭头的方向将存储卡上的写保护开关处于“锁定”位置时，即可对整张存储卡进行写保护。这时，相机会无法继续记录或删除存储卡中的图像，而且也无法对存储卡进行格式化。

写保护开关

3.3 设定分辨率、画质和格式

为所拍摄的图像设置分辨率、品质和格式将决定每张照片会占用存储卡空间的大小。分辨率大且品质高的图像可以获得更大的打印尺寸，但同时它所需要的存储空间也会变得更大，也就是说，相同容量大小的存储卡中可储存的照片数量将更少。

拍摄心得

佳能相机的使用者需要注意除了设置这些基本参数会影响图像文件的大小之外，当我们将相机的ISO感光度提高时照片的存储数量同样会减少，也就是说若提高ISO感光度图像文件的储存空间会减少，因而在存储卡可拍摄数量太少时，可以适当地降低ISO感光度。

佳能数码单反相机的使用者只用在第1拍摄菜单中选择“画质”选项，如下图所示，就可以在“画质”选项菜单中分别进行照片的分辨率、画质和格式参数的设置了。

尼康数码单反相机的使用者需要在“拍摄菜单”中选择“影像品质”和“影像尺寸”选项，如下图所示，分别对照片的分辨率、画质和格式参数进行设置。

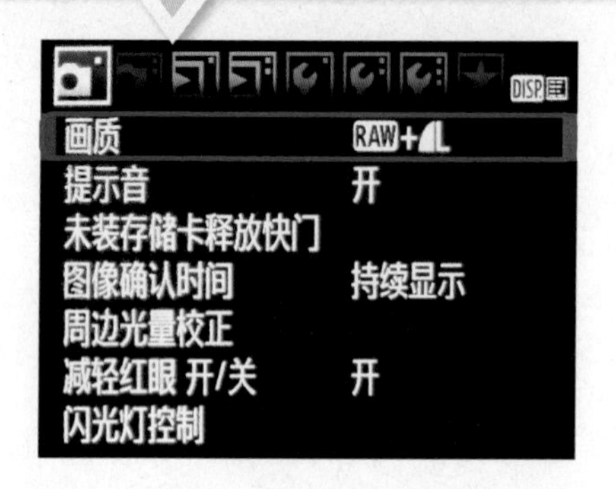

3.3.1 设置分辨率

不论是佳能相机还是尼康相机，分辨率在表示照片的大小时都分为L/M/S，即大、中、小三种选项。其中L的像素及存储大小是M的1倍，M的像素及存储大小是S的1倍。拍摄者在了解了所使用相机的最大有效像素后，可以根据照片的拍摄用途，适当地进行调整。

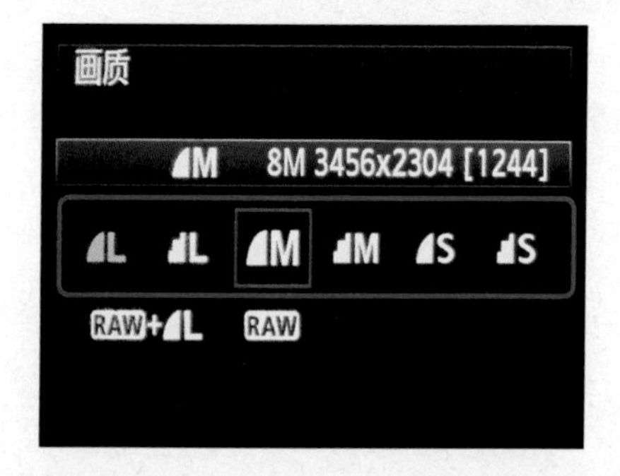

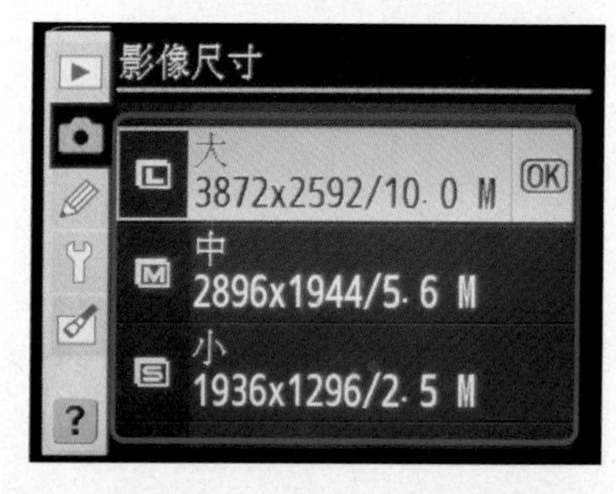

随着高像素相机的普及，即使拍摄者选择较小的影像尺寸，也可以满足普通的打印使用需要。如表3-1所示，为影像大小与打印尺寸之间的关系。

表3-1 影像大小与打印尺寸之间的关系

影像大小	像素尺寸	200dpi时打印尺寸
大L/10.0M	3872×2592	49.3×32.9cm
中M/5.6M	2896×1944	36.8×24.7cm
小S/2.5M	1936×1296	24.4×16.5cm

3.3.2 设置画质

佳能相机图像画质的设置在“画质”选项菜单中进行，如下左图所示，有◢和▟两种设置选项。尼康相机图像画质的设置在“影像品质”选项菜单中进行，如下右图所示，有JPEG精细、JPEG一般和JPEG基本3种选项。两种相机的设置本质是一样的，即画质越高，压缩率越低，图像越精细。

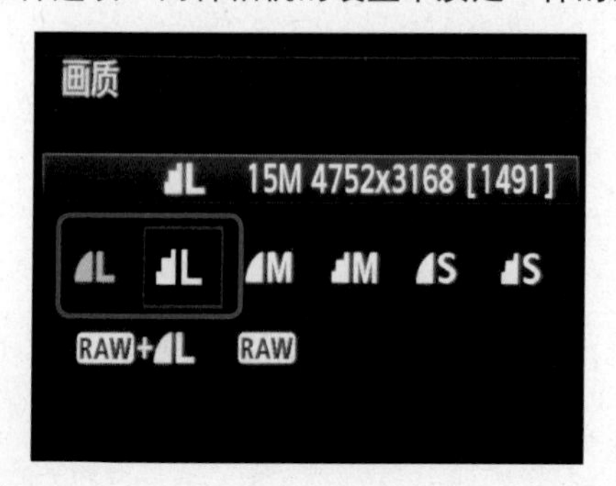

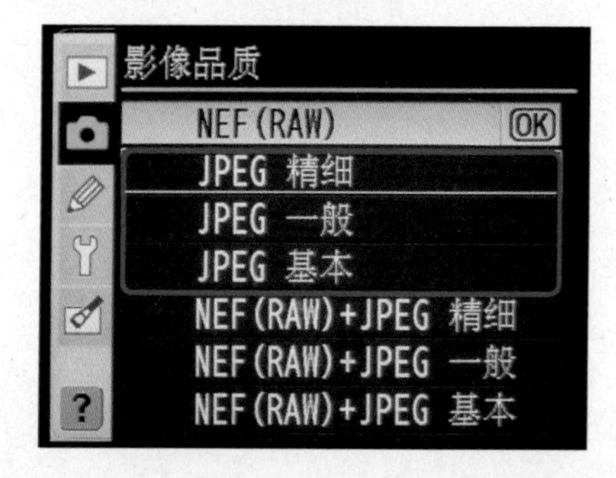

佳能相机中的◢和▟分别表示不同压缩比和不同画质精细度的图像。像素相同时◢图像具有较高的图像画质；如果选择▟，图像画质会稍低一些，但是存储卡上可以储存更多图像。在尼康相机中，通常“JPEG精细”的压缩率为1∶4；“JPEG一般”的压缩率为1∶8；“JPEG基本”的压缩率为1∶16。

3.3.3 设置格式

说到图像的格式，通常我们会选择JPEG格式，因为JPEG格式的图像不论是在电脑上浏览还是在网络中上传，或是普通打印的识别率都是非常高的，也就说JPEG是兼容性非常高的一种存储格式。RAW格式图像是感光元件上所记录下来没有丝毫压缩的最原始数据，便于后期的编辑处理及高质量的打印，因而也被称之为“数码底片”。

在设置格式时，佳能相机还是在“画质”选项菜单下进行，如下左图所示，尼康相机在“影像品质”选项菜单下进行，如下右图所示。两种相机通常都具备JPEG和RAW两种格式，而RAW+JPEG格式是以相同的文件名记录两个不同扩展名的副本，这种格式既可以在电脑中浏览，又便于后期处理。

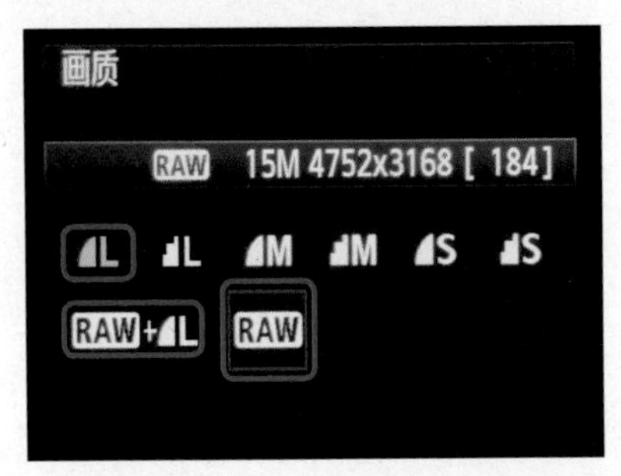

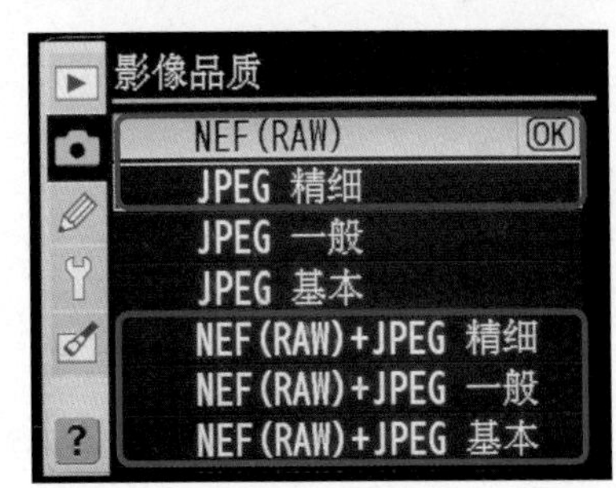

拍摄者在查看以RAW+JPEG为格式拍摄的照片时，在相机中只显示JPEG图像，但两个副本都记录在同一张存储卡上，删除照片时将同时删除RAW和JPEG两个副本。

在前面一节介绍的“影像尺寸”的设置中，通常只针对JPEG格式的图像，不包括影像RAW格式的图像。尼康相机的使用者还需要注意在RAW格式下白平衡包围会自动失效无论选择的是NEF（RAW），还是NEF（RAW）+JPEG选项都将自动取消白平衡包围。

3.4 屈光度的调整

在使用数码单反相机拍摄时通常我们都是使用取景器进行取景构图的，因此在拍摄前要确保能通过取景器获得清晰的焦点。

佳能EOS 500D

佳能EOS 1Ds Mark III

不论是同一品牌的数码单反相机还是不同品牌的数码单反相机都会存在屈光度调节控制器的造型与所在位置不同的现象，但我们大都能在取景器的附近可以看到有“+”或“–”调节量的增减标记，如下面两幅图所示，这两种相机的增减标记分别在屈光度调节旋钮的附近和在屈光度调节控制器的上面。拍摄者只需要一边使用取景器观察被摄体，一边用手指进行调整直至焦点清晰即可。

3.5 开启取景器警告功能

在大部分佳能数码单反相机中，取景器的警告提示是默认开启的，没有办法关闭。而尼康数码单反相机也是默认将取景器警告开启的，若不慎关闭，将不再显示任何警告，拍摄者可以在相机中重新开启该功能。

下面以尼康相机为例，在菜单中设置取景器警告开启的步骤如下。

01 步骤 在“个人设定菜单”中选择“取景器警告”选项，如下图所示，再按下OK按钮。

个人设定菜单
07 ISO 自动 OFF
08 网格显示 ON
09 取景器警告 ON
10 EV 步长 1/3
11 曝光补偿 OFF
12 中央重点 (·) 8
13 自动包围曝光设定 AE

02 步骤 在“取景器警告”选择菜单下选择“开启”选项，如下图所示再按下OK按钮。

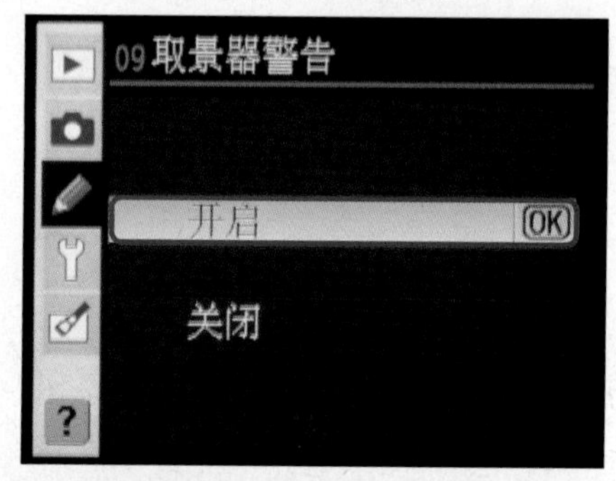

取景器警告不受任何拍摄模式的限制，可以在所有模式下显示这些警告提示。开启该项功能后，相机取景器中显示的警告会增加表3-2中的几种警告显示。

表3-2　取景器中显示的警告提示

警　告	说　明
B/W	当选择了单色优化校准时显示
（电池图标）	电池电量低时显示
（存储卡图标）	未插入存储卡时显示

不论是佳能还是尼康相机，除了上面的几种取景器警告显示外，相机还会在液晶显示屏、控制面板，及取景器中显示很多常见的警告及错误信息，如表3-3所示。

表3-3　常见的警告及错误信息显示

佳能EOS 50D警告显示		尼康 D90错误信息显示		备　注
液晶显示屏	取 景 器	控 制 面 板	取 景 器	
FuLL CF		FuLL	FuL	存储卡已满
Err CF		[CHA](0]		存储卡出错/存储卡处于锁定状态
no CF		[-E-]	（存储卡图标）/[-E-]	未检测到存储卡
—		For		存储卡未格式化
Err	—	Err		错误代码/相机故障
—	●	—	●	合焦提示
buSY		Job nr	—	数据处理中
*	—	—		自动曝光锁
D+		—		高光色调优先
ϟ	—	—	ϟ	佳能相机中闪光灯准备就绪/闪光曝光锁错误，尼康相机中若闪烁3s则表明曝光不足
—		[ϟ]	ϟ	所安装的闪光灯不支持i-TTL闪光控制或被设置为TTL模式
—		FE E		镜头光圈环未锁定为最小光圈
—		F - -		未安装镜头/安装非CPU镜头

除了这些常见的警告显示之外，佳能EOS 50D液晶显示屏中会出现“CLEA n”为清理感光元件的提示，尼康D90控制面板和取景器中会出现“HI ”曝光过度、“Lo”曝光不足等信息提示。在尼康相机的快门优先模式下，若出现“- -”则需要改变快门速度或是使用手动曝光模式。

3.6 开启网格线显示

目前，市面上的佳能数码单反相机都具备实时显示拍摄功能，都能在实时显示拍摄模式下开启网格线显示。而入门级佳能数码单反相机为了节约成本，对焦屏基本都不具备网格线，因而不能在取景器中看到网格线。

以佳能EOS 500D数码单反相机为例，设置实时显示拍摄模式下的网格线步骤如下。

01 步骤 在“实时显示功能设置”选项菜单中，选择“网格线显示”选项，如下图所示，然后按下SET按钮。

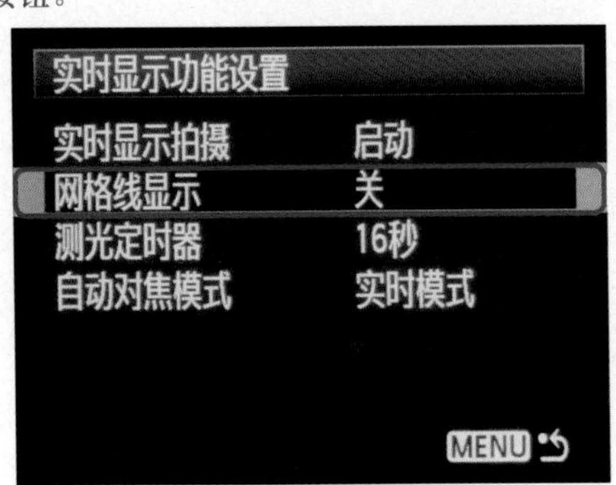

02 步骤 在“网格线显示”选项菜单中，拍摄者根据自己的喜好，可从供选择的“网格线1”和“网格线2”中进行选择，如下图所示，然后按下SET按钮。

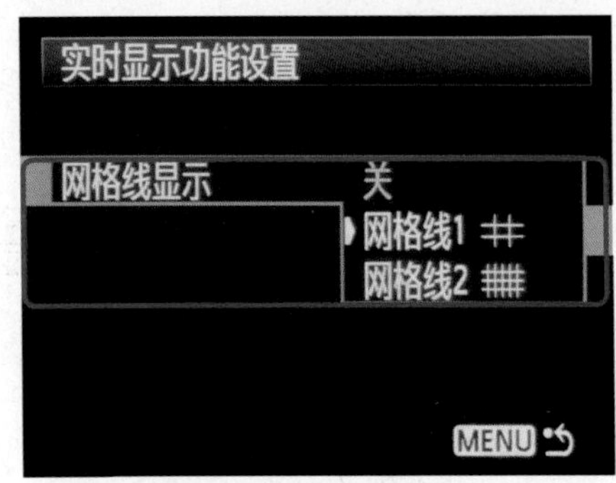

尼康相机从入门级到中、高端数码单反相机都可以开启对焦屏网格显示功能，使拍照者在取景器中得到拍摄的便利。

以尼康D80数码单反相机为例，设置取景器中网格线的步骤如下。

01 步骤 在“个人设定菜单”中选择“网格显示”选项，如下图所示，然后按下OK按钮。

02 步骤 在“网格显示”选项菜单中选择“开启”选项，如下图所示，然后按下OK按钮。

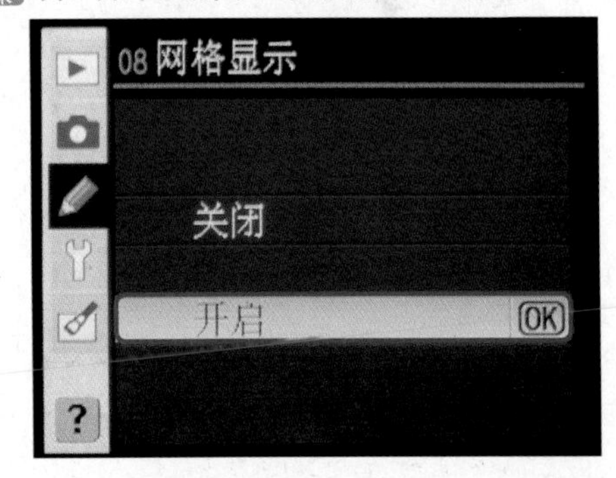

拍摄心得

对于部分佳能中、高端数码单反相机（如EOS 50D/5D Mark Ⅱ等），相机中配备了标准对焦屏，使用者还可以另行购置配备带网格线的对焦屏或超精度磨砂的对焦屏。

对于部分佳能中、高端数码单反相机的使用者，只有使用具有网格线的对焦屏才可能像尼康数码单反相机一样利用取景器中的网格线。网格线可以让我们在取景器中对被摄体进行更加轻松地画面布局，从而使所拍摄的照片获得更精彩的构图。

网格线可以帮助我们保持地平线的平直，如下图所示。也可以让拍摄者有所参照，将被摄体置于更加符合审美视觉的最佳位置上，如右图所示。

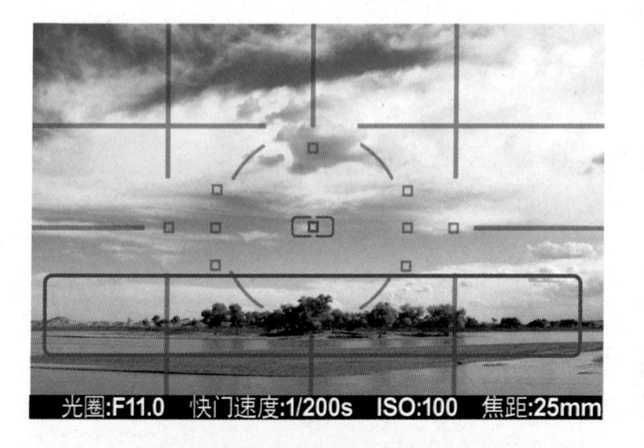

3.7 开启相机省电功能

很多拍摄者都碰到过电池没电而美景无法记录的状况。为了让我们所使用的相机能更长时间地工作，除了多配备一些电池之外，在使用相机时，还可以通过开启菜单中的相机省电功能延长待机时间。但是在佳能和尼康相机中设置相机的省电功能却有不同的方法。

在佳能相机中设置自动关闭电源的时间可以达到省电的目的，其操作步骤如下。

01 步骤 在第1设置菜单下选择“自动关闭电源”选项，如下图所示，然后按下SET按钮。

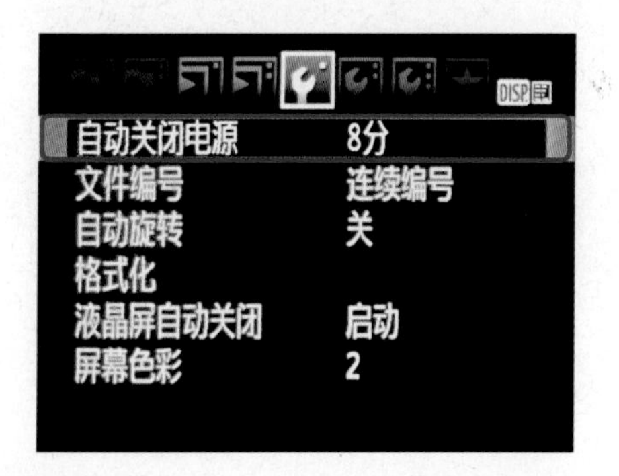

02 步骤 在“自动关闭电源”选项菜单中，如下图所示，拍摄者可以选择不同的时间，时间越短，越能达到省电的目的，然后再按下SET按钮完成设置。

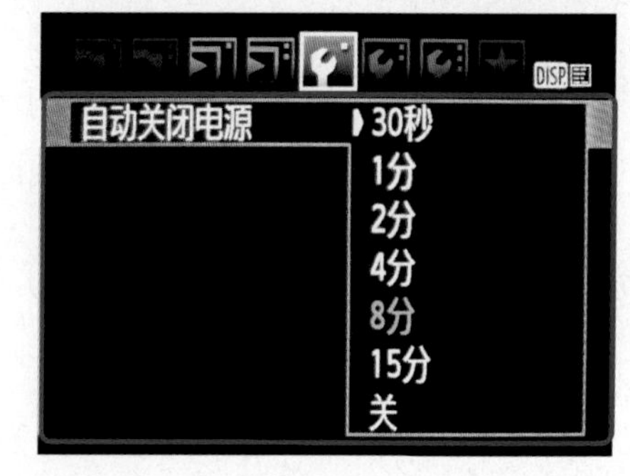

拍摄心得

如果该选项设置为“关”则相机电源不会关闭，但液晶监视器会自动关闭。为了起到省电的目的，拍摄者只有自己关闭相机电源才能让相机停止工作，而当按下快门按钮或其他按钮时会重新唤醒相机。

由于相机液晶显示屏长时间使用较为费电，因而缩短液晶显示屏关闭延迟时间可以起到省电以及延长电池寿命的目的。

在尼康相机中设置显示屏关闭的时间可以达到省电的目的，其操作步骤如下。

01 步骤 在“个人设定菜单”下选择“显示屏关闭”选项，如下图所示，然后按下OK按钮。

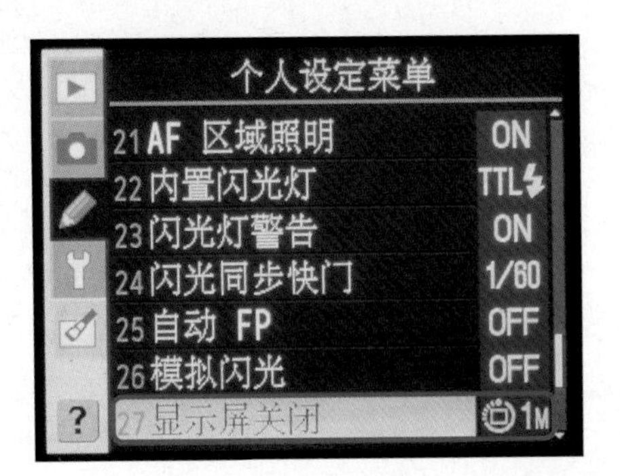

02 步骤 在“显示屏关闭”选项菜单下，如下图所示，拍摄者可以选择不同长短的时间，时间越短，越能达到省电的目的，然后再按下OK按钮完成设置。

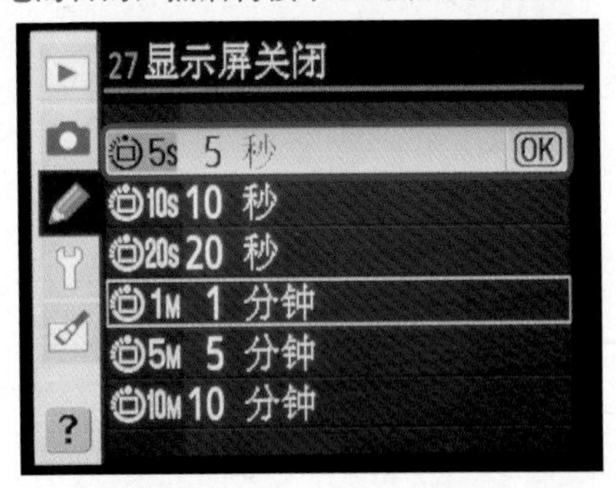

3.8 轻松让主体变清晰——对焦

对焦，无非就是使拍摄者从取景器中观测到的被摄体由模糊到清晰的过程。对焦可以通过相机的自动对焦系统进行自动对焦，而在自动对焦失效或是自动对焦变得迟缓时（如镜头出现“拉风箱”的现象），拍摄者还可以调整对焦系统，采用手动对焦，以获得更好的拍摄效果。

3.8.1 自动对焦

开启自动对焦后，相机会自动根据所选对焦点寻找被摄体，并实现对焦，即被摄体从模糊到清晰的过程。以佳能数码单反相机为例，首先将镜头上的对焦模式设置为AF，再在菜单中选择相应的自动对焦模式后半按快门，相机便会按照所选择的自动对焦模式完成自动对焦。

相机的自动对焦模式通常分为单点单次自动对焦、单点多次自动对焦，以及更加方便的自动选择自动对焦。

1. 单点单次自动对焦

单点单次自动对焦在佳能数码单反相机的选项为ONE SHOT，如右图所示，而在尼康数码单反相机中显示为AF-S。半按快门时，相机对被摄体只实现一次自动合焦，因而该对焦模式更适合拍摄静止的被摄体。另外，只有在取景器中出现了合焦提示后，才能完全释放快门按钮。

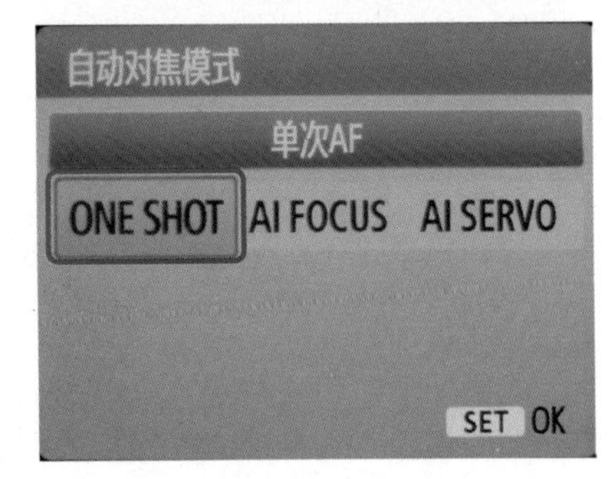

光圈:F8.0 快门速度:1/5s ISO:320 焦距:35mm

在单点单次自动对焦模式下对博物馆中陈列的文物进行拍摄时，如左图所示，相机不会做过多的犹豫，只要拍摄者听到合焦提示音或是看到合焦提示后即可释放快门。

2. 单点多次自动对焦

单点多次自动对焦在佳能数码单反相机中的选项为AI FOCUS，如右图所示，而在尼康数码单反相机中显示为AF-C。半按快门时，相机将会对被摄体进行持续的对焦，因而该对焦模式更适合拍运动的被摄体。另外，在取景器中的合焦提示即使没有亮起，也能完全释放快门按钮完成拍摄。

在拍摄运动的动物时，每次合焦才释放快门可能会影响拍摄速度，遗失更多精彩的画面，而使用单点多次自动对焦模式不用合焦就可以多次释放快门，如下图所示，拍摄者可以在众多的拍摄照片中找到满意的画面。

光圈:F6.3 快门速度:1/1600s ISO:400 焦距:250mm

拍摄心得

在拍摄运动中的被摄体时，由于没有合焦也能释放快门，拍摄者应尽量使用对焦更加稳定且准确的中央区域的对焦点，这样可以提升拍摄运动题材影像的成功概率。

3. 自动选择自动对焦

佳能数码单反相机的自动选择自动对焦模式为AI SERVO，如右图所示，而在尼康数码单反相机中显示为AF-A。拍摄者不用担心被摄体是运动还是静止，相机都会根据被摄体自动切换选择单次单点自动对焦或单点多次自动对焦，以满足多变的被摄体，因而该模式适合大多数被摄体的拍摄。

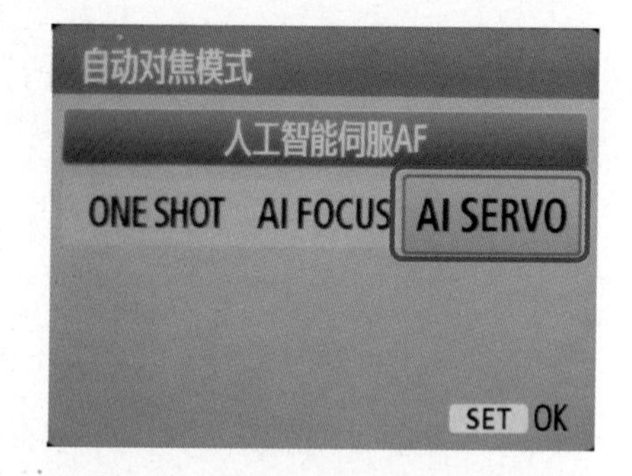

拍摄心得

在自动选择自动对焦模式下，佳能相机会发出合焦提示音，但取景器中的合焦提示指示灯不会亮起。而在尼康相机中，只要相机可以进行对焦就能释放快门。

3.8.2 手动对焦

自动对焦对于快速地拍摄是很方便的，可以大大地提升拍摄效率，但是自动对焦不是万能的，在很多情况下，使用自动对焦模式会难于合焦，并且合焦后的拍摄效果并不一定是拍摄者所想要的，此时则需要使用手动对焦。如右图所示，将镜头上的对焦模式改变为MF，即手动对焦模式。

通常来说，在以下这些情况下拍摄时自动对焦会失效。

1. 拍摄反差小的被摄体，即被摄体与背景之间的对比差异很小，如蓝天、色彩单一的墙面。

2. 弱光环境下的被摄体。

3. 强烈逆光或反光的被摄体，即对焦点覆盖于被摄体上光量面与阴影面。

4. 自动对焦点覆盖了从近到远的多个被摄体，如铁笼中的狮子。

5. 重复的造型图案，即被摄体由规则的几何图案构成，如摩天大楼的一排窗户。

6. 被摄体过小或细节过多，即细小且缺少亮度变化的被摄体，如花海、微距昆虫等。

在出现以上这些现象时，可以使用以下两种方式进行解决。

1. 使用单点单次自动对焦模式对焦于相同距离的其他被摄体，锁定对焦之后再重新构图拍摄。

2. 如果使用以上的方式还是不能实现最清晰锐利的对焦效果时，将对焦完全交给拍摄者自己，使用万能手动对焦模式进行拍摄就可以了，不过拍摄效率可能会比较低。

自动对焦

手动对焦

当自动对焦点覆盖前后被摄体，并且主体与背景中的被摄体颜色也比较相近时，即使完成拍摄，也很难获得满意的拍摄效果，如右上图所示，此时拍摄者使用手动对焦模式，慢慢调焦之后反而更容易获得需要的拍摄效果，如右下图所示。

对于大部分具有机身对焦马达的尼康单反相机而言，在使用自动对焦功能时，如果改变镜头上对焦模式的选择，那么同时也要改变机身上的对焦模式的选择，只有两者保持一致，才能真正实现自动对焦或手动对焦。

拍摄心得

使用尼康数码单反相机的用户需要注意，在默认情况下，相机对焦点的选择是“不循环”的，如右图所示，此时在选择了最左边的对焦点后，要经中间的对焦点才能重新回到最右边的对焦点上。而设置了“循环”之后，在选择了最左边的对焦点之后，通过多重选择器的左键可直接跳到最右边的对焦点上，以便更快速地对焦。

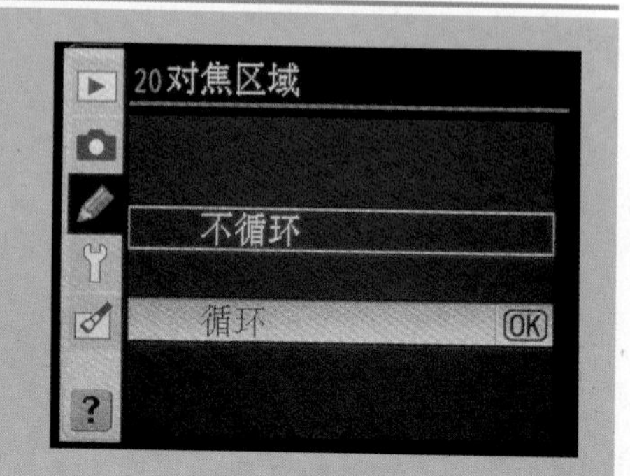

3.9 了解测光与测光模式

摄影是光影结合的艺术，但是如何将光运用好实在是一件非常困难的事，好在现在大多数相机都是自动测光、自动对焦，解决了不少初学者在拍摄时的困惑。

虽然现在大多数数码相机拍摄的图片都可以通过后期数字暗房处理来调节曝光，但是对于曝光过渡的图片，暗部细节和层次已经全部丢失，如果要想调节回来比较困难，而如果是欠曝严重的照片，修正曝光后则会出现较多的噪点，细节也会有所损失，所以尽量让拍摄的照片拥有正确的曝光是我们拍摄数码照片的前提之一。数码相机大多提供了多种测光方法可供选择，如何选择又是一件让人头疼的事，这里我们就分析目前常见的几种在数码相机中出现的测光方式，希望能对读者日后的拍摄带来一定的帮助。

大多数的数码相机或传统傻瓜相机都具备这3种测光方式：中央重点平均测光、评价测光以及点侧光。这三种测光方式基本可以应付所有的拍摄，但是在影楼以及一些专业场合或者广告拍摄中，摄影师会根据测光表的数值来进行拍摄。若使用相机自动测光有欠缺，还可以使用手动方式控制快门速度和光圈大小，使画面的曝光更加的准确，但相对来说，需要对相机的参数设置十分熟悉。

3.9.1 什么是测光

什么是测光？简单地说，相机的光圈是控制相机通光量的元件，而快门则控制着曝光时间的长短，只有正确地控制通光亮，才能保证相机正常曝光，这样数码相机的感光元件才能获得曝光适度的清晰影像，而不会出现欠曝或者过曝的现象。

而我们目前所使用的数码相机都具有这样的自动测光系统，那它又是如何实现自动测光的呢？其实原理非常简单，相机自动设置所测光区域的反光率为18%，通过这个比例进行测光，随后确定光圈和快门的数值。光圈和快门是有相关联系的，在同样的光照条件下，光圈值越大，则快门值越小，而如果光圈值越小，则快门值越大。其中反光率18%这个数值的来源则是根据自然景物中间灰色调的反光率而定的。

相机自带的测光系统又称“内装式测光表”，其运用的是反射式测光原理。如下图所示，相机通过进入到其内部的反射光线，以18%灰色调再现测光亮度获取画面准确的曝光。同时需要注意测光系统是没有视觉的，不论被摄体是什么色调，它都会认为被摄体是中灰色调，并提供中灰色调的曝光数据。

相机测光原理

3.9.2 中央重点平均测光 [ ]（中央重点测光 (•)）

中央重点平均测光也称中央重点测光，是由来已久的一种测光模式，特别是胶片时代，几乎所有的相机生产厂商都将中央平均测光作为相机默认的测光方式，该模式虽然对整个画面都进行测光，但将测光的重点放在取景器中央区域。

通常使用中央重点测光模式的摄影者需要将被摄体或需要准确曝光的部分放在取景器的中间。因此相机的测光系统会将相机的整体测光值有机地分开，中央部分的测光数据占据绝大部分比例，而画面中央以外的测光数据作为小部分比例起到测光的辅助作用，再经过相机的处理器将两个部分的数值根据一定的比例计算得到一个测光数据。用这种方式测光比使用评价测光方式更加容易控制效果，适用于拍摄人物照、特殊风景照等。

如上图所示，照片中将人物至于画面中央，使用中央重点测光对着人物的面部进行测光，同时考虑了较暗的背景环境中的测光参数，从而使得画面的曝光更有针对性，使主体获得了足够的曝光，背景也得到了适当地展现。

3.9.3 评价测光（矩阵测光）

评价测光也称多区测光、矩阵测光，该测光模式对画面中的多个区域进行评价测算，并根据这些区域的亮度、色彩、距离及组合的分配设置适当地曝光，以获得更加自然的效果，适用于常见的大多数情况。

评价测光的测光方式并不是一开始就有的，最早由尼康公司率先开发这种独特的分割测光方式，但随着技术的不断更新，该模式的测光准确性一再提升，即使对测光不熟悉的拍摄者，用这种测光方式也能够得到曝光较为准确的照片，因而该测光技术被越来越广泛地使用在我们日常的拍摄中，目前已经成为许多摄影师和摄影爱好者最常用的测光方式，适用于拍摄合照、风景照等。

如右图所示，在评价测光模式下，相机对整个场景中明暗不同的区域都进行了测光，使得整个画面得到了很好的展现。

评价测光的测光区域

3.9.4 点测光 /（局部测光 ）

点测光仅对取景器画面中央很小的区域进行测光，对于拍摄光线比较杂乱，或是为了获得更加具有创意曝光效果的画面时比较实用，即使背景很亮或很暗也能使被摄体获得正确的曝光。

这种相当准确的测光方式对于新手也不那么好掌握，怎样区别一个测光点成了需要学习的技巧，错误的测光点所拍出来的画面不是过曝就是欠曝，造成严重的曝光误差。点测方式主要供专业摄影师或对摄影技术很了解的人使用，点测方式使用不当会添乱，多用于舞台摄影、个人艺术照、新闻特写照等拍摄。

如左图所示，在夕阳西下的傍晚时分，对着天空较亮的部分测光，使得画面变暗，色调因此而变得更加浓重，使场景更适合现场气氛的展现。

点测光的测光区域

初学者可以使用对画面明暗不同的多个区域进行测光求平均值的方式，获得较为准确的曝光参数。

3.10 疑难解答

Q 怎样更好地收纳及保存存储卡，使它更便于我们使用？

A 运用存储卡包或存储卡盒，让存储卡使用更方便、保存更安全。

存储卡包可以帮助拍摄者更好地存储相机存储卡。在相机包中找存储卡会非常浪费时间，而将其置于小型存储卡包中，挂在相机背带挂钩处，可以节省寻找存储卡的时间，让存储卡的更换变得更加快捷。

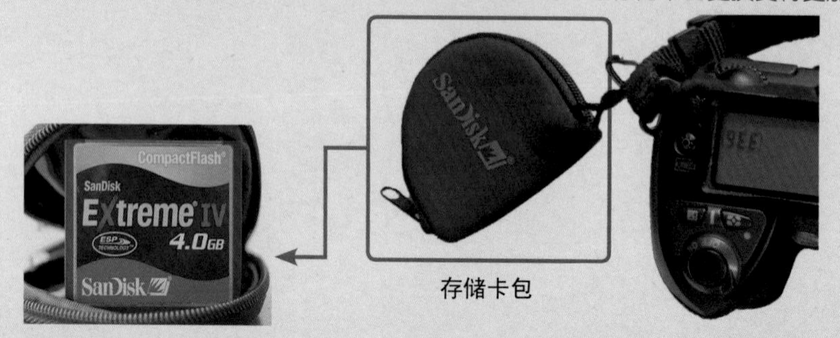

存储卡包

若长时间没有使用存储卡，可以将存储卡放置在购卡时附送的存储卡盒中，避免存储卡金属触点在潮湿的环境中被氧化。而更加专业的CRAB存储卡盒，如下图所示，则具有PP材质的高强度耐高温外壳、橡胶材质的柔软防静电内衬、防水性能等功能，能够更好地保护存储卡免受外界的损伤。

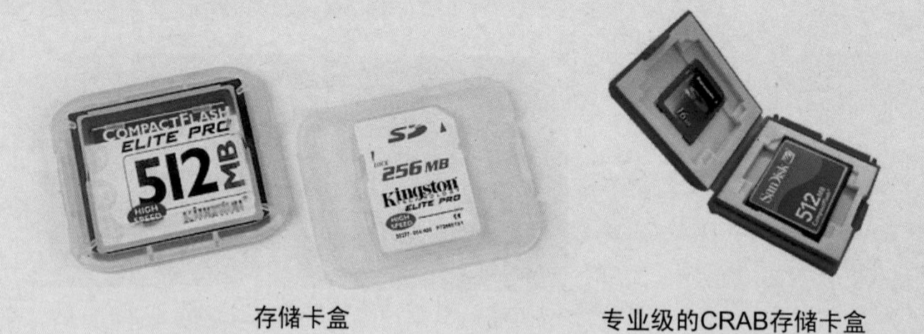

存储卡盒　　专业级的CRAB存储卡盒

Q RAW数据的12bit、14bit是指什么？

A bit是描述数码照片色彩深度的数值。

很多数码相机都具备RAW格式，拍摄者可能会在相机或是一些宣传资料上看到“14bit图像”、“12bitA/D转换”等字样，其中“bit”表示把相机感光元件传送出的模拟信号通过“A/D转换”为数字信号时，在影像处理器中进行“图像处理”的基本单位，该数值越大，照片就越精细，如12bit是4096灰阶，14bit是16384灰阶，灰阶越丰富，意味着影像保留的细节越多，死黑、死白的现象出现得越少。

由于高像素的普及，相机的像素差距越来越小，而此时影像的差距就体现在了图像处理的bit数多少上，现在高级的数码单反相机大多采用16bit进行图像处理。

尼康EXPEED影像处理器

第4章

获取理想画面的更多参数设置

本章知识要点

- 快门机构与快门速度
- 光圈、光圈与拍摄画面的关系
- 感光度的应用
- 曝光补偿的设置
- 色温与白平衡

4.1 快门机构与快门速度

快门是控制曝光时间的装置，快门速度的快慢影响画面曝光量。不仅如此快门速度还影响着画面质量，要避免手持相机拍摄时画面模糊或使用闪光灯时画面出现黑边，拍摄者需根据相机情况设置适合的快门速度，不同快门速度可形成不同的动静效果，可增强画面表现力与感染力。

4.1.1 深入了解相机中的快门机构

快门是控制曝光时间的装置，快门开启时从镜头进入的光线通过快门机构到达感光元件，相机开始曝光，快门关闭相机停止曝光。右图所示为目前被广泛应用的纵走式帘幕快门，它由前帘幕和后帘幕两片帘幕组成，按下快门按钮后前帘幕和后帘幕先后打开，通过两片帘幕开启时间间隔控制曝光时间。帘幕快门的优点在于可达到几千分之一秒的高速快门，缺点在于闪光摄影时快门速度有所限制。

帘幕快门

下图所示为低速快门的工作原理：①前帘幕开始移动，画面上部开始曝光；②前帘幕完全打开，整幅画面曝光；③后帘幕移动，画面上部结束曝光；④后帘幕完全落下，画面曝光结束。

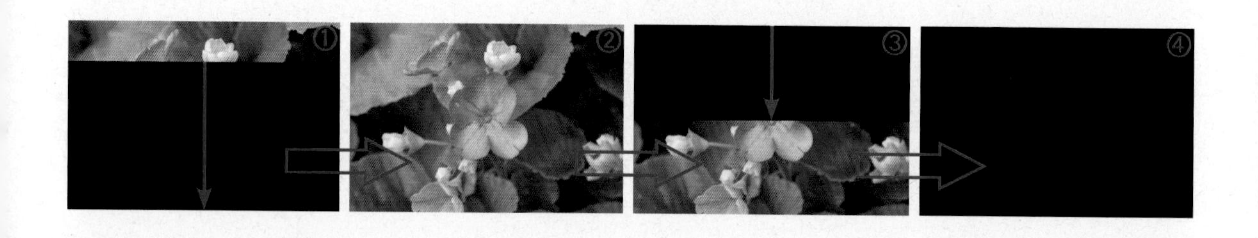

下图所示为高速快门的工作原理：①前帘幕开始移动，画面上部开始曝光；②后帘幕开始移动，画面中的曝光区域因两块帘幕的移动向下移动；③两块帘幕间的间隙继续下移；④前帘幕完全打开，后帘幕继续下移；⑤后帘幕完全落下，画面曝光结束。

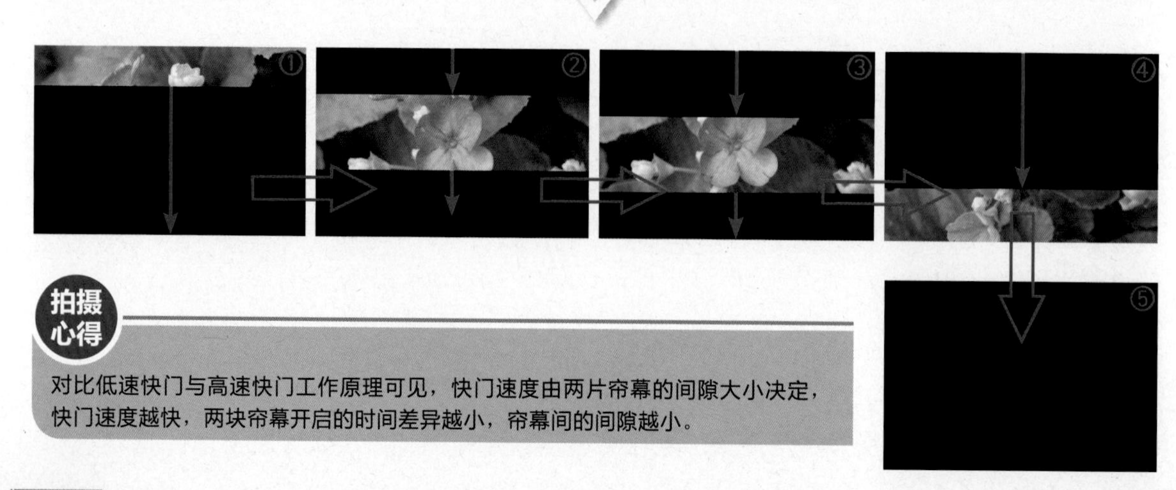

拍摄心得

对比低速快门与高速快门工作原理可见，快门速度由两片帘幕的间隙大小决定，快门速度越快，两块帘幕开启的时间差异越小，帘幕间的间隙越小。

4.1.2 安全快门的计算方法

安全快门是拍摄者手持相机拍摄时不因基本生理活动带动手部运动而导致画面模糊的最慢快门速度。安全快门的速度为拍摄时所使用的焦距的倒数，如使用60mm焦距拍摄，安全快门应为1/60s；使用100mm焦距拍摄，安全快门应为1/100s，焦距越长安全快门速度越快。如果拍摄所使用的焦距无法找到相对应的快门速度时，应使用略高于该速度的速度，如使用54mm焦距拍摄，安全快门应为1/54s，而相机无法设置该快门速度，此时应使用1/60s的安全快门速度。

右图是使用长焦距拍摄的荷塘中的蜻蜓。根据计算镜头实际焦距为135×1.5=202.5mm，安全快门速度应为1/250s，拍摄者使用的快门速度达到安全快门速度。拍摄时由于画面景深很浅，拍摄者首先取景构图，再通过设置对焦点对准蜻蜓对焦，清晰呈现被摄体，此方法可避免半按快门对焦再重新构图导致的对焦位置改变。

光圈:F5.6　快门速度:1/320s　ISO:200　焦距:135mm

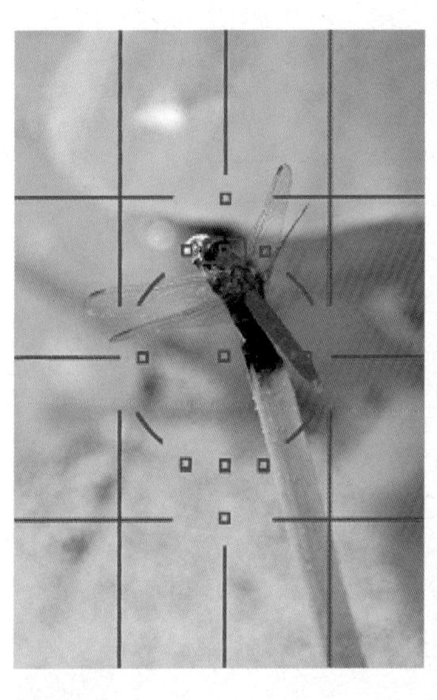

在计算安全快门速度时应将镜头转换系数考虑在内，如使用镜头转换系数为1.5x的相机、焦距50mm的镜头拍摄，实际焦距为75mm，计算出的安全快门速度应为1/75s。需要注意安全快门速度只是一个参考标准，并非达到安全快门速度的画面就一定不会模糊。

4.1.3 不同快门适合表现的画面

快门速度的首要作用是与光圈、感光度共同作用控制曝光。在拍摄对画面动静效果有特殊要求的画面，拍摄者可优先设置快门速度，利用光圈和感光度控制曝光。使用高速快门拍摄可凝结物体动态，使画面清晰呈现精彩瞬间，如拍摄精彩的体育比赛；使用慢速快门可记录物体移动轨迹，使画面产生强烈的动感，如拍摄流水。

光圈:**F4.0** 快门速度:**1/640s** **ISO:200** 焦距:**200mm**

左图是使用高速快门拍摄嬉戏的小狗。高速快门将小狗跃起的样子和飞盘在空中旋转的样子凝固下来，画面将肉眼难以分辨的瞬间清晰地记录下来，给人以强烈的视觉冲击力。为提高快门速度拍摄者选择光照充足的下午拍摄。要抓拍到小狗清晰的影像不仅要使用高速快门还应注意对焦准确，使用连续对焦模式更适合拍摄动态的被摄体。

下图是使用慢速快门、借助三脚架稳定相机长时间曝光拍摄的水流，慢速快门将水流的轨迹记录下来，画面细腻流畅、动感十足。拍摄时应减小光圈以便降慢快门速度，使水流轨迹流畅。纳入岸上的树枝使画面色彩丰富。

光圈:**F36.0** 快门速度:**1/3s** **ISO:200** 焦距:**135mm**

慢速快门会形成模糊的影像，但画面中静止不动的被摄体会被清晰呈现。拍摄时纳入静止的被摄体，制造动静对比会增强画面动感。

4.1.4 快门速度与曝光的关系

在光圈和感光度不变的情况下，快门速度提高一档画面曝光量就减少一档，画面就越暗，反之画面变亮。快门速度表示为1s、1/2s、1/4s、1/8s、1/15s、1/30s、1/60s、1/125s，一个数值表示一档快门速度。

以下一组照片是在同一拍摄条件下只改变快门速度拍摄的，快门速度越高画面越暗，快门速度越慢，画面越亮。

右图中拍摄者使用小光圈拍摄静物，这样可避免静物边缘被虚化。为获得准确曝光，拍摄者使用慢速快门拍摄，拍摄时借助三脚架稳定相机避免画面模糊。

4.1.5 B门与T门的使用

B门与T门用于长时间曝光，不过二者操作方式不同。在B门下拍摄时，按住快门按钮相机开始曝光，快门按钮弹起曝光结束，拍摄者通过长按快门按钮可实现长时间曝光。在T门下拍摄时第一次按下快门按钮相机开始曝光，第二次按下快门按钮相机结束曝光，操作起来更方便。目前许多相机都没有T门，不过拍摄者可通过快门线的曝光锁定功能在B门下实现T门功能。B门与T门用于拍摄流水、星光、烟花、夜景等，通过长时间曝光使画面曝光准确、记录被摄体运动轨迹。

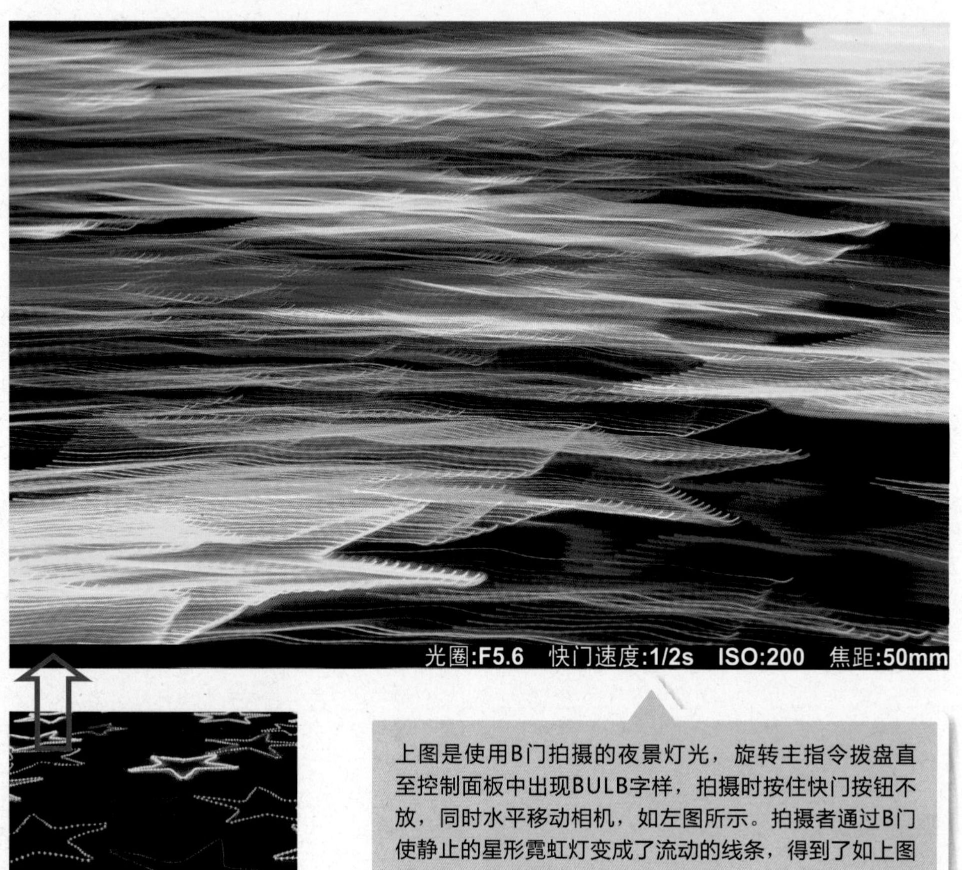
光圈:F5.6　快门速度:1/2s　ISO:200　焦距:50mm

上图是使用B门拍摄的夜景灯光，旋转主指令拨盘直至控制面板中出现BULB字样，拍摄时按住快门按钮不放，同时水平移动相机，如左图所示。拍摄者通过B门使静止的星形霓虹灯变成了流动的线条，得到了如上图所示的画面，流光溢彩、动感强烈。

拍摄心得

当快门速度无法达到安全快门速度且拍摄者无法找到三脚架等支撑物稳定相机时，拍摄者可通过有规律地移动相机制造动感，使画面出现有趣的模糊，如水平移动相机、旋转相机等。

4.2 光圈、光圈与拍摄画面的关系

光圈是控制镜头通光量的装置，它与快门速度、感光度共同作用控制曝光，同时它还与焦距、拍摄距离共同控制画面景深。光圈的设置需要考虑曝光与景深两方面的因素，兼顾画面质量与画面效果。

4.2.1 什么是光圈

光圈是控制镜头通光量的装置，它位于镜头内，如下左图所示中橙色线条标注位置即为光圈位置。光圈由多片叶片构成，如下右图所示，光圈叶片间的间隙大则镜头通光量大，单位时间镜头进光量多。

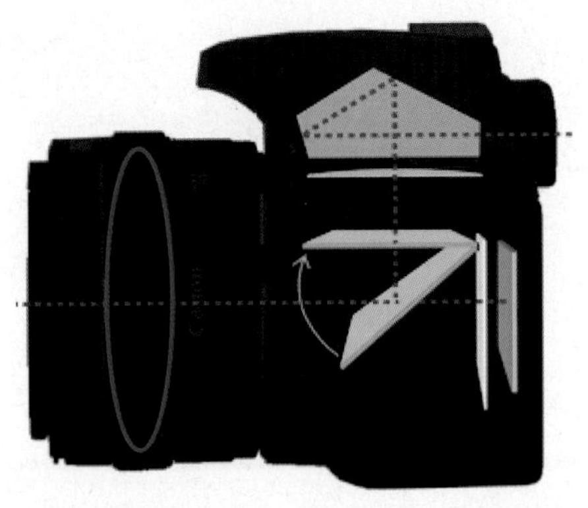

光圈由光圈数值表示，如F1.0、F1.4、F2.0、F2.8、F4.0、F5.6、F8.0、F11.0、F16.0、F22.0、F32.0、F44.0、F64.0，一个数值表示一档光圈，光圈数值越小表示光圈越大，如下图所示。

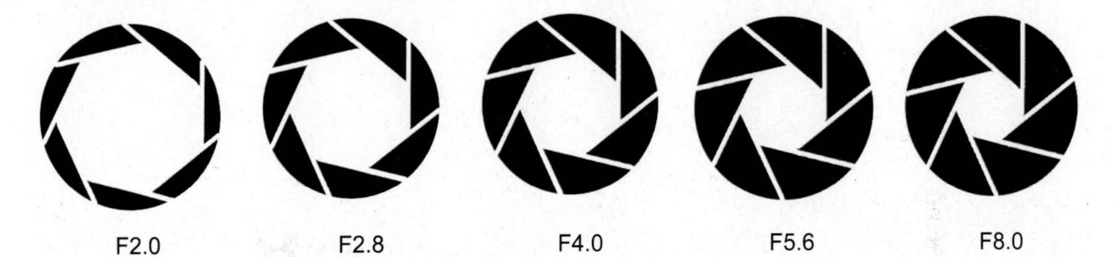

4.2.2 光圈大小与画面曝光

光圈越大光圈数值越小，镜头进光量越多，在感光度和快门速度不变的情况下画面会越亮；光圈数值增加一档，画面曝光量等于快门速度降慢一档。根据此原理拍摄者可灵活组合曝光参数使画面曝光准确的同时形成不同的效果。

以下一组照片是在同一拍摄条件下只改变光圈拍摄的，通过对比可以看出，光圈越大画面越亮，光圈越小画面越暗。

4.2.3 光圈大小与景深的关系

景深是画面中能产生较为清晰的影像的最近点到最远点的距离，简而言之景深是画面的清晰范围。在其他参数不变的情况下光圈越大画面景深越小、清晰范围越窄。

以下一组照片是在同一拍摄条件下拍摄的。左图中光圈设置较大，快门速度较快；右图光圈稍小，快门速度较慢。对比可见通过组合曝光参数可使画面获得准确曝光，使用大光圈拍摄的画面景深浅，画面简洁。

光圈:F5.6 快门速度:1/125s ISO:100 焦距:75mm

光圈:F7.1 快门速度:1/80s ISO:100 焦距:75mm

4.2.4 控制景深的多个方法

控制景深的因素有三个：光圈、焦距和摄距（摄距即被摄体与相机的距离）。光圈越大、焦距越长、摄距越短，画面景深越小，拍摄者可综合三个因素控制画面景深。需要注意的是摄距应将对焦位置考虑在内，如果被摄体与相机距离位置固定，拍摄者对靠近相机的景物对焦会使画面景深变小。

右侧两张照片是使用50mm定焦镜头拍摄的，拍摄时参数设置一致。通过对比，取景范围可见拍摄第一张照片时拍摄者距离被摄主体更近，即摄距更短。减小摄距可使画面景深变小，两张照片中第一张照片景深更小，画面更简洁。

光圈:F2.8 快门速度:1/180s ISO:100 焦距:50mm

左边两张照片是使用同样的参数拍摄的 。左边左图中对焦点靠前，画面背景虚化效果非常明显，画面景深较小。左边右图对焦位置位于画面中央，前景虚化明显，背景虚化不明显，画面景深稍大。

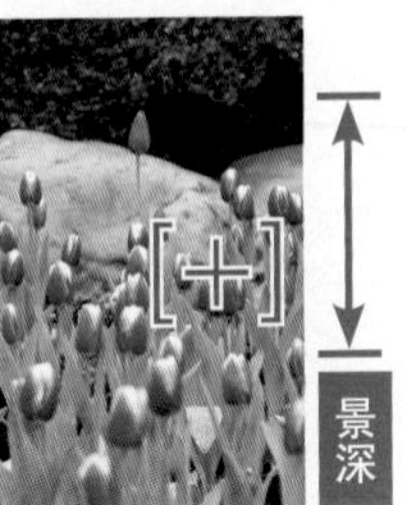

4.2.5 景深预示功能的应用

景深预示功能可方便拍摄者提前了解画面的景深，拍摄者按下景深预示按钮即可在取景器中查看画面清晰范围的变化。

如右图所示，按下位于镜头左下侧的景深预示按钮后，拍摄者可在取景器中看到画面景深发生如下两幅图所示的变化。拍摄者使用较小光圈拍摄时，按下景深预示按钮后取景器中画面的景深增大，画面清晰范围变广。

拍摄心得

在取景构图时相机自动将光圈开到最大，充足的光线可方便拍摄者取景和设置相机参数。正因为如此，在使用大光圈拍摄时按下景深预示按钮拍摄者会发现取景器中画面变化不大，而在使用较小光圈拍摄则可明显看到取景器中画面景深变大。

4.3 感光度的应用

感光度是控制曝光的重要参数，它与光圈、快门速度不同，感光度不会带来画面景深或动静效果的变化，而用于控制曝光更加方便。需要注意的是感光度过高会降低画面质量，拍摄者需兼顾画面曝光与画面质量来设置感光度。

4.3.1 感光度和画质的关系

感光度即感光元件对光线的敏感程度。感光度低，画质良好，画面细腻，色彩饱满，随着感光度升高画质会降低，表现为画面颗粒感增加、噪点增加，变得粗糙，画面细节不够细腻、清晰，色彩饱和度降低、对比度降低，色彩还原失真，如果将照片放大，这些问题会更明显，因此如果照片有重要用途应使用低感光度拍摄。普通相机感光度不宜高过ISO 400，高端相机可在使用更高感光度时保持画质良好。

下左侧两幅图分别是使用ISO100和ISO1600拍摄的。将照片局部放大后可见，使用低感光度拍摄的画面噪点少，画质细腻，而使用高感光度拍摄的画面颗粒感非常明显，画面中噪点较多、色彩不够纯净、画面细节清晰度较差、线条不够流畅。

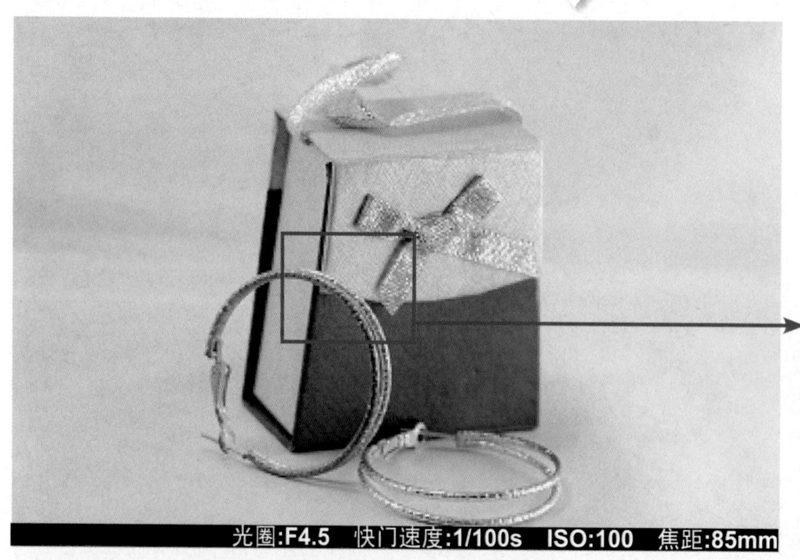

光圈:F4.5　快门速度:1/100s　ISO:100　焦距:85mm

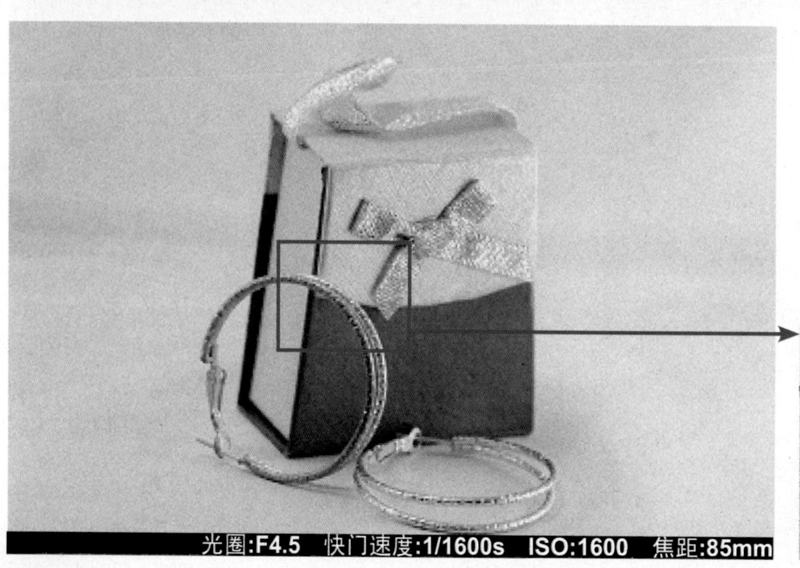

光圈:F4.5　快门速度:1/1600s　ISO:1600　焦距:85mm

下图中拍摄的是产品照。为确保画质细腻，拍摄者使用低感光度拍摄。低感光度使画面准确展现鞋子纹理、图案、色彩等细节，也为使用软件调整照片保留更大空间。

拍摄心得

感光度影响画质，而在液晶屏中查看照片时拍摄者难以发现感光度对画质的影响。为避免感光度设置不当造成画质降低，应在拍摄前检查感光度的设置。

4.3.2 感光度与画面曝光的关系

感光度用ISO表现，如ISO 100、ISO 200、ISO 400、ISO 800、ISO 1600、ISO 3200，一个数值表示一档感光度，感光度数值增大一档即感光度升高一档，在曝光量上等于光圈开大一档或快门速度降慢一档。在感光度不降低画质的前提下拍摄者可灵活设置感光度控制曝光，例如拍摄者需使用小光圈，此时可提高感光度弥补光圈较小所减少的曝光量。

下图分别是使用ISO 200和ISO 400拍摄，其他参数设置一致。提高一档感光度后画面曝光量增加，画面变亮，画面色彩更鲜亮，暗部细节更丰富。

下图中拍摄的是快速移动的小鸟。适当提高感光度以便提高快门速度，这样快门速度到达了安全快门速度可手持相机拍摄，高速快门将小鸟瞬间动作清晰呈现。

光圈:F5.3 快门速度:1/125s ISO:400 焦距:120mm

4.4 曝光补偿的设置

曝光补偿也是一种控制曝光的方式，通过设置曝光补偿可调节画面明暗，使曝光更符合画面主题。

4.4.1 什么是曝光补偿

曝光补偿是一种控制曝光的方式，在光圈优先模式、快门优先模式、P程序模式下，拍摄者可通过设置曝光补偿更改相机自动设置的曝光量。曝光补偿支持-5EV～+5EV曝光量调节，+1EV在曝光量上等于光圈开大一档或快门速度降慢一档或感光度提高一档。曝光补偿主要用于一些特殊的拍摄情况，拍摄者通过曝光补偿设置可纠正相机自动曝光不准。

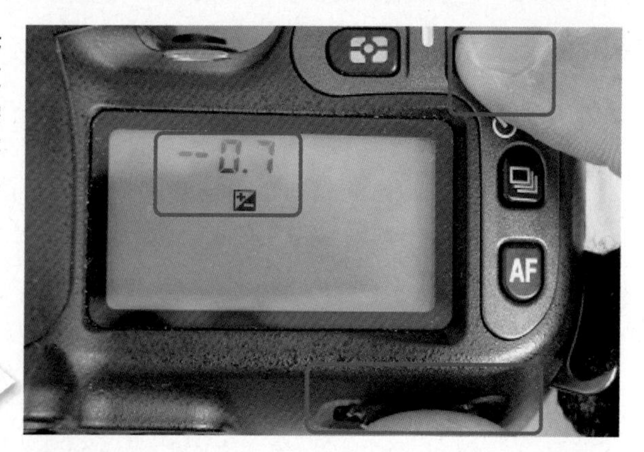

如右图所示，按住控制面板右上角的曝光补偿按钮不放，旋转主指令拨盘即可设置曝光补偿，右图中曝光补偿为-0.7EV。

以下一组照片是在同一光线条件下拍摄的，设置不同的曝光补偿会使画面曝光量出现差异。在本组照片中，+2EV的照片最亮，画面曝光过度；-1EV的照片最暗，画面色彩暗沉、曝光不足；另外两张照片曝光基本准确，不过画面亮暗效果略有差异。

4.4.2 曝光补偿的“白加黑减”原则

曝光补偿的基本原则是“白加黑减”，即对准白色或颜色较浅的物体测光应增加曝光补偿，对准黑色或颜色较深的物体测光应减少曝光补偿。通常对准白色测光宜增加2档左右曝光，对准黑色测光宜减少2档左右曝光。

左图中拍摄的是乳白色的鞋子，画面背景接近白色，拍摄者在测光的基础上增加了1.5EV的曝光补偿，使画面曝光准确。下图为未调整曝光补偿的效果，画面偏暗。

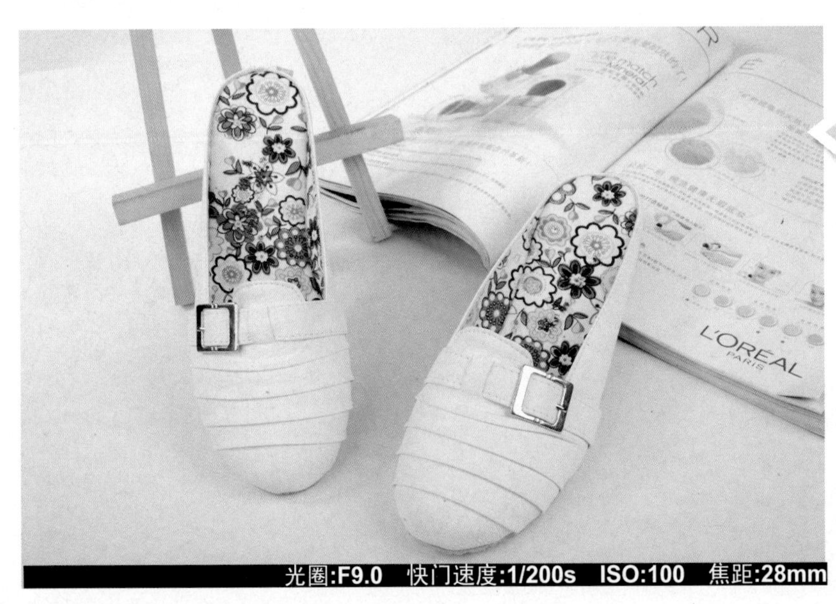

左图中人物穿着黑色衣服，对准大面积黑色测光会使画面曝光量偏多，拍摄时应减少1.5EV的曝光补偿拍摄，这样会使人物肤色还原真实，画面曝光准确。上图为根据相机测光数据直接拍摄的，画面曝光过度，人物肤色白得失真。

曝光补偿还可用于创意曝光。故意使画面曝光不足或曝光过度会形成特殊明暗效果。

4.4.3 闪光曝光补偿的应用

闪光曝光补偿用于改变相机所设定的闪光输出级别，闪光补偿支持-3EV～+1EV的微调，正补偿会使闪光灯亮度增加，受闪光灯照射的被摄体变亮；负补偿会使闪光灯亮度降低，闪光灯效果不明显。拍摄者可根据背景明暗效果情况来设置闪光补偿，协调受闪光灯照射的物体与环境的明暗差异。

如右边左图所示，按住位于闪光灯左侧的闪光灯补偿按钮不放，旋转主指令拨盘即可设置闪光补偿，右侧左图为右图控制面板放大的显示效果。

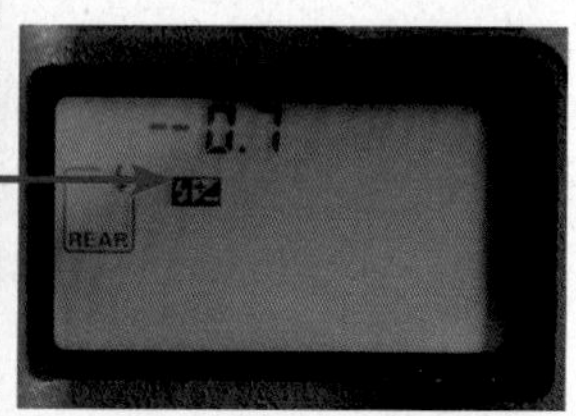

左边两张照片曝光量一致，不同的闪光补偿设置使画面形成不同的明暗效果。左边左图闪光补偿为+1EV，闪光灯亮度较高，受闪光灯照射的人物较亮，局部出现曝光过度，左边右图闪光补偿为-0.7EV，闪光灯亮度较低，照射效果柔和、自然。

4.4.4 自动包围曝光功能

自动包围曝光功能将根据EV步长设置对当前曝光参数进行“包围”，即拍摄出-1EV步长、+1EV步长、未改变曝光参数三张照片。在光线复杂、相机不易准确曝光的拍摄环境中拍摄者可通过自动包围曝光功能连续拍摄多张照片，以便找到曝光最佳的照片。

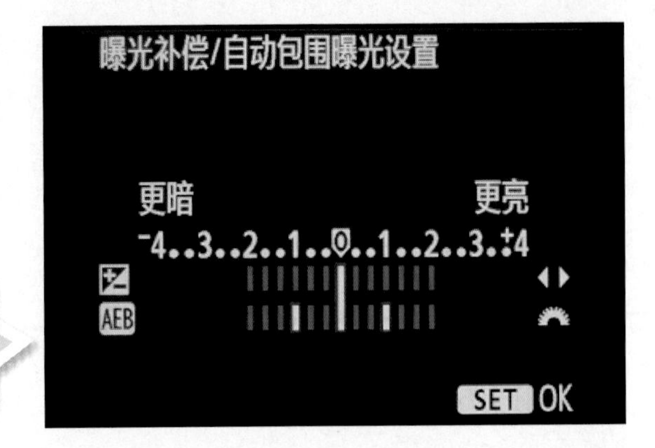

如右图所示，在菜单中选择“曝光补偿/自动包围曝光设置”选项，旋转指令拨盘可设置包围曝光量。左图设置为-1EV、0EV、+1EV

除了设置自动包围曝光，拍摄者还可设置闪光自动包围精确掌控闪光灯强度，设置白平衡自动包围精确控制白平衡。

右图和下图是拍摄的灯笼，光源与亮度差异很大，拍摄者不确定哪种曝光方式更适合表现，所以使用自动包围曝光功能拍摄了三张照片。减1EV步长拍摄的画面灯笼较暗，环境曝光不足，不过灯笼上的图案表现较好；准确曝光拍摄的画面中灯笼局部曝光过度，灯笼上的图案细节少量丢失，环境中也出现少量细节；加1EV步长拍摄的画面中灯笼很亮，环境信息较多，这种曝光方式更适合将灯笼作为画面局部展现，突出夜色华丽、喧嚣的感觉。

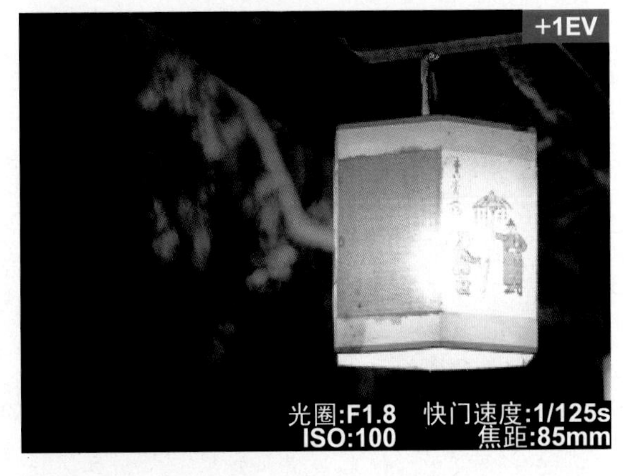

拍摄心得

曝光量轻微的变化将使画面形成不同的明暗效果，在大反差环境中使用自动包围曝光功能更容易找到最佳曝光，保留更多亮部和暗部细节。拍摄者可利用自动包围曝光功能拍摄日出日落、夜景、灯饰等，此外在逆光环境中拍摄也适合使用自动包围曝光功能。

4.5 色温与白平衡

色温是计量光线色彩成分的方式影响着照片的呈像颜色，它与相机的白平衡设置密切关联。白平衡影响着色彩的还原情况，通过设置白平衡可使准确曝光的画面还原真实色彩，而利用不匹配的白平衡设置可使画面出现有趣的偏色，增强画面感染力。

4.5.1 了解色温的概念和典型光线的色温

色温是计量光线色彩成分的方式，单位为“开尔文”，用K表示，如日光色温为5500K左右。一个色温表示一种色彩的光线，高色温光线呈蓝紫色，低色温光线呈黄红色，如下图所示。

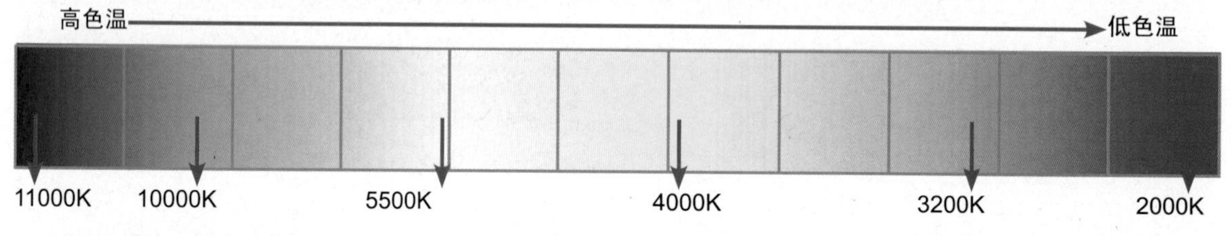

常见色温如表4-1表示。

表4-1　常见光线色温

场　景	色　温	场　景	色　温
烛火	**1500K**	家用白炽灯	**2500K～3000K**
冷色荧光灯	**4500 K**	闪光灯	**5500K**
日出/日落	**3200K**	上午/下午	**6000K**
正午日光	**5500K**	阴天的光线	**6800 K～7000K**
晴空	**10000 K～15000K**	薄云天气	**7000 K～9000K**

下图拍摄于黄昏，此时光线色温为3200K左右，呈黄红色。在夕阳的照射下，沙丘明显泛黄红色，而未受到夕阳照射的位置色温较高，有些泛蓝，拍摄者利用热烈的黄红色与冷清的蓝色搭配突出沙漠绚丽的色彩。

光圈:F8.0　快门速度:1/200s　ISO:100　焦距:30mm

4.5.2 白平衡的概念和作用

白平衡具有针对不同光源环境纠正色彩的功能，通过准确设置白平衡可避免画面偏色。不同光线色温不同，使用胶片相机时拍摄者通过选择不同型号的胶卷以适应不同的光源环境，数码相机没有胶片，它通过白平衡设置协调R、G、B，即红、绿、蓝三路信号输出比例避免画面偏色。

如下图所示，人物穿着纯白色的衣服，拍摄者可根据衣服色彩判断白平衡设置是否准确。当白色被准确还原为白色时，其他色彩相应也会被准确还原，画面即不会出现偏色问题。

4.5.3 不同白平衡的设置和效果

相机根据常见光源色温设计出多种白平衡模式供拍摄者选择，常见白平衡模式按色温由低到高排列如下：白炽灯白平衡、荧光灯白平衡、直射阳光白平衡、闪光灯白平衡、阴天白平衡、阴影白平衡。例如使用阴天白平衡拍摄的画面偏暖，说明白平衡色温设置偏高，拍摄者可选择色温稍低的闪光灯白平衡尝试，如果画面依然偏暖可再尝试更低色温白平衡模式。

如下左图所示，设置白平衡模式时拍摄者应按住WB按钮不放，旋转主指令拨盘即可在控制面板中查看白平衡模式选择的情况，下中图所示选择的是阴天白平衡模式。此外拍摄者还可按住WB按钮不放，旋转副指令拨盘对白平衡进行微调，下右图所示为将白平衡微调为-2。

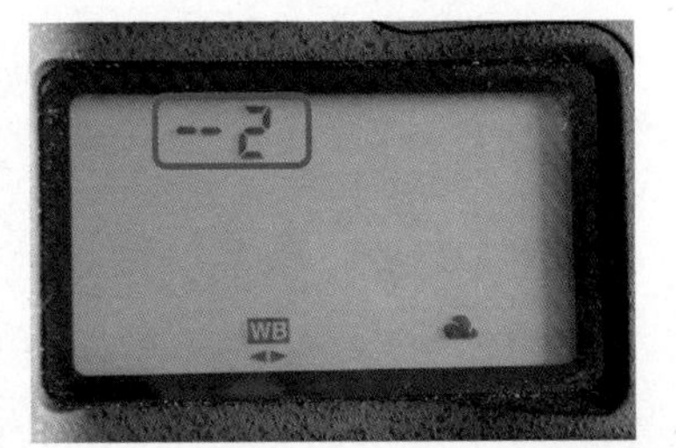

除了选择白平衡模式，拍摄者还可使用自定义白平衡来手动设置白平衡，其方法如下。

设置自定义白平衡方法：①按住WB按钮不放，将白平衡模式设置为PRE白平衡预设；②按住WB按钮不放直至控制面板中出现PRE字样闪烁；③让白色或中灰色充满画面，将对焦模式设置为手动，准确曝光后按下快门按钮；④白平衡设置成功后控制面板中会显示Good字样。如果相机无法测量白平衡将显示no，拍摄者需重新设置自定义白平衡。

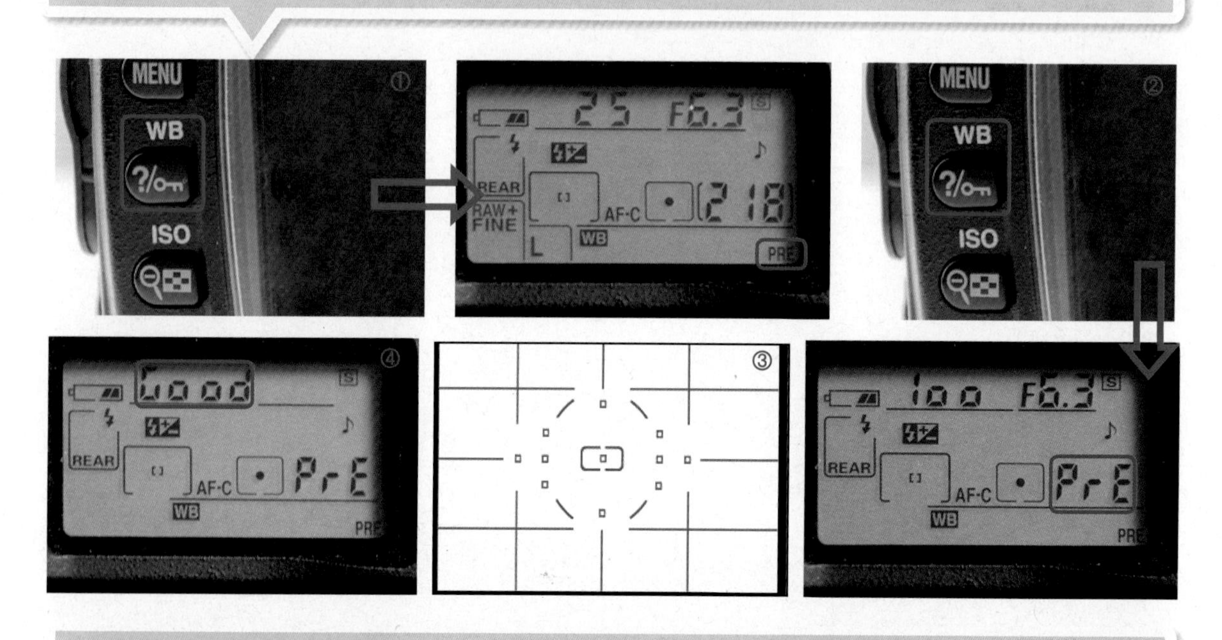

以下一组照片是使用闪光灯拍摄的，拍摄者分别使用了四种白平衡模式拍摄，拍摄时曝光参数设置一致。通过对比可以看出，使用闪光灯白平衡模式和自定义白平衡模式拍摄的画面色彩还原较为真实；使用色温较高的阴天白平衡拍摄的画面偏暖，使用色温较低的白炽灯白平衡拍摄的画面偏冷，不适合用于表现食物。

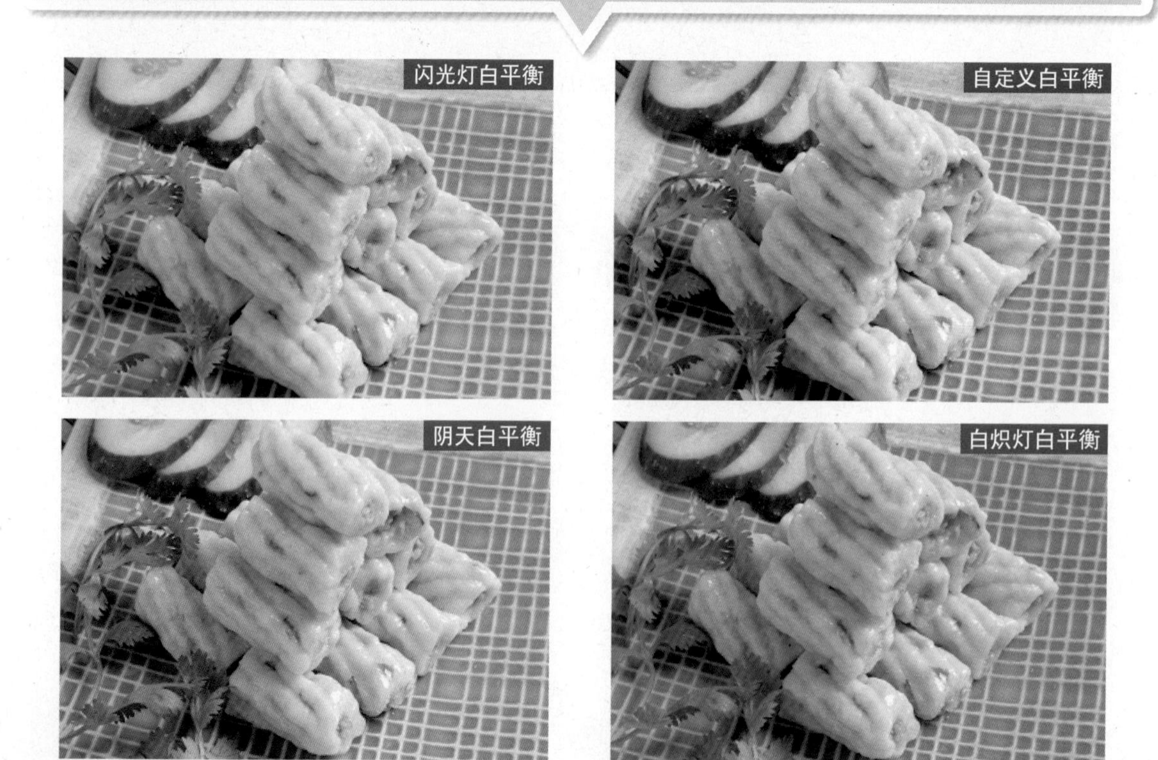

4.6 疑难解答

Q 使用闪光灯时快门速度较高，画面为什么会出现黑边？

A 使用闪光灯拍摄且取景画面中没有遮挡物时，画面出现类似下图这样的横条形的黑边是由于闪光不同步造成的。闪光不同步多发生在使用外置闪光灯拍摄时，拍摄者可打开内置闪光灯，然后在手动模式下提高快门速度，当快门速度无法继续提高时，当前快门速度即为相机支持的最高闪光同步速度，使用闪光灯时让快门速度不高于该速度即可避免出现黑边。

右图现象是闪光不同步的问题。这是由于在前帘幕还未完全打开时，闪光灯开始闪光，黑色的部分受帘幕遮挡未能感光，而当快门继续打开时闪光已经结束。

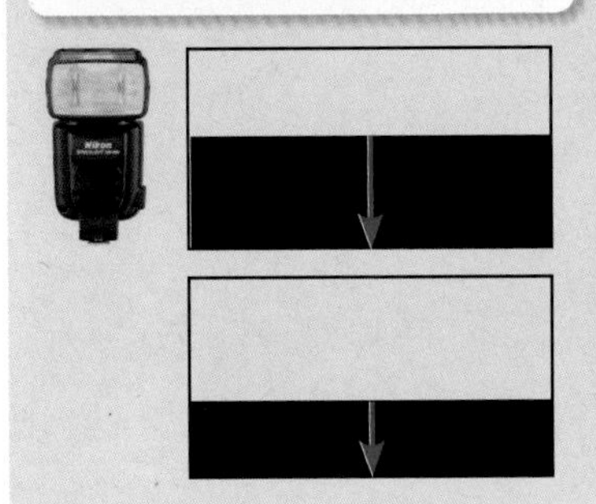

光圈:F7.1　快门速度:1/400s　ISO:100　焦距:85mm

Q 如果画面中同时出现黑色与白色如何设置曝光补偿？

A “白加黑减”的原则适用于对准亮度较高或亮度较低的物体测光时使用，当画面中同时出现白色和黑色，“白加黑减”的原则同样适用。此时拍摄者应使用长焦距配合点测光模式仅对画面中的白色或黑色测光，再设置曝光补偿。如果画面黑白相间，拍摄者难以通过镜头焦距截取黑色或白色的部分，可使用灰卡代替测光，此时不用再增减曝光。

如右图所示，小鸟的羽毛由黑色和白色两种颜色构成。拍摄者使用长焦距对准亮度高的白色测光并增加2档曝光补偿拍摄，画面曝光准确，亮部、暗部细节丰富。

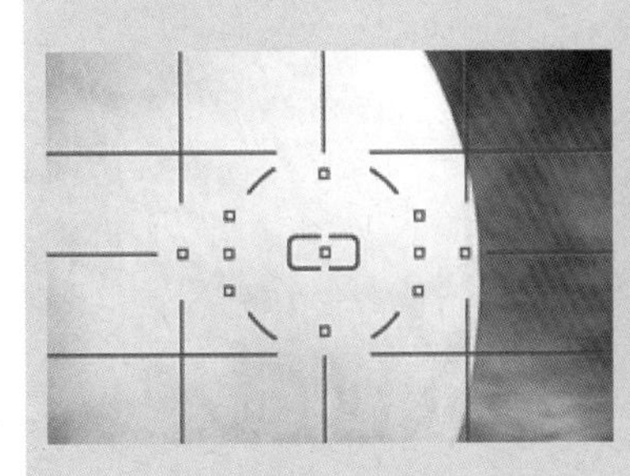

光圈:F5.6　快门速度:1/250s　ISO:160　焦距:300mm

第5章

各种拍摄模式的应用

本章知识要点

- 相机自带程序模式的应用
- 半自动模式的应用
- 手动模式的应用
- 方便的驱动模式
- 使用实时取景拍摄功能
- 视频拍摄功能

5.1 相机自带程序模式的应用

相机自带程序模式可方便不熟悉相机的拍摄者快速上手拍摄不同题材的照片，也可用于在紧急情况下快速设置相机参数拍摄照片。相机根据常见题材的特点，提供适用于拍摄风光、人像、夜景等多种题材的不同拍摄模式。

5.1.1 人人都会的AUTO模式

AUTO模式即全自动模式，相机会自动设置光圈、快门速度等参数，部分相机还会自动设置白平衡、感光度等。拍摄者可使用AUTO模式拍摄风光、人像等多种题材，使用简单、方便、快速，不足的是AUTO模式下拍摄者难以控制参数设置，难以控制画面效果。

如右图所示为拍摄者使用AUTO模式拍摄的旅途风光。相机自动设置参数可方便拍摄者快速完成拍摄。拍摄环境光线分布均匀，使用AUTO模式拍摄的画面曝光准确。

光圈:F5.6 快门速度:1/125s ISO:200 焦距:24mm

光圈:F7.1 快门速度:1/100s ISO:100 焦距:80mm

左图是使用 AUTO 模式拍摄的人像，相机自动设置参数方便、快捷，利于抓拍人物表情。画面曝光准确、白平衡设置正确。

拍摄心得

AUTO模式适合拍摄对画面动静、虚实等效果没有特殊要求的照片，在紧急情况下拍摄者可使用AUTO模式快速设置相机参数。

5.1.2 拍摄人物的人像模式

人像模式下相机会尽量开大光圈，若配合使用较长焦距拍摄则背景虚化效果会更好。人像模式用于拍摄柔和、肤质自然的人像。在人像模式下部分相机会使用更适合展现人物红润肤色的色调，并降低画面对比度，使画面形成柔和的风格。此外，拍摄者还可利用人像模式的小景深效果拍摄静物、食物等。

光圈:F1.8　快门速度:1/80s　ISO:100　焦距:85mm

放大面部，人物肤质细腻柔和

左图是使用人像模式拍摄的人物，画面景深很小，背景虚化效果非常好，人物在画面中很突出。被虚化的背景赋予画面柔美、梦幻等感觉。放大画面细节可见人物肤色还原真实，肤质细腻、柔和，如上图所示。

拍摄心得

人像模式下相机设置的光圈较大，不适用于拍摄人数众多的合影，这样容易使距离对焦点较远的人物被虚化。

右图所示为拍摄者使用人像模式拍摄的静物。利用人像模式背景虚化效果较好的特点使杂乱的背景被虚化，使画面变简洁。

光圈:F5.6　快门速度:1/400s　ISO:800　焦距:80mm

5.1.3 拍摄风景的风景模式

风景模式适用于拍摄清晰的风光。风景模式下相机会尽量收小光圈，使画面景深较大，充分展现近景、中景、远景的丰富细节。部分相机在风光模式下会增强对蓝色、绿色的表现，使画面色彩更加鲜艳。

下图是使用风景模式拍摄的山峰。放大细节，照片中很远的山峰其清晰度仍较高，说明画面景深非常大。小光圈时画面锐度较高，山峰层次分明。

画面景深大，局部细节都清晰呈现

光圈:F11.0 快门速度:1/500s ISO:200 焦距:70mm

光圈:F10.0 快门速度:1/320s ISO:200 焦距:24mm

左图是使用风景模式拍摄的自然风光。相机设置的F10.0小光圈使画面景深大，景物细节丰富，再配合使用短焦距充分展现了原野开阔、清新的感觉。不仅如此，画面对风景色彩的表现同样比较好，色彩饱满。

拍摄心得

在风景模式下相机使用较小光圈拍摄，此时快门速度会相应减慢。拍摄时应注意快门速度的设置，如果无法达到安全快门速度应借助三脚架等支撑物稳定相机。为确保画面景深大，拍摄者可选择距离相机较远的景物对焦。

5.1.4 暗光下拍摄的夜景模式

夜景模式下相机会降慢快门速度确保画面曝光准确，拍摄者应借助三脚架拍摄。此时内置闪光灯和自动对焦辅助照明将自动关闭，拍摄者可选择轮廓分明的位置对焦，这样相机对焦会更迅速。夜景模式不仅可用于拍摄夜景，同样可用于在暗光环境中拍摄。

下图是使用夜景模式拍摄的夜晚风光。相机自动设置慢速快门确保了画面曝光准确，借助三脚架稳定相机避免了画面模糊，拍摄者又利用水面倒影使画面层次更丰富。长时间曝光应开启降噪功能，以免画面产生较多噪点。

光圈:F11.0　快门速度:15s　ISO:100　焦距:17mm

右图中拍摄的是夜晚的橱窗，拍摄环境光线亮度较弱。拍摄者使用夜景模式拍摄，使用慢速快门长时间曝光使画面曝光准确。

光圈:F4.0　快门速度:1/15s　ISO:250　焦距:88mm

5.1.5 拍摄高速运动物体的运动模式

运动模式用于凝固被摄体瞬间动作，适用于拍摄体育比赛、运动中的动物、水滴下落的瞬间等画面。在运动模式下相机会提高感光度、开大光圈，以便尽量提高快门速度，同时内置闪光灯会强制关闭以免快门速度受到闪光同步时间的限制。运动模式还可用于拍摄突发事件，高速快门便于凝固事件的精彩瞬间。

光圈:F3.5　快门速度:1/500s　ISO:100　焦距:190mm

左图是使用运动模式拍摄的足球比赛场景。相机设置高速快门将运动员动作凝固，人物奔驰的动作赋予画面动感，展现比赛精彩、激烈的感觉。

光圈:F4.0　快门速度:1/1000s　ISO:400　焦距:110mm

右图中拍摄的是嬉戏中的小狗，相机提高感光度设置以便提高快门速度，高速快门将小狗跳跃的动作凝固下来。拍摄者采用连续对焦模式拍摄，半按快门按钮跟随小狗运动移动相机使画面准确对准小狗对焦，避免对焦不实导致小狗动作模糊。

使用运动模式抓拍运动物体瞬间动作时应选择光照充足的拍摄环境，如选择上午或下午在户外拍摄，充足的光线利于提高快门速度。拍摄运动物体时应使用连续对焦模式，这样更容易对被摄体准确时对焦。

5.1.6 表现细节特点的微距模式

微距模式也叫近摄模式，适用于拍摄花卉、昆虫、饰品等微小物体，也可用于特写物品细节。使用微距模式可最大限度地靠近被摄体，以便相机用更多像素描述被摄体细节。微距模式下相机将自动对位于画面中央的拍摄对象对焦，对焦快速。相机最近对焦距离决定了拍摄者可靠多近拍摄，如果发现相机无法准确对焦可尝试增加拍摄距离。

光圈:F5.6　快门速度:1/100s　ISO:200　焦距:60mm

左图是使用微距模式靠近花卉拍摄的画面，突出了花瓣层叠的结构。选择从被摄体正前方拍摄可突出花卉形态，同时可避免遮挡来自天空的光线，充足的光照利于展现细节。

下图是使用微距模式拍摄的蝴蝶，拍摄时应保持动作轻盈以免吓走蝴蝶。选择从侧面拍摄可展现蝴蝶形态与活动，借助花卉使画面内容更丰富。

光圈:F4.5　快门速度:1/250s　ISO:250　焦距:60mm

5.1.7 特殊场合中的闪光灯关闭模式

闪光灯关闭模式下闪光灯将强制不闪光，在一些特殊的场合中拍摄者可使用该模式，例如在禁止使用闪光灯的场合拍摄、拍摄舞台表演（避免使用闪光灯打扰演员表演）、拍摄婴幼儿（避免闪光灯伤到小孩稚嫩的眼睛）、透过玻璃拍摄（避免玻璃反光破坏画面效果）等。

光圈:F2.8 快门速度:1/320s ISO:200 焦距:85mm

左图中拍摄的是戏剧表演，华丽的服饰、精心装饰的舞台、人物传神的演绎赋予画面生命力。使用闪光灯关闭模式拍摄可避免闪光灯打扰演员的表演，并且闪光灯照射距离为几米，距离舞台较远时闪光灯难以起到补光的作用。拍摄者使用大光圈拍摄使画面曝光准确。

拍摄心得

闪光灯关闭模式可避免闪光灯刺破现场氛围，如实还原拍摄现场的明暗效果。在光线较差的环境中拍摄时可准备大光圈镜头、三脚架或独脚架，以免画面曝光不足。

光圈:F5.6 快门速度:1/5s ISO:320 焦距:42mm

右图中拍摄的是博物馆展品。透过玻璃橱窗拍摄时不宜使用闪光灯从正面补光，因为玻璃会反射光线，使画面大面积晕光，造成玻璃后的物体无法清晰呈现。拍摄者使用闪光灯关闭模式拍摄，利用现场光照射配合使用慢速快门使画面曝光准确，展现丰富细节。

5.2 半自动模式的应用

半自动模式是指P程序模式、光圈优先模式和快门优先模式，这些模式下相机根据取景画面明暗自动测光，将部分设置参数的权力交给拍摄者，以便更准确地控制画面效果，拍摄者可根据拍摄题材的特点以及画面效果选择拍摄模式。

5.2.1 可调节曝光组合的P程序模式

P程序模式下相机会自动调整快门速度和光圈以获得最佳曝光。与AUTO模式不同，在P程序模式下拍摄者可设置曝光补偿、闪光灯输出、闪光补偿等参数，便于拍摄者掌控画面效果。在P程序模式下还可通过旋转主指令拨盘选择曝光组合，例如需要小景深效果可使用较大光圈的曝光组合。

光圈:F4.0　快门速度:1/640s　ISO:200　焦距:70mm

左图中拍摄的是小狗安静的样子，使用P程序模式可快速设置参数。通过旋转主指令拨盘选择大光圈拍摄，将远处的树木虚化，让小狗的神态、动作更加突出。

右图是使用P程序模式拍摄的晚霞。通过曝光补偿故意使画面曝光不足1EV，这样云霞色彩显得更加浓郁，黑色的树木剪影轮廓更清晰，画面色彩更突出、饱满。

光圈:F8.0　快门速度:1/125s　ISO:200　焦距:18mm

5.2.2 可自定义光圈大小的光圈优先模式

光圈优先模式下拍摄者可手动设置光圈，相机根据测光数据设置快门速度使画面曝光准确。不仅如此在该模式下拍摄者还可设置曝光补偿、闪光补偿、闪光灯输出等参数。光圈优先模式适用于对画面景深有特殊要求的拍摄情况，如小光圈突出主体、大光圈展现全景。

左图中，拍摄者使用光圈优先模式设置大光圈，再配合较长焦距拍摄，使画面景深非常小，画面背景严重虚化，主体在画面中更突出。

右图中拍摄的两座建筑之间有一定距离，要清晰呈现建筑需使画面景深较大。拍摄者使用光圈优先模式设置较小光圈拍摄，配合使用较短焦距使画面景深较大，画面清晰呈现建筑轮廓和结构。

使用光圈优先模式拍摄时应留意快门速度的设置，应将安全快门速度、被摄体动静状况等因素考虑在内，以免画面出现不需要的模糊。

5.2.3 可自定义快门速度的快门优先模式

与光圈优先模式相对应，快门优先模式将设置快门的权力交给拍摄者，相机根据快门速度设置光圈。拍摄者可使用该模式拍摄对画面动静效果有特殊要求的画面或突发事件。

下图是使用快门优先模式设置高速快门拍摄的小狗。高速快门可凝固小狗动作，相机通过设置光圈使画面曝光准确。

光圈:F4.5　快门速度:1/640s　ISO:200　焦距:86mm

光圈:F11.0　快门速度:6s　ISO:100　焦距:24mm

左图中拍摄者使用快门优先模式设置慢速快门拍摄车流。通过长时间曝光使车灯形成连续、流畅的线条，形成独特的光影效果。

5.3 手动模式的应用

手动模式将所有参数设置的权利交给拍摄者，拍摄者可手动设置光圈、快门、感光度、闪光灯强度、白平衡、影像优化、对焦模式等参数，如果拍摄者熟悉相机的参数设置使用手动模式会非常方便、有趣。拍摄者可使用手动模式拍摄多种题材，还可利用参数设置制造特殊效果。与其他模式不同，手动模式还需拍摄者设置手动测光。

左图中拍摄者使用手动模式设置慢速快门拍摄烟花。拍摄前参考烟花曝光数据设置参数，再试拍几张查看曝光是否准确，然后正式拍摄。拍摄时使用手动对焦对准无穷远处对焦，使烟花在景深之内。

上图中拍摄的花卉因花卉颜色较浅应增加1档左右曝光，拍摄时让电子模拟曝光显示为曝光过度1档即可增加1档曝光。拍摄者设置大光圈使画面形成虚实结合的效果，让画面层次更丰富。

+ . . 0 . . . −

电子模拟曝光显示

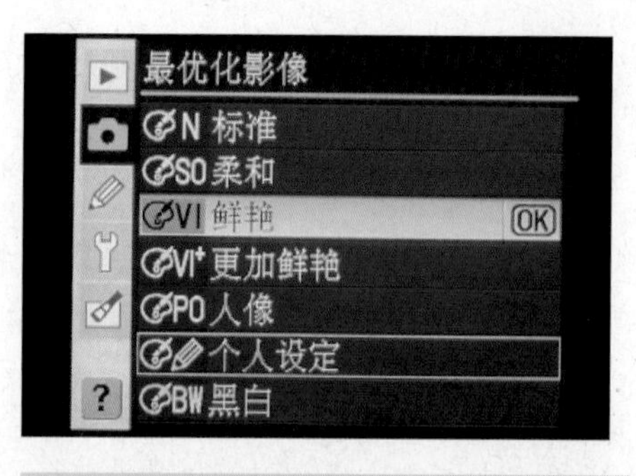

左图从逆光位置拍摄树木，画面明暗差异大，使用手动模式对太阳上方的云彩测光使画面曝光准确。在相机“最优化影像”菜单中选择“鲜艳”选项可突出傍晚天空绚丽的色彩。使用小光圈对准树干对焦拍摄使剪影清晰呈现。

右图使用手动模式拍摄，拍摄现场有两支闪光灯，拍摄时使用手动模式可灵活掌控画面光效。由于闪光灯是画面的主要光源，因此使用的是闪光灯白平衡模式。适当降慢快门速度可使人物正面曝光准确，而位于人物后方的闪光灯距离人物较近，亮度高，可清晰勾勒人物轮廓。

5.4 方便的驱动模式

驱动模式是指连拍模式和自拍模式，在一些特殊的拍摄情况下使用该模式更容易拍摄出满意的照片。

5.4.1 连拍模式

连拍模式下拍摄者按住快门按钮不放相机将连续拍摄多张照片，中、低端相机可达到每秒3张左右的连拍速度，而高端相机可达到每秒7张甚至更高的连拍速度。在表现激烈的比赛、突发事件、好动的宠物或儿童时拍摄者可使用连拍模式，这样更容易得到满意的照片。拍摄者也可通过整组照片记录事件过程，增强画面表现力。使用连拍模式拍摄可将对焦模式设为连续对焦模式，以便追踪运动中的被摄体。

左边一组照片是使用连拍模式记录的小狗嬉戏的样子。考虑到飞盘的飞行轨迹拍摄者采用竖拍方式，并在小狗上部保留较大面积。拍摄时提前设置相机，然后往小狗方向扔飞盘，同时按下快门拍摄。使用高速快门拍摄可清晰凝固小狗动作。

光圈:F4.0 快门速度:1/1000s ISO:200 焦距:155mm

拍摄心得

使用连拍模式拍摄运动中的被摄体时应注意为被摄体活动保留空间，如果取景范围过窄，被摄体很容易跑出取景画面。

5.4.2 自拍模式

自拍模式的原理即延迟拍摄，相机提供不同的延迟拍摄时间，如设置10秒延迟拍摄，则相机会在拍摄者按下快门按钮后10秒打开快门曝光，这样拍摄者即可为自己拍照或在拍摄合影时让自己也在画面之内。使用自拍模式拍摄需提前测光、对焦并锁定对焦和曝光，此外还需借助三脚架等支撑物稳定相机。不仅如此，拍摄者还可利用自拍模式延迟拍摄的原理，避免按下快门按钮带动相机晃动，造成画面模糊。另外，可用此法拍摄需长时间曝光的画面。

光圈:F7.1　快门速度:1/125s　ISO:100　焦距:47mm

左图中拍摄者使用自拍模式拍摄合影。拍摄前对准其中一人测光、对焦，并锁定对焦与曝光。按下快门后拍摄者来到镜头前，并让所有人处于同一平面，即画面中人物与相机距离一致，这样画面中的人物都被准确对焦。

下图是拍摄者使用自拍模式拍摄的夜景，并使用三脚架稳定相机。自拍模式下拍摄者按下快门按钮时相机快门并未打开，此时手带动相机晃动不会导致画面模糊。在设置的时间之后快门打开画面曝光，完成拍摄，此时没有外力作用相机，可有效起到减震的作用。

光圈:F11.0　快门速度:5s　ISO:100　焦距:17mm

5.5 使用实时取景拍摄功能

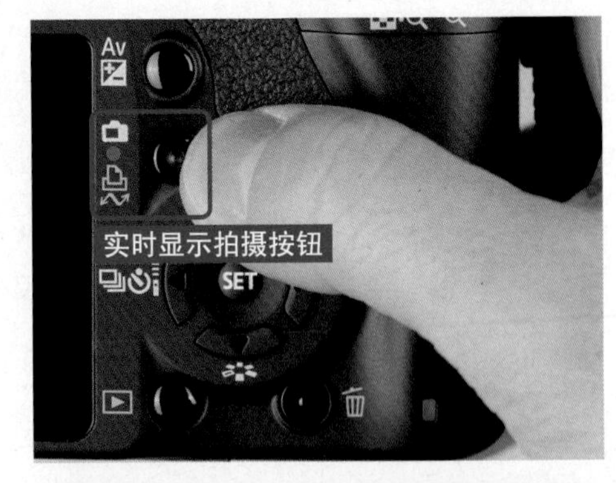

数码相机的实时取景拍摄功能只是针对单反相机而言的，不论是佳能相机还是尼康相机只要按下实时取景按钮，就能立即实现使用相机背面的液晶屏进行拍摄。如右图所示，以佳能EOS 500D为例，在按下实时显示拍摄按钮后便可进入该模式进行拍摄，因为实时显示拍摄模式是默认启动的，因此只要使用相应的功能键就能开启该功能。

如下左图所示为用佳能EOS 500D实时显示模式拍摄的情景。

在尼康数码单反相机中进行实时取景需要按下即时取景按钮。如下右图所示，Lv标识的按钮是尼康相机通用的。

拍摄心得

需要注意的是，佳能相机只有在P/Tv/Av/M/A-DEP的模式下才能实现实时显示拍摄，其他模式下则无法使用，而尼康相机则可以在所有模式下进行即时取景拍摄。

实时显示图像拍摄的注意事项。

1. 在黑暗或明亮的光照条件下，应适当地调高ISO感光度，否则可能看不到所拍摄的图像。

2. 如果拍摄时画面中的光源改变，屏幕可能闪烁，此时需要停止当前拍摄。

3. 不要将相机迅速地指向不同的方向，等到图像亮度水平稳定后再进行拍摄。

4. 如果照片中有非常明亮的光源，例如太阳光，液晶监视器上的亮部可能会显得较暗，但实际拍摄的图像会正确显示亮部。

5. 如果在低光照条件下将液晶屏的亮度设定为明亮设置，则实时显示图像上可能会出现噪点，但是这些噪点不一定会被记录在所拍摄的图像上。

6. 当放大图像时，图像清晰度可能显得比实际更加明显。

7. 如果在阳光直射或其他高温环境下进行了持续实时显示拍摄时，屏幕上可能会出现相机内部高温警告图标，并且图像画质可能会降低。这时，最好停止实时显示拍摄。

8. 如果在显示图标时持续使用实时显示拍摄，实时显示拍摄会自动停止。在相机的内部温度降低前，实时显示拍摄功能将一直处于关闭状态。

5.6 视频拍摄功能

以前的照相机只能拍摄静态图片，在外游玩时总是照相机、摄像机换着拍非常麻烦。现在好了，目前市面上的数码单反相机都具备拍摄连续影像同时记录声音的高清视频功能，学会使用这种功能会让拍摄者轻松地游走于静态和动态的影像拍摄中。以佳能500D为例，实现视频拍摄的步骤如下。

01 步骤 将当前拍摄模式调整为短片拍摄模式，如下图所示，便能进行视频短片的拍摄了。

02 步骤 再按下✱按钮，如下图所示，便可在当前自动对焦模式下对焦。

03 步骤 再按下短片拍摄按钮，如下图所示，便可开始短片的拍摄。

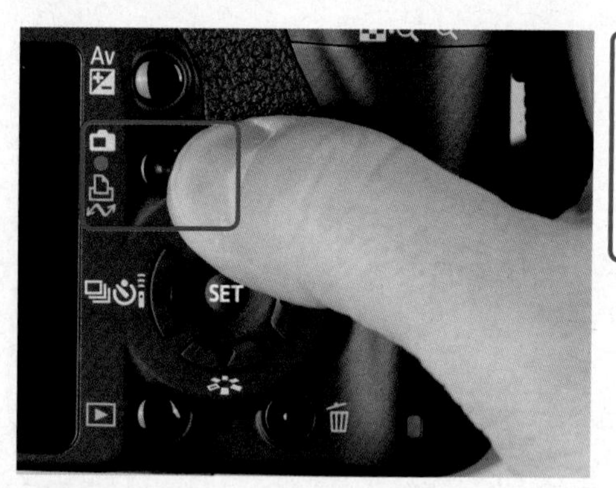

拍摄心得

目前市场上佳能相机单个短片文件最大可达4G，而尼康相机短片文件最大只能达到2G。

使用具有短片拍摄功能的佳能数码单反相机的使用者，即使是在短片拍摄模式下，只要完全按下快门按钮，同样可以拍摄静止的图像。

在短片拍摄模式下拍摄静止图像。

1. 静止图像将记录包括半透明掩模在内的整个画面。
2. 如果在短片拍摄期间拍摄静止图像，短片将具有约1秒钟的静止片段。
3. 所拍摄的图像将被记录在存储卡上，当显示实时显示图像时，短片拍摄将自动恢复。
4. 存储卡将把短片和静止图像作为独立的文件记录。
5. 表5-1所述为静止图像拍摄特有的功能，其他功能将与短片拍摄相同。

表5-1　静止图像拍摄的特有功能

功　能	设　置
图像记录画质	与“画质”菜单中的设置相同
曝光补偿	自动设置快门速度和光圈，在半按快门按钮时显示
驱动模式	使用单拍模式，自拍模式无效
闪光灯	闪光灯关闭

5.7 疑难解答

Q 拍摄运动物体时，主体不清晰怎么办？

A 拍摄运动物体有时会出现被摄体模糊的情况，快门速度偏慢而被摄体运动速度较快时被摄体会模糊，而对焦不准确、被摄体脱离画面景深也会导致模糊。拍摄者可采用陷阱对焦法拍摄，拍摄前提前对被摄体将经过的位置对焦并锁定对焦，待其运动至对焦位置时相机刚好对被摄体准确对焦，此时按下快门拍摄可避免对焦、景深问题导致的画面模糊。

光圈:F4.0　快门速度:1/640s　ISO:200　焦距:112mm

如左图所示，小狗从画面右侧向画面左侧移动，拍摄者对准小狗将经过的草地对焦，待小狗位置与对焦位置重合时按下快门拍摄，画面即可对焦准确。

Q 如何提高连拍速度？

A 连拍速度受相机缓存大小的影响，拍摄者可通过厂商的相机缓存扩展升级服务增大缓存，提高连拍速度。此外还可通过下面这些操作来提高相机存储照片的时间，如使用高速存储卡、降低影像品质、减小照片尺寸、关闭降噪功能等，提高连拍的速度。

高速存储卡

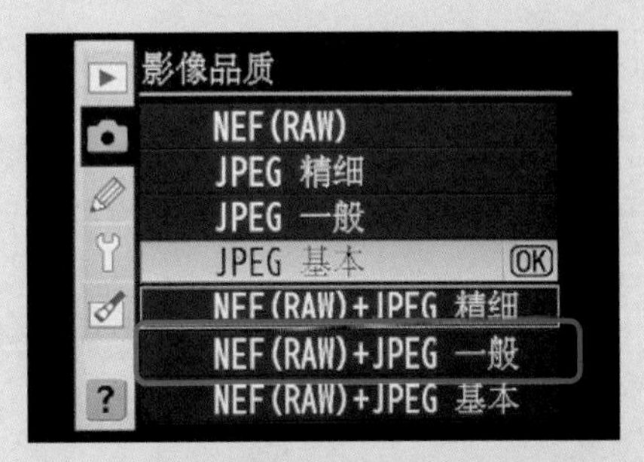

降低影像品质

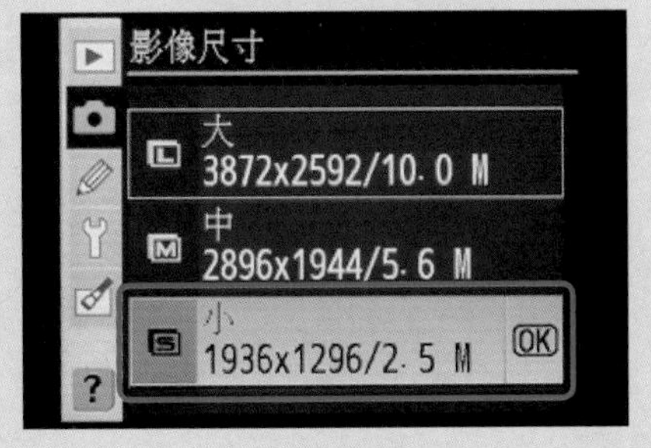

减小照片尺寸

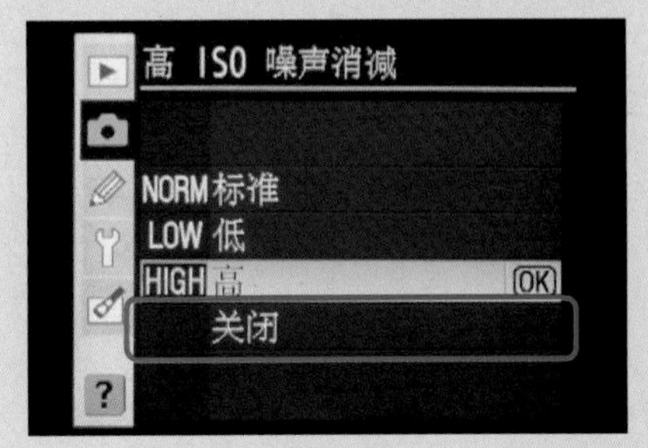

关闭降噪功能

第4篇 创作理念

了解数码摄影相关器材，并对各基础原理学习之后，本篇我们将进入数码摄影创作的世界。当你端起手中的相机，首先考虑的一定是如何才能构造出一幅理想的画面，构图决定了一幅作品成功与否，光线和色彩的完美搭配则彰显了作品的美感，两者结合可使画面丰富多彩、相得益彰。

第6章

数码摄影创作的基础——构图

本章知识要点

- 如何更好地布局画面
- 通过对比手法突出主体
- 如何安排画面横向或竖向取景
- 构图三要素——点、线、面
- 构图的基本原则
- 常见的取景构图拍摄手法

6.1 如何更好地布局画面

一幅好的摄影作品，其画面可能由多个部分组成，里面既有摄影师想要突出表现的某一主体，又有与主体紧密联系而形成一定故事情节的其他成分。各部分通过不同的排列或层次构成整个画面，那么怎样才能合理地布局画面，将主次完美地结合在一起呢？这就需要我们去深入了解主体与陪衬体、环境等方面的关系。

6.1.1 主体与陪衬体的安排

主体，顾名思义就是指一幅作品中最能体现主题的对象，是画面中拍摄者最想要表现的重点部分。除主体之外，画面的次要重点则是陪衬体。陪衬体伴随着主体而出现，与主体构成一定情节，起到帮助说明主体特征的作用。

在拍摄时，主体是画面的结构中心，首先要考虑其位置的安排和大小的比例，陪衬体则以不削弱主体为原则，在画面所占面积、色调安排、线条走向等方面都与主体紧密配合，但不能喧宾夺主。因此，主体与陪衬体二者之间是相互依存、相互渗透和呼应关系。

左图中，拍摄者采用仰拍的方式，将小狗作为主体位于画面前方，陪衬体楼房笔直向上，给人一种高耸入云的视觉效果，其线条走向与主体小狗配合得恰到好处。小狗在楼房的映衬下显得更加突出，将观众的视线自动集中到主体身上，整个画面层次分明，独特的视角给人以新奇的感受。

右图中的是静物鞋子。拍摄者将主体放置在画面中醒目的位置，为了起到更好的修饰作用，借助杂志作为陪衬对象，有效地避免了画面过于呆板的情况，同时也增强了画面的时尚感。

6.1.2 环境与画面的关系

所谓环境，是指画面主体对象周围的人物、景物或空间等元素，包括了前景和背景等。画面中对于环境的取舍和表现决定了画面构图的成败，环境与画面整体有着密不可分的关系。在拍摄过程中一定要注意拿捏环境的分寸，环境不能过于繁杂而掩盖主体的特点，也不能过于单调使画面苍白无力。

下图拍摄的是傍晚时分的湖岸景色。拍摄者纳入前景植物作为画面的主体，同时使用浅景深保证了整个画面元素的清晰，远处的山脉、天空、湖泊作为环境元素构成整个画面，环境在交代拍摄地点的同时，也说明了拍摄的时间，同时也烘托了画面的气氛。

光圈:F9.0 快门速度:1/400s ISO:100 焦距:14mm

光圈:F8.0 快门速度:1/320s ISO:100 焦距:80mm

左图拍摄的是海港面貌。画面中将排列整齐的船只作为主体呈现在最醒目的位置，同时纳入远处的海岸风景，突出了码头的繁荣景象，环境使画面说明效果更完善。

拍摄心得

在拍摄一幅作品时，一定要有一个鲜明的主题。环境的取舍一定要以突出画面主题为依据，有时可舍去画面中的陪衬对象，但此时的环境更需要起到交代的作用，能表现画面的氛围。

6.2 通过对比手法突出主体

在拍摄一幅作品时，可以借助形状、色彩、结构、大小等因素使画面形成鲜明的对比，具有强烈的视觉冲击力，第一时间吸引观赏者的注意力。对比的手法能更好地体现出拍摄者的构思和意图，起到突出主体的目的。本节将着重介绍虚实对比，远近、大小对比，色彩对比这几种不同的拍摄手法。

6.2.1 虚实对比突出主体

利用虚实对比的手法拍摄的照片会使主体强调的部分清晰明确，周围的背景模糊。在拍摄时可以通过改变光圈大小及对焦点的方法营造出虚实对比的画面效果。通常使用大光圈可以将背景很好地虚化，将焦点置于主体上方，保证主体对象清晰，环境与陪衬体模糊。虚实对比的画面给人以强烈的视觉感受，同时层次分明，一目了然。

背景呈虚化效果，使前侧主体更加突出

左图恰当地运用了虚实对比的拍摄手法，由于花丛中盛开的花朵较多，因此拍摄者选择将焦点置于画面下方的红色花朵上，主体花朵清晰明确，远处的花朵则在大光圈的作用下被虚化变模糊，使观赏者的注意力都集中在一朵花上，避免了画面过于繁杂的情况发生。

虚实对比能使照片上的环境更虚化，主体更清楚。拍摄时，获取虚实对比效果最简单的方法就是借助最大的光圈。此外，缩短摄距和使用焦距较长的镜头也能达到虚化的效果。对于元素较多、较杂的场景，如右图拍摄的小摊位上出售的各类饰品，使用远距离浅景深拍摄会将所有的元素都呈现出来，但会造成画面主次混乱。拍摄时可使用特写的手法针对局部景观进行拍摄，同时还可以使用虚化的手法突出主体对象。

画面过于杂乱，主次不分

6.2.2 远近、大小对比突出主体

利用远近、大小对比拍摄出来的照片主体既可以是占据大比例的景物，也可以是画面中某一较小的物体。这种对比视觉效果强烈、层次分明，主体位于画面中的任意位置都能被一眼辨认出来，是突出主体时常采用的方法之一。拍摄者在构图时必须善于抓住主体和陪衬体之间位置远近导致大小差异的变化，充分利用这个特点使画面构图更加生动活泼。

光圈:F4.2　快门速度:1/1600s　ISO:200　焦距:34mm

左图中拍摄的是茫茫沙漠。沙漠广阔浩瀚，为了突出这一特点，拍摄者利用汽车作为参照对象，借助汽车在我们脑海中清晰的印象来映衬远处沙漠的宽广无垠，为观赏者呈现出开阔的气势。

拍摄心得

图像中物体大小对比是拍摄远近、大小对比时常用的一种拍摄手法。利用我们所熟悉的物体作为参照物，在画面中显示出被摄物体之间的大小关系，突出表现我们所不熟知物体的大小和气势，给人以一个清晰的概念。

光圈:F8　快门速度:1/160s　ISO:80　焦距:18mm

左图中拍摄的是草原羊群。利用远近、大小对比的表现手法将远处和近处的羊同时纳入，在蓝天与草原的陪衬下，突出羊群的数量，同时借助远近法增强了画面的空间感。

6.2.3 色彩对比突出主体

色彩在摄影构图中也是一个非常重要的组成因素。色彩具有情感性，能渲染气氛，影响影像的表达，强烈、醒目的色彩能透射出生命的活力。人们在欣赏一幅摄影作品的时候，首先映入眼帘的就是画面色彩的搭配，如果使用得当，即使在画面上不占主导部分，小的色彩对比也能使主体部分更具吸引力。

光圈:F8.0 快门速度:1/250s ISO:100 焦距:38mm

左图中拍摄的是新疆地区的风景。在强烈的太阳照射下，山脉呈现明亮的橙红色，与湛蓝的天空形成鲜明的色彩对比，画面冷暖对比强烈，更加吸引观众的注意力，同时也强调了主体山脉的特征。

一般来讲，一张照片应该有一种主色调，其他的色调只起补充作用，衬托最重要的部分，色彩对比强烈的构图更容易突出主体。

右图中拍摄的是油菜地里的少女。画面以黄色为主要背景色，人物身着黑色的服饰，与背景色形成强烈的对比，从而使人物更加突出。

光圈:F2.0 快门速度:1/60s ISO:100 焦距:85mm

拍摄心得

无论景物的颜色是鲜艳还是灰淡，是明亮还是昏暗，构图时主体和陪衬体以及环境的颜色都应有明显的区分。以色彩对比为基调，例如冷暖、明暗等对比，可以使画面更具视觉冲击力。

6.3 如何安排画面横向或竖向取景

横向取景和竖向取景也称为画面构图的横画幅和竖画幅。当拍摄不同场景、主体和内容的照片时，我们首先应该考虑的是横着拍还是竖着拍。根据不同的景物对象灵活地选择横向或竖向的取景方式，可最大限度地展现出景物本身的特点和所要表达的意境。

6.3.1 宽广的横画幅

横画幅构图与人们习惯的观赏方式一致，水平的横画幅最能满足人们开阔视野的需求。由于横画幅有利于表现出被摄物体的宁静、宽广，因此广泛运用于拍摄各种山川河流、原始森林和大海等风景创作，它的延伸感与景物的水平线条相统一，非常适合展现各类景物广阔无垠的场面。此外，横画幅还可以用于拍摄运动的物体，以体现出物体的节奏感。

光圈:F8.0 快门速度:1/60s ISO:80 焦距:6.3mm

左图是采用横画幅的形式拍摄的草海，展现了草海宽广、宁静的美丽风光，同时给人以一种开阔的视觉感受，在观赏照片时，身心仿佛都安静下来。

右图中拍摄的是正在玩耍中的小狗。拍摄者采用的是横画幅的取景方式，不但将主体完全纳入画面，而且适当纳入的周围环境能突显出草地的宽阔，衬托出小狗的顽皮可爱。整个画面色彩也十分清新、靓丽。

光圈:F4.5 快门速度:1/500s ISO:100 焦距:70mm

6.3.2 紧凑的竖画幅

竖画幅可以突出主体的高度，使一些体积比较小的物体显得更加高大、挺拔。竖画幅构图能够很好地缩小画面中背景的比例，使背景更为简洁，整个画面更为紧凑、干净、利落。竖画幅多用于人像或者高大建筑物的拍摄，给观赏者带来一种高昂和向上延伸的感觉。

光圈:F6.3　快门速度:1/13s　ISO:100　焦距:60mm

在拍摄人像时以竖画幅取景，将少女全身完整地纳入，不仅使画面紧凑美观，还展现出少女高挑的身材，完美的曲线，使少女看上去更加亭亭玉立。

拍摄心得

在取景构图时，无论是横画幅构图还是竖画幅构图，都需要根据景物的方向或观赏者的视线方向而定，只有与景物的延伸方向保持一致了，画面才能和谐统一。横画幅呈水平方向，具有横向延伸的感觉；竖画幅呈垂直方向，具有纵向延伸的感觉。

光圈:F5.6　快门速度:1/60s　ISO:250　焦距:55mm

右图是采用竖图幅构图拍摄的小花，同时降低了机位近距离拍摄，使得原本很小的一朵花在画面中显得直立挺拔，左下图则采用横画幅拍摄相同景物，画面主体分散，不够紧凑，无法感受花朵向上生长的趋势。

6.4 构图三要素——点、线、面

每一幅摄影作品都是由构成画面的三大要素点、线、面所组成的。了解三大要素对构图画面的影响可以在拍摄中更好地把握取景的范围与角度，创作出优秀的作品。

点是所有形态的基础，很多点连在一起形成了线，很多线有机地组合在一起就变成了面。摄影中所说的点一般是指比较小的事物，比如一朵小花、一个字、一个小色块。点的位置及大小直接关系到画面的整体效果，它能起到平衡、丰富、活跃版面的作用。

下图中拍摄的三盆花在画面中排列整齐，形成规则统一的三个点，这样的画面构成方式不但协调性强，而且物体错落有致，观赏者容易观察出主体的相似点和不同点，同时也突出了主体对象可爱的造型特征。

拍摄心得

在拍摄过程中，被摄对象可以是一个中心点，也可以是多个点，或是由多个点形成的形状。这些点可以自身作为主体出现，也可以突出主体的陪衬体出现。借助丰富的点可使画面变得更加生动、有趣。

右图中拍摄的是悬挂于枝头的樱桃。画面中，纳入多粒红色的樱桃作为构图画面的主要元素，使画面更加丰富，同时以绿叶作为背景，与红色搭配在一起增强了色彩上的对比效果。另外，多个点出现突出樱桃的丰盛、新鲜。

线由多个点集合而成，通常指的是一行文字、一条色带或一线留白。线在构图中往往起到装饰、连接、平衡及分割的作用，能够迅速地引导或集中观赏者的视线。线的形态或优雅丰富，或清晰锐利，可使画面呈现出不同的视觉效果。

光圈:F6.3　快门速度:1/125s　ISO:100　焦距:42mm

左图中拍摄的是整齐排列的旗杆。拍摄时从侧面角度取景，排列整齐的旗杆形成斜线，增强了画面的视觉冲击力。另外，旗杆的垂直线条则给人以笔直向上挺立的感觉。

面给人以明显的长度与宽度印象，可以由三个或三个以上的点组成，也可以由很多条线拼接而成。面既可以展示宏观宽广的场景，也可以展示一些细节上的内容，如材质纹理、色彩明暗等。正确理解面可以使我们进行合理的构图。

在拍摄裙子时将裙子铺平，形成一个斜面，以平面的效果展示出裙子的长度和宽度，同时也突出了裙子的质感及褶皱等细节。

光圈:F3.2　快门速度:1/200s　ISO:200　焦距:24mm

拍摄心得

一幅构图完美的作品必须具备点、线、面这些基本的要素，但是要素的组合形式和摆放位置是千变万化的，画面中可以只着重突出某一个要素，也可以将点、线、面合理地结合，突出整个主体。任何组合形式的最主要目的都是要体现被摄物体的特点，吸引观赏者的注意力。

6.5 构图的基本原则

拍摄一张照片时，有时会将尽量多的景物都放进照片里，认为画面越丰富越好看，其实这种想法是错误的。一张照片必须明确一个主体，如果前景、背景或者主体、陪衬体都过于繁杂，只会主次不分，让人产生眼花缭乱的感觉。所以，简洁是摄影构图中最基本也是最重要的原则，给画面做“减法”，才能让你的照片具有最强的视觉吸引力。

简洁的构图可以为观赏者带来清晰、明确的视觉效果，在拍摄时我们还需要注意以下几点。首先，保证背景和前景都简单明了，可以选择单一、简化的背景和前景，避免那些可有可无的景物“混”进画面中。其次，主体也必须简洁，尽量将主体干干净净地置于画面中。另外，要选择最具表现力的主体，这样才能将其最大的特征完全呈现出来。

光圈:F7.1　快门速度:1/800s　ISO:160　焦距:110mm

左图中拍摄的是飞翔的海鸥。画面背景简洁、单一，用海洋和天空呈现出宽广辽阔的景象。主体海鸥展翅飞翔，在背景的映衬下尤为突出，栩栩如生。整个画面干净利落，主体清晰明确。

对比右边的两幅照片，同样是拍摄精致的饰品，右侧左图纳入了较多的元素对象，造成画面主次不分，整体混乱的感觉。右侧右图在拍摄时着重抓住局部对象，刻画其中的两个小玩偶，画面简洁、清爽，使主体更加突出。

光圈:F4.4　快门速度:1/250s　ISO:100　焦距:45mm

光圈:F4.4　快门速度:1/250s　ISO:100　焦距:110mm

6.6 常见的取景构图拍摄手法

画面中的形状和线条的组成是认识、分析形象的重要基础，它们并不是杂乱无章的搭配，而是有机地结合，形成不同类型的形状，使艺术形象更加生动，更具表现力。

在了解了画面要素、取景方式、构图原则等基本知识后，接下来了解一些常见的取景构图拍摄方法，使我们的拍摄更加得心应手。

6.6.1 黄金分割构图法

黄金分割构图法是最经典的构图方法。许多不同的构图形式都是在黄金分割构图法的基础上演变而来的，它也是我们在取景拍摄时最推崇的构图手法。为了突出主体，我们在拍摄时常常将主体放置于画面正中心的位置，但是这种布局较为呆板，使画面失去了生动性和协调性。为了达到更好的效果，我们可以按照黄金分割法将主体放于黄金分割点上，再通过陪衬体或者留白等手段使画面呈现出更加灵活、生动的效果。

黄金分割法最早起源于古希腊和古埃及，其中较长的部分和较短的部分的比例为1:0.618，这种分割在摄影构图中是最稳定、最和谐的构图手法。右图所示为黄金分割法的演示图。

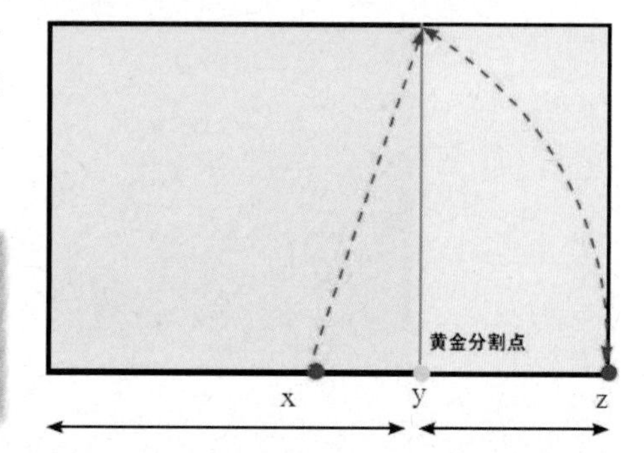

下图中拍摄的风景画面纳入了牛，但并没有将其置于画面正中，而是位于黄金分割点上。在牛的视线前方留有空白区域，这样不但不会感觉到左重右轻，反而起到了平衡、舒适的效果。

构图时不要一味追求或生搬硬套黄金分割构图法的取景方式，这样会缺少变化，在实际的拍摄过程中，我们需要根据现场情况，尝试更多的取景构图方式。

6.6.2 三分构图法

三分构图法实际上是黄金分割法的一种演变，相对于黄金分割法来说，三分法更加容易理解和掌握。将画面进行三等分，水平线或者垂直线通常位于三分之一或者三分之二处，而画面的主体则位于黄金分割的焦点位置，这样的取景方式可以认为是三分构图法。

在使用三分构图法时，可将画面横向分割三等分或纵向分割三等分，如下图所示。三分法构图可以避免画面过于对称，造成呆板、不够生动的印象。

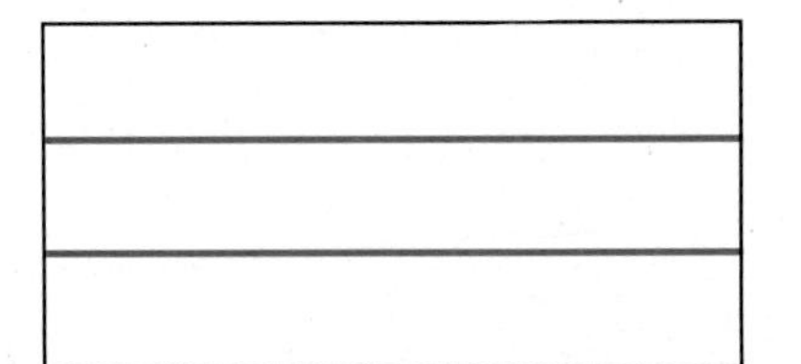

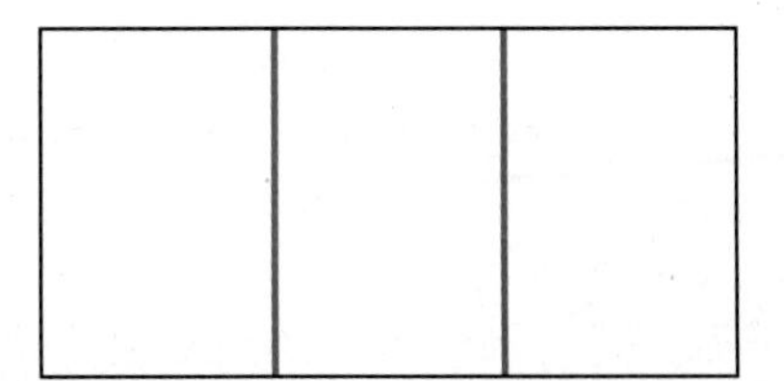

左图在拍摄少女时运用了纵向三分构图法，避免了画面的呆板，观赏者随着少女的眼神仿佛看见了一片宽阔无边的油菜花海。

将画面同时进行横向和纵向的三等分，会形成九个格子、四个交点，这四个点就是画面的中心点，构图时可将主体放置于四个交点上，这样的构图方式叫做九宫格构图法，它是由三分法演变而来的，能够产生主体突出或相互呼应的视觉效果，如右图所示。

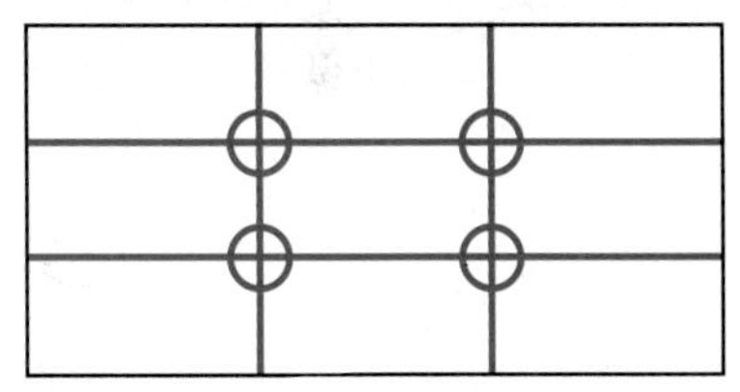

右图中在拍摄草原上的牛时使用的就是九宫格构图法。画面中草原占了画面的三分之二，两头牛的位置在三等分线的交点处，这样的画面显得十分平衡、协调，同时环境与主体也相互呼应，起到了很好的说明与烘托效果。

6.6.3 水平线构图法

水平线构图法属于直线构图，是以一条或多条水平的直线作为构图的基准，使其置于画面中合适的位置，呈现突出的线条效果。水平线构图法能够带给观赏者平静、宽阔、安稳的舒适感，常用于拍摄自然风光，如大海、湖泊、草原等宽广辽阔的场景。

光圈:F8.0 快门速度:1/250s ISO:200 焦距:24mm

左图是以水平线构图方式拍摄的湖面。水面处于画面上方三分之一处，清澈的湖水、连绵的山脉，加上天空中漂浮的白云，突显宁静、平和的气氛。

较低的地平线给人以开阔的感觉，较高的地平线则能着重刻画前景，给人以身临其境的亲切感。在使用水平线构图法时，为避免画面过于单调，可以在画面中增加其他的被摄体，使其成为点睛之笔，让整个构图活跃起来。

6.6.4 垂直线构图法

垂直线构图法多用于表现高度、深度和线条的延伸场景，着重强调拍摄对象的高度和纵向气势，给人以雄伟、笔直的感觉。垂直线构图法多用来拍摄高大的建筑物、笔直的树木、高挑身姿的人像作品。但要注意的是，在使用垂直线构图法构图时线条要有疏密的变化，如果垂直线条安排得太紧密，就会给人一种密不透风的压抑感。

借助瀑布下落的方向使用垂直线构图法赋予了画面深度感，同时也展现了瀑布向下的坠落感，使画面显得更加气势磅礴。

光圈:F10 快门速度:1/400s ISO:100 焦距:18mm

6.6.5 斜线构图法

斜线构图法是一种动态的、不稳定的构图方式，可以使画面表现出极富变化的动态效果。它一方面给观赏者的视线带来很强的导向性，引领观赏者不断朝一个方向探索；另一方面能够增强画面的空间感和透视感，因此多用来拍摄倾斜的物体或者朝某一方向不断延伸的物体。

光圈:F9.0　快门速度:1/400s　ISO:200　焦距:24mm

左图中拍摄的是用石头堆砌的建筑。拍摄时运用斜线的构图方式从侧面展示墙的造型特点，斜线的不断延伸增强了画面深远的透视效果，指引观赏者的视线向前观望。

右图中拍摄的是平躺在草地上的少女。采用了斜线构图方式，画面中人物的身体产生一定的倾斜，不稳定的因素使画面具有动感，避免了传统模式下的平淡和呆板。

光圈:F5.0　快门速度:1/500s　ISO:400　焦距:52mm

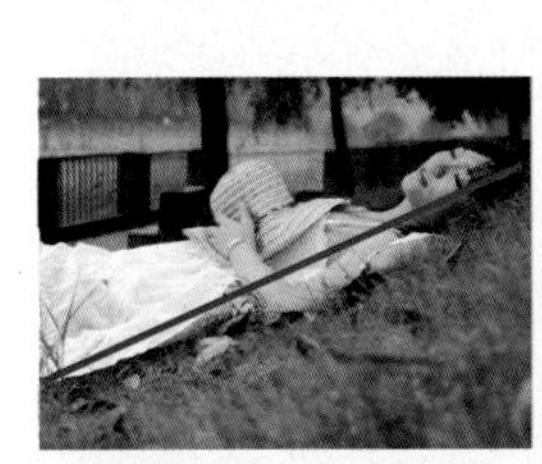

拍摄心得

在运用斜线构图法构图时，一般角度不能大于45°，否则会使画面产生过度倾斜的感觉。因此，在拍摄时要注意相机的角度，合理地使用斜线构图法。

6.6.6 曲线构图法

在摄影构图中，除了运用各种直线形构图法进行拍摄外，还可以根据被摄主体所具有的曲线进行构图，用以展示对象弯曲、柔美、圆滑的特点。一般常见的曲线构图法有S形构图和C形构图，多用于拍摄河流、道路、铁轨等物体。此方法将主体沿着线条进行推移，可突出主体蜿蜒、柔美的线条感，呈现延伸和引导的效果。

上图中拍摄的是草海上的栈道，S形构图突出了栈道的弯曲造型。

上图中拍摄的是依坐的少女，借助C形构图去除了画面的呆板，突出了少女的柔美。

6.6.7 汇聚线构图法

汇聚线构图法一般是指在画面中以一个点为中心，以中心点向四周呈发散状展开。汇聚线构图法通常能够对观赏者的视觉产生强烈的冲击，展现出主体的活力和动感。

烟花在绽放的瞬间呈放射效果，画面以汇聚线构图形式突出了烟花的活力与色彩。

6.6.8 三角形构图法

三角形构图法是摄影构图的基本形式之一，它借助拍摄对象本身的形状进行构图，属于中心集中式的构图。由于三角形是最稳定的形状，因此三角形构图法往往能够从视觉上和心理上带给观赏者安定、坚实、不可动摇的感觉。此种构图法常用于拍摄山峰或传统住宅等静态的景物。

光圈:F9.0 快门速度:1/640s ISO:200 焦距:24mm

左图中拍摄的是藏区建筑。从斜侧面角度取景，借助建筑自身的造型形成三角形构图效果，充分强调了视觉上的稳定感，同时以蓝天作为背景，与建筑形成色彩对比，使画面整体清晰、明亮。

三角形构图法中还包括一种倒三角形构图，它是三角形构图的逆向思维，表现出倒塌的不稳定感，塑造一种动态效果。在拍摄倒三角形构图时，摄影者要仔细地观察被摄景物的形状，找到最佳的拍摄角度。

在拍摄高跟鞋时将鞋子摆放成倒三角的形状，倒置的三角形形成了不稳定的视觉效果，但在鞋跟的结合处形成了一个中心点，使得画面在不安中找到平衡，在平衡中又带有一点活泼，为画面增添了另一番情趣。

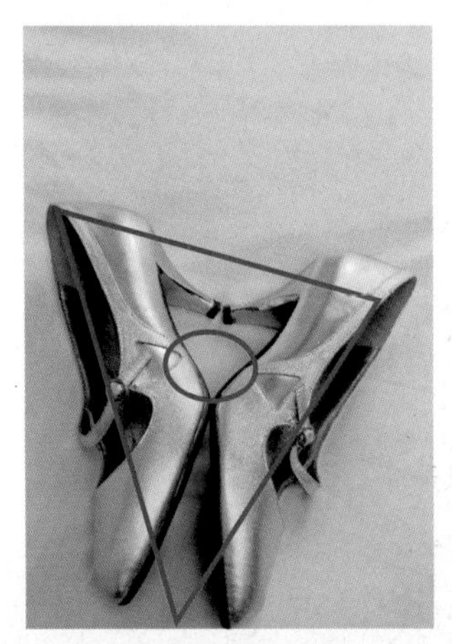

光圈:F3.5 快门速度:1/125s ISO:250 焦距:36mm

拍摄心得

在拍摄静物类题材的照片时，可以根据取景构图的需要将对象进行合理的摆放，再搭配少量的饰品，可以使画面变得更加精致、完美。

6.6.9 框架形构图法

框架形构图法是指在拍摄之前将一个适当的前景物体围绕主体的影像形成一个相对完整的边框。采用框架形构图法可以使画面紧凑有致，一方面可以限定观赏者的视线，另一方面还可以排除杂乱的背景，从而更好地突出主体。

使用框架形构图法拍摄时，若框架由前景的四周形状围成则称为全框，由三面形状围成则称为半框。需要注意的是，拍摄时必须选择与拍摄内容相呼应的框架形式。

光圈:F4.5 快门速度:1/320s ISO:640 焦距:200mm

在拍摄高跟鞋时，构图上利用鞋架本身形成的边框构成框架式构图。品种繁多的高跟鞋在框架中排列有序，画面整体紧凑有致。观赏者的视线随着框架的范围被限定在高跟鞋上，很好地突出了主体。

拍摄心得

拍摄具有框架形式的照片时，作为框架的对象可以是门、窗户、招牌等，还可以是拍摄者有意选取的某一角度形成特殊的边框。

右图中拍摄的是少数民族民宅。拍摄者借助前景建筑的木式门框形成画面框架，使得远景主体被限定于框架之内，不仅增加了画面的装饰性，还增添了强烈的透视感。

光圈:F4.0 快门速度:1/250s ISO:200 焦距:22mm

6.6.10 圆形构图法

圆形构图法也称中心式构图，这样的构图方式是将被摄物体置于画面中心，使主体更加突出明确。圆形构图法在画面中一般是由拍摄对象自身形成的，可借助拍摄对象自身所具有的造型特点来加强观赏者对主体的印象，产生完整、活泼、圆满的效果。

光圈:F4.5　快门速度:1/200s　ISO:200　焦距:48mm

左图展示的是使用特写手法拍摄的盛开的花朵。借助花朵的圆形造型，从正上方取景，将花朵置于画面中心，起到突出的作用，使整个画面的注意力都集中到主体上方。

右图展示的是以特写的手法拍摄的步行街中悬挂的时钟。拍摄者使用长焦镜头拉近拍摄，将其放置在画面中心，作为观赏者的视觉中心，时钟本身形成的圆形使视线更加集中，突出了主体的特征。

光圈:F2.8　快门速度:1/250s　ISO:400　焦距:200mm

6.6.11 L形构图法

L形构图法是画面中含有的主线条呈字母“L”的形状，或借助具有“L”形线条或色块的景物将需要强调的主体围绕起来，引导观众的注意力。L形构图法如同半个框架，可以把观赏者的视线引入到这个框架之中，使主体突出，主题明确。

值得注意的是，使用L形构图法构图时，画面不应被填充得过于饱满，而是要顺着L形框架的方向留下视觉空间，给人以一定的想象余地。

光圈:F5.6 快门速度:1/100s ISO:400 焦距:35mm

少女有意抬起左腿，使得身体和左腿形成 L 形，而少女身后留有的空白给观赏者留下了一定的视觉空间，突显了少女的俏皮可爱。

光圈:F2.8 快门速度:1/400s ISO:200 焦距:80mm

在拍摄小饰品时，利用拍摄体形成的L形框定范围，将主体（两个小人）置于其中，使观赏者的注意力自然而然地凝聚在主体上。

6.6.12 V形构图法

V形构图法属于折线构图的一种，在V形构图的画面中，对象具有明显的字母“V”形特点，这样的构图通常使画面更富表现力。在拍摄山脉时可以突出山脉的走势，展现山脉的宏伟气势，在拍摄静物等对象时，可以突出静物的细节或局部特征。

光圈:F2.8　快门速度:1/60s　ISO:200　焦距:50mm

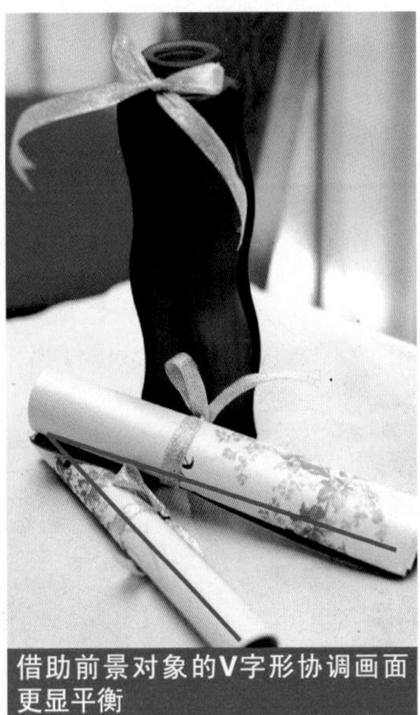

借助前景对象的V字形协调画面更显平衡

在拍摄静物时，将前景摆放成V字形状，与主体花瓶搭配在一起，形成简单的V形构图。画面简洁却不显单调。折线的合理运用也使画面看上去更加饱满、和谐。

右图中拍摄的是雄伟的山脉。山脉的走势形成V形折线，整个画面采用V形构图方法，突出了山脉的连绵起伏，体现了宏伟的气势。在拍摄山脉时，多采用此种构图方法。

光圈:F11.0　快门速度:1/640s　ISO:400　焦距:70mm

6.6.13 对称式构图法

对称象征着高度整齐统一，是一种完美、和谐的代表。在摄影中，对称是静止、拘谨、单调的象征，画面显得较为严谨。但对称式构图在突出主体整齐的同时，还可以是生动的、有所变化的。需要注意的是，在一幅照片中尽量避免交叉对称，这样会使画面看上去杂乱无章。

光圈:F4.0 快门速度:1/20s ISO:640 焦距:50mm

上图中拍摄的是草海风景。拍摄者在拍摄时巧妙地利用了湖面的倒影，使天空的云层和水中的倒影形成了上下对称的效果，借助对称的画面效果，增强了画面的视觉冲击力，使画面更具独特性。

拍摄心得

利用对称式构图法拍摄时，一定要根据物体的形态和本身的特点构图，不能生硬地套用对称式构图法。右图中两个体积大小相近的主体同时对称地出现在画面中，使画面过于饱满、拘谨和单调，不够美观，此时可适当地缩小主体在画面中的范围，并纳入更多的环境。

6.7 疑难解答

Q 在拍摄线条不明显的景物时，应采用横画幅还是竖画幅拍摄？

A 拍摄时，首先考虑需要拍一个怎样的主体，是完整的还是局部的，然后再寻找能够突出主体的背景，使主体与背景相平衡。竖画幅主要是突出画面的紧凑感和线条的延伸性，而横画幅中主体比例稍大，用来突出主体的细节部分。同一种景物分别采用横画幅和竖画幅拍摄会得到截然不同的效果。

光圈:F4.0　快门速度:1/400s　ISO:200　焦距:32mm

左图中采用了竖画幅拍摄，小狗在画面中的比例较小，身后的背景占据了较大的空间，主体与陪衬体之间形成了强烈的大小对比效果。上图中采用了横画幅拍摄，小狗作为主体对象更加醒目突出，同时也强调了小狗的活泼可爱。

Q 在一张照片中可不可以同时采用多种构图法组合在一起进行拍摄？

A 根据景物的特征和周围环境的影响，同一张照片中经常会出现多种构图法组合在一起的情况。但是同时采用的构图法一般不超过三种，否则会出现过于繁杂、让人眼花缭乱的感觉，反而使画面不够简洁。在结合不同构图法构图的同时，也必须依据景物的特征将其完整地组合在一起。

在拍摄时结合了曲线构图和水平线构图两种手法，突出了场景的宽阔与草原景色的特点。

光圈:F8　快门速度:1/200s　ISO:80　焦距:25mm

第7章

数码摄影创作的提高——光线与色彩

知识要点

- 快速理解光线的概念
- 光线的分类
- 光线的方向
- 闪光灯的使用
- 色彩的运用
- 借助色彩形成画面影调

7.1 快速理解光线的概念

在摄影创作中，光线的处理是摄影首先要考虑到的问题。没有光就没有影，所以善于把握光线、利用光线是摄影的基础。光以波的形式传播，不同波长的光呈现出不同的颜色。在实际摄影创作中，我们应该把握光的照射强度、光比、软硬等并善于利用不同的光线来达到摄影的目的，这些方面对摄影的光线造型有着非常重要的作用。

7.1.1 光线的强度

光线的强度是指光源本身的强度和被摄体的反射程度。自然光的强度由季节、气候、时间及周围环境所决定，不同的光线强度决定被摄体的反射光强度，表现在一个方向上发光强弱程度的光量度。光线的强度取决于光源的亮度、光源与被摄对象间的距离。太阳光是摄影中常见的主光源。

左图是以黄昏为主题的照片在太阳西下拍摄时，逆光条件使明暗反差大，光线强度弱，光源分散，光影效果相对柔和。

对比上图，右图画面光线照射强度更强，太阳升起的位置更高，整个云层与海面都反射强烈的光线，整个画面呈暖调，增强了温馨的效果。

两幅图中的光源距离与照射强度完全不同。对同一光源来说，光源离光照面越近，光照面上的照射强度越大；光源离光照面越远，光照面上的照射强度就越小。

7.1.2 不同的光比

光比是指主光与辅助光之间，以及主辅光与背景光之间的比例关系。光比的大小决定画面的明暗反差，可形成不同的影调和色调结构。

光比大，反差大；光比小，反差小。不同性质的光源在同等条件下照射，也会产生不同的光比。我们可以利用光比来表现所需表达的主题，也可以根据不同的拍摄对象和内容选择光比的大小。直射光容易形成大光比，散射光容易形成小光比。

光圈:F7.1 快门速度:1/100s ISO:100 焦距:135mm

左图用小光比展现了女性的柔美。画面中女性因身材娇小，脸型偏瘦，采用了小光比来缩小明暗反差。达到了明暗过渡细腻，影调丰富，有立体感的效果，从而表现女性柔美清秀的一面。长长的金黄头发给人以青春活力，女孩右撑起的手臂，使整个画面构图完美。

拍摄心得

对于人像摄影而言，拍摄高调照片需用小光比；拍摄低调照片则需用大光比。同时为了弥补人物的某些缺陷，也可以根据人物的脸部特征来决定光比的大小。瘦脸型的可以采用小光比，胖脸型的可以选用大光比，这样可以起到掩盖其丑，突出其美的作用。

右图为拍摄的风景照。光比大，反差就越大，使整个画面具有空间感，受光多的地方明亮而开阔，与未受光的地方形成强烈的明暗对比。蓝蓝的天空在太阳的照射下清澈而美丽，画面在天空的映衬下显得更加的辽阔。

光圈:F9.0 快门速度:1/320s ISO:100 焦距:14mm

7.1.3 软质光和硬质光

光质是指摄影照明中光线的软硬性质，即通常所说的硬质光和软质光。

软质光是一种漫散射性质的光，没有明确的光源方向，在被照的物体上不产生明显的阴影，如薄雾中的太阳光。软质光由于强度均匀，光线柔和，并且在该光线中被摄对象各部分的亮度比较接近，所以形成的画面反差较小，影调平柔，质感的表现也较弱，但被摄对象的色彩饱和度相对较高。

光圈:F5.0　快门速度:1/50s　ISO:100　焦距:24mm

光线照射方向

左图风景照是在软质光的条件下拍摄的，整个画面光线强度均匀，没有明显的阴影出现，光线柔和，画面色彩饱和度反差不大。拍摄者运用这种光线表现了大自然在早晨雾蒙蒙的迷人气氛，同时结合仰角度取景突出了山脉的特点。

右图的小狗是在软质光的照射下拍摄的，光线强度均匀，画面明暗反差不大，光线柔和。小狗的眼神看着一个地方，好像在等待主人的出现。同时采用大光圈的方法将背景模糊，使前景主体更加的醒目突出。

光圈:F2.8　快门速度: 1/400s　ISO:250　焦距:180mm

拍摄心得

软质光拍摄的照片可表现物体画面的美感和色彩之间的对比，同时呈现的质感也较强。但并不是画面中的颜色越多越好，当颜色过多时反而显得对比不强烈。

硬质光是一种直射性质的光线。在硬质光照射下的被摄体表面的物理特性表现为：受光面、背光面及投影非常鲜明，明暗反差较大，对比效果明显，有助于表现受光面的细节及质感，造成有力度、鲜活的视角艺术效果；方向明确，画面立体感与空间感强。如晴天的阳光，人工灯中的聚光灯、回光灯的灯光等。

光圈:F2.5　快门速度:1/160s　ISO:200　焦距:80mm

左图为在硬质光条件下拍摄的花朵。受光的主体很亮，而背景却很暗，整个画面明暗反差强烈，立体感强，背景暗主体明的搭配对突出画面主体起到了很好的作用。

下图为拍摄草原上成群的羊群。选择在正午时分拍摄，光线呈硬质光效果，画面中元素受光面与阴影面的明暗对比大，影调层次丰富，质感表现较强。同时侧光的运用使画面富有立体感，近大远小的取景形成纵深感的效果，使蓝蓝的天空衬托了草原的辽阔。

光圈:F8.0　快门速度:1/160s　ISO:80　焦距:6.3mm

7.2 光线的分类

光线是摄影的前提，没有光线就不能形成影像，也就无法完成摄影拍摄。同时，光线的运用也是摄影造型的手段之一，由此可见光线在拍摄中的重要性。我们在日常的拍摄中，可以将摄影中使用的光线按光源的性质分为自然光和人造光。

7.2.1 自然光

由自然光源发散的光线，均称为自然光。从摄影的角度讲，可利用的自然光主要是太阳光，太阳是大自然中主要的发光光源。

自然光又分为直射光、散射光和环境反射光。在阳光照射下，建筑物、地面等反射的光线即是环境反射光，也属于自然光。

直射光，是指在晴朗的天气里，不受任何物体的遮挡直接照射到被摄体上的阳光，直射光在被摄体受光的一面产生明亮的影调，而不直接受光的一面则会形成明显的阴影。直射光照度强，明暗反差大，画面具有立体感，对被摄对象的造型有很好的表现力。通常在直射光下拍摄时，拍摄者会利用反光板对被摄对象的阴影部分进行一定的补光，这样画面效果看起来会比较柔和自然。

左图中的景物在强烈日光的照射下，明暗对比强烈，色彩丰富鲜艳，画面的质感、影调层次丰富。湖中风景的倒影与实景形成虚实对比，让画面更加美丽，增加了画面空间感。

右图中人物受直射光照射，光线与人物呈45度夹角，使人物左侧受光均匀，皮肤更显靓丽。人物侧偏面部，减少了阴影的形成，使形象更加完美。

散射光，即软光，无强烈的方向性。当阳光被云层或者其他物体遮挡不能直接照射被摄体，只能透过中间介质照射到被摄对象上时，光就会产生散射作用，物体的受光面和阴影面不明显，明暗反差小。所以在散射光条件下拍摄的照片画面平淡柔和，色调细腻。对初学者而言，在散射光环境中拍摄物体时，只要利用好相机的平均测光模式，就可以得到理想的效果。

左图的少女是在阴天散射光的条件下拍摄的，画面明暗反差小，水面没有形成强烈的反光，画面柔和，把女性可爱青春的一面表现了出来。

反射光，是指光源所发出的光线不是完全照射到被摄体的，而是对着具有反光能力的物体照射，再由物体反射给被摄体的光线。被摄体受光的多少是由反光物体表面的反光率决定的，质地好的物体如光滑的镜面反射出的光线具有直射光的性质，而粗糙的反光物体反射出的光线则有散射光的性质。

如下图以拍摄人物为例，通过光源对墙面的照射，光线经墙壁反射到人物，借助反射的光线为人物进行补光或照射，这样可以减弱光线的强度。

反射光灯位图

右图画面中的小狗就是在反射光的条件下拍摄的，绿色的小草将光线反射给小狗，小狗受小草的反射光，身体与面部受光均匀，同时结合大光圈使画面平淡柔和，色调细腻。用小草衬托小狗，将小狗的嬉闹顽皮表现了出来。

7.2.2 人造光

一切由人加工制造的光源发射出的光线均为人造光。摄影中常用的灯有白炽灯、碳弧灯、碘钨灯、卤钨灯、镝灯等。拍摄者可以根据拍摄主题内容的需要，根据拍摄对象的环境、装饰、外形等来控制人造光来完成对物体的塑造，以便更好地表达主题。

光圈:F2.8　快门速度:1/400s　ISO:自动　焦距:5.8mm

人造光可突出主体的外形特点。左图采用人造光拍摄静物，画面简洁，光线从物体的背面照射过来，使物体具有很强的光泽感。小玩偶透明的质地，通过光线的照射，呈现出更可爱的效果。

右图是在室外使用人造光拍摄的人物照片，借助闪光灯发射的光线从正面照射到对象身上，能够清晰地看到人物细腻的肤质，以草作前景在光线的照射下与主体和谐搭配，人物的神情、动作将女孩惆怅的心情表达得恰如其分。

光圈:F9.0　快门速度:1/200s　ISO:自动　焦距:50mm

拍摄心得

人造光的发光强度低、照度范围小，因此灯光与被摄物体距离的远近对照射范围与强度大小的影响极大。运用人造光能创造丰富的画面影调、塑造物体特征和不同的光线效果，可不受季节、时间、气候、地理条件的限制，可按照拍摄者的艺术构想从容进行创作，但运用不当也会使影像失真。

7.3 光线的方向

光线的方向，主要是相对相机拍摄方向而言的，也可以说是根据拍摄者视角而言的，是指光源位置与拍摄方向之间所形成的光线照射角度。光源位置和拍摄方向两者之一有所改变都可以认为是光线方向有所改变。光线方向在立体空间上的变化是十分丰富的，是景物造型的主要条件。在拍摄过程中，光线的照射方位不同，其产生的画面效果也不同。光线按照射方向分为：顺光、斜侧光、侧光、逆光、侧逆光、底光和顶光。

7.3.1 顺光

顺光是指灯光高度与相机高度相接近，处在同一个水平面上，投射方向和相机的拍摄方向相一致的光线，因此也叫正面光。

在实际的拍摄中，由于光线的直接投射，画面受光面少，并且能够削弱被摄体表面的凹凸不平，使被摄体影像更加的明朗，所以顺光的使用率较高。

光圈:F1.8 快门速度:1/30s ISO:200 焦距:85mm

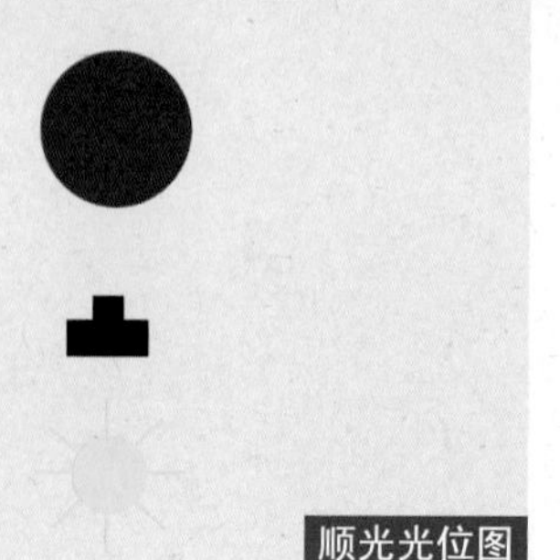

顺光光位图

上图为顺光拍摄的宝宝照，画面中的宝宝受光均匀，明暗反差小，皮肤细腻光滑，肥嘟嘟的小手放在嘴巴上体现出小宝宝的可爱。

虽然顺光的立体感表现不强烈，但很适合表现平和的气氛。顺光拍摄的画面阴影反差小，削弱了画面中的明暗对比。拍摄者可以利用顺光拍摄大自然的和谐或者女性的温柔善良等。使用顺光表达的画面，也能呈现出宁静温馨的效果。

7.3.2 斜侧光

斜侧光是指照射方向与摄影者的拍摄方向成约45°夹角的光线。利用斜侧光拍摄时，照片中的物体会出现阴影，这有利于增加画面的立体效果。斜侧光是拍摄者常用的光线，它的造型效果好，能产生较好的光影效果和丰富的影调，拍摄者可以根据被摄物体和表现意图的不同来利用斜侧光进行构图、造型。

左图为借助斜侧光拍摄的卡通熊，画面中主体在光线的照射下更加的鲜艳，形状轮廓更加鲜明，同时在下方形成的阴影使空间感更强。

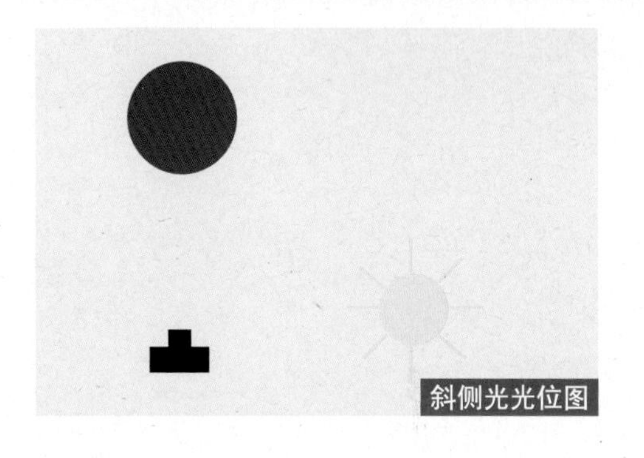

右图为拍摄丰收的果实，光线从侧边照射到被摄物体，画面边缘形成一道轮廓线，同时房屋的陪衬突出了环境，使画面明暗层次丰富，立体感强烈。整个画面以黄色为主调，将丰收季节的气氛表现了出来。

7.3.3 侧光

投射方向与拍摄方向成90° 左右角的光线为侧光。在侧光条件下拍摄，被摄体有明显的明暗交界面，有利于表现物体的轮廓造型，画面的立体感强。

利用侧光照射景物时明暗反差大，缺乏明暗过渡的细腻影调层次，一般不用它表现正常的人物肖像，但必要时可以用来拍摄某些特殊光效、创造特定的光线气氛。侧光的运用要注意受光面和背光面的亮度比值。

光圈:F8.5 快门速度:1/10s ISO:100 焦距:6mm

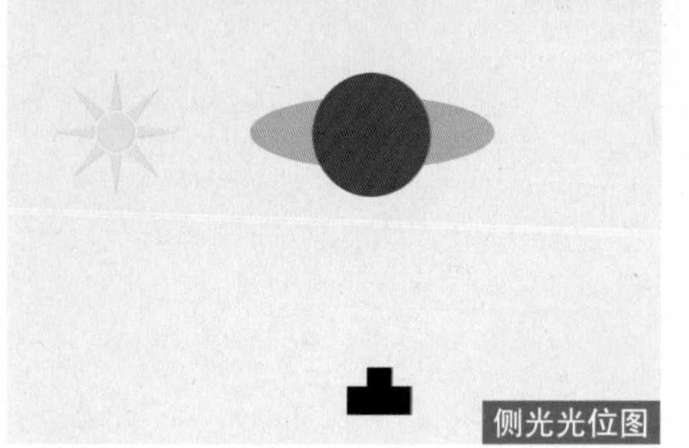
侧光光位图

上图中拍摄的藏民是利用侧光拍摄的，光线从对象的左侧照射过来，阴影在对象的面部右侧，明暗反差大，画面立体感强，被摄对象的轮廓清晰。拍摄对象所处的环境起一个陪衬说明的作用，藏民面对镜头微笑，慈祥的面庞上又尽是沧桑，从镜头中完全地体现出来。

拍摄心得

利用侧光拍摄人像，有利于描写人物的思想特征及性格倾向。如果是由于侧光产生了阴阳脸的效果，可以利用反光板来对人物进行一定的补光，使光线偏向柔和。在表现男性阳刚之气或者有威信的大人物时，经常使用到的就是侧光。

7.3.4 逆光

逆光就是指照射方向与摄影者的拍摄方向完全相反的光线。物体在逆光的条件下拍摄，只能看到背光面而看不到受光面，缺乏立体感和质感表现，但物体有明亮的轮廓光照明，可勾勒景物的轮廓，使景物的轮廓形态鲜明。在造型中，逆光能使主体从背景中分离出来，从而使主体突出，适合表现多层景物和大气透视的效果。拍摄人物肖像时，可用逆光来修饰人物，或营造剪影、半剪影等不同的效果。

光圈:F5.6 快门速度:1/60s ISO:400 焦距:50mm

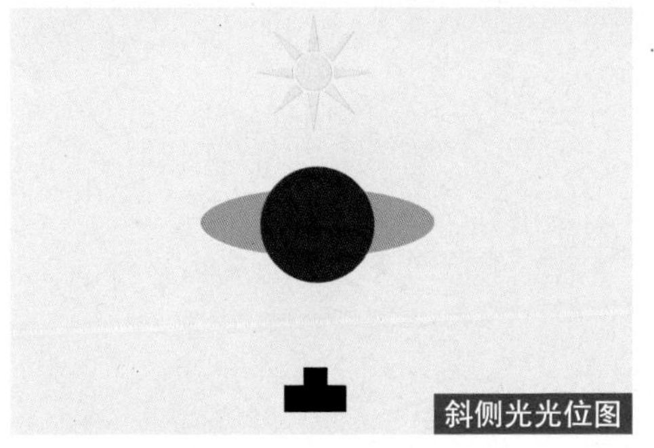
斜侧光光位图

上图的风景照是在逆光条件下拍摄的，太阳光成为画面中的高光，拍摄对象在逆光的照射下轮廓鲜明，整个画面中的光线明暗层次丰富，画面空间感强，透视效果好，留有的空白使画面更加有意境。

在进行逆光拍摄时，最好利用遮光罩来避免眩光。同时，如果不对被摄主体进行补光，容易形成剪影的效果，这时摄影者就需要利用相机的点测光来对主体进行测光，使其达到摄影者想表达的画面。

7.3.5 侧逆光

侧逆光来自被摄体的侧后面，与逆光的光线方向成45° 夹角的光线。侧逆光可以使物体表现出更明显的立体感和质感，在侧逆光条件下的曝光控制相对于逆光来说，也更容易些，拍摄者可以轻松地进行拍摄创作。侧逆光拍摄时，被摄物体的边缘会形成一道轮廓光，能使主体与背景分离，加强画面的空间感。

左图是采用侧逆光拍摄的照片，景物从背面受光，形成很强的轮廓边缘，使主体与背景分离，画面的明暗对比强，影调层次丰富，物体立体感强，使黄昏更加的有意境。

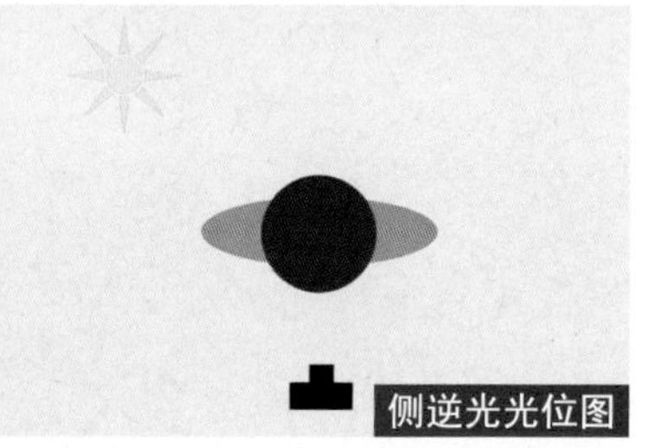

侧逆光光位图

7.3.6 底光

从被摄体下方投来的光线为底光，又称为脚光。脚光照明的光影结构与顶光相反，在自然光效法中，多用于表现特定的光效，如油灯、炉火、烛光等；或用于渲染特殊气氛，如恐怖、惊险；或丑化某一人物造型。在人像拍摄中脚光更多地用于作修饰光使用，修饰眼神、衣服或头发等。在拍摄玻璃、水杯等对象时，脚光可增强被摄体的立体感和空间感，还能使被摄体形成非正常效果，形成异常画面。

右图是主光与底光结合拍摄的人物照，底光从拍摄对象的脚旁照射上来进行补光，作为辅助光使用，消除了人物面部的阴影。从画面中可以明显看到人物脸部阴影较少，同时也起到了为拍摄对象消除眼袋的作用。画面人物面部受光均匀，影调层次丰富，人物的整个造型在底光的辅助下显得很有味道。

拍摄心得

在使用底光拍摄人物时，一般都是做辅助光使用，为人物的面部补光。另外，底光还可表现特定的效果，如表现诡异的人物形象。

7.3.7 顶光

顶光是指从头顶上方直接照射到物体，与景物、相机呈90° 夹角的垂直光线。

此时的光线照度是一天中最强的，光线的方向性也很强。因为太阳穿过大气层的距离最短，所以光线的散射最微弱，光线在底片上留下的反差也最强。顶光多用于拍摄光滑的物体或者利用物体的形状、色彩，以及彼此之间的搭配来拍摄出精彩的照片。

光圈:F4.2 快门速度:1/1000s ISO:200 焦距:40mm

左图为拍摄的风景照，采用顶光照射，使画面中的屋檐产生少量的阴影，明暗反差大，有利于表现景物的空间感与立体感。画面色彩以天空蓝色和木房的颜色为主，干净通透，画面中的主体和大部分景物仍然在正常的光线范围以内，整个画面保持着明快的节奏感。

顶光光位图

光圈:F2.8 快门速度:1/400s ISO:200 焦距:80mm

右图的荷叶是在顶光条件下拍摄的，画面中可以看到荷叶顶部受光最强，形成很强的轮廓线，明暗反差大，荷叶在顶光的照射下很有质感。整个画面以一片荷叶为主体，画面的色彩以绿色为主，干净通透、清新自然。

7.4 闪光灯的使用

光是摄影艺术中不可缺少的外界条件，它能给摄影艺术带来绚丽多彩的画面，从一定意义上来讲，摄影的前提就是光。好的光线能使物体具有层次感，让画面变得饱满。但是很多时候现场仅有光线是不够的，我们还需要用到一些辅助光源，闪光灯就是其中的一种。闪光灯所发出的光线与自然界中的光线不同，自然光线是连续不断的，而闪光灯是在曝光瞬间释放出来强烈的光线，因此在使用闪光灯时更需要掌握一定的技巧。

7.4.1 闪光灯类型

闪光灯是摄影中最为常用的人造光源。它便于携带，使用方便，不受时间、天气、空间的限制。不论是拍摄什么样的主体，只需开启闪光灯，即可解决环境光线偏暗或满足创作独特效果要求的问题。通常闪光灯分为内置与外置两种类型。

1. 内置闪光灯

内置闪光灯是相机自身配备的装置，它具备一定的闪光功能，能应对一些简单的拍摄需要。虽然内置闪光灯指数低，闪光功能较少，但在家庭小居室空间中仍能发挥主光照明的作用，在室外近距离也可用于人物面部的补光。

下左图为尼康D60相机，按下红框中的闪光灯开启按钮后，即可开启内置闪光灯，如下右图所示。相机会对现场光线进行一定的补充，使用时方便快捷，能够较好的完成近距离拍摄时环境或人物的补光。

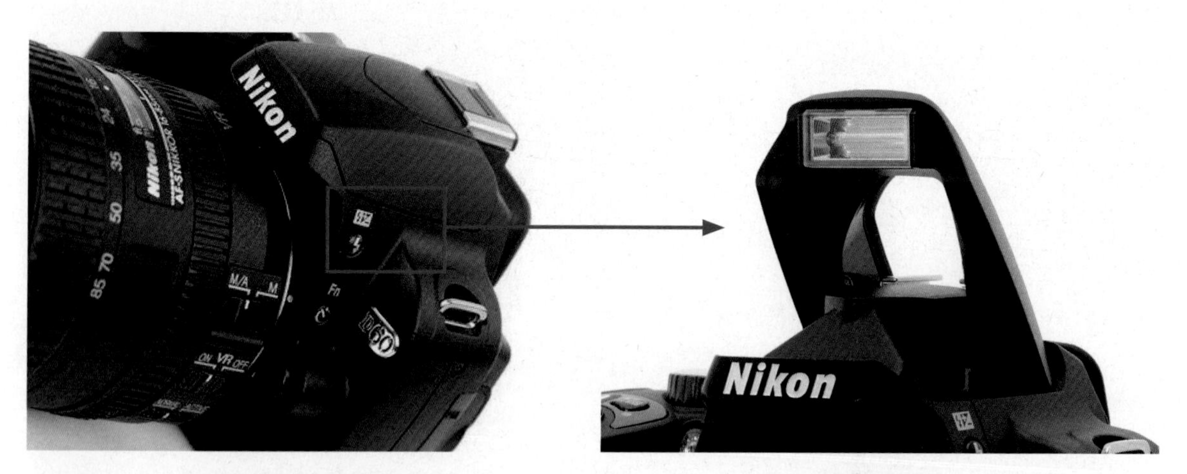

内置闪光灯开启按钮　　　　内置闪光灯

内置闪光灯的强度有限，不适合作为拍摄的主要光源，并且位置靠近镜头，不能调整照射角度，因此光线表现往往比较生硬、不自然，以及会产生难看的阴影。所以专业的拍摄者多在急需时才会用到内置闪光灯，或是在光线反差较大的环境（如逆光、阴影处）中使用内置灯光进行简单的补光动作，以减轻阴影的程度。

2. 外置闪光灯

外置闪光灯可分为两种类型：一种是可用于不同厂商相机的通用型号，另一种是特定相机专用型号。外置闪光灯可以通过离机连线或者无线触发的方式来做离机闪光，我们可以根据拍摄意图任意安排闪光光源，从而达到自己想要的效果。

左图为佳能外置闪光灯，该闪光灯无论是功能还是操作性都非常好，是一款优秀的外接闪光灯，能够为拍摄者的摄影创作带来很大的方便。拍摄时可以根据自己的拍摄意图任意安排闪光光源的位置，从而达到自己想要的效果。

拍摄心得

外接闪光灯的功率较大，所以闪光距离相对更远，照明范围更远更广。另外，在使用广角镜头拍摄较广的画面时，也可利用闪光灯前方的“扩散片”来扩散闪光灯的光线，以避免画面周围出现亮度不平均的情况。

外置闪光灯

3. 外拍灯

外拍灯光，可以从本质上改变使用纯自然光拍摄时的技术规律和法则。根据灯光器材的配置程度，拍摄者完全可以忽略阳光的主导作用，并能更主动有效地利用和控制阳光来产生所需的效果。无论外拍灯光的使用是作为主要光源还是辅助光源，其对光线的强度、角度、光质和色彩的控制完全可以服从于摄影师的主观意图，对在纯自然光情况下可能产生的诸多不理想情况，也有很大的弥补余地。

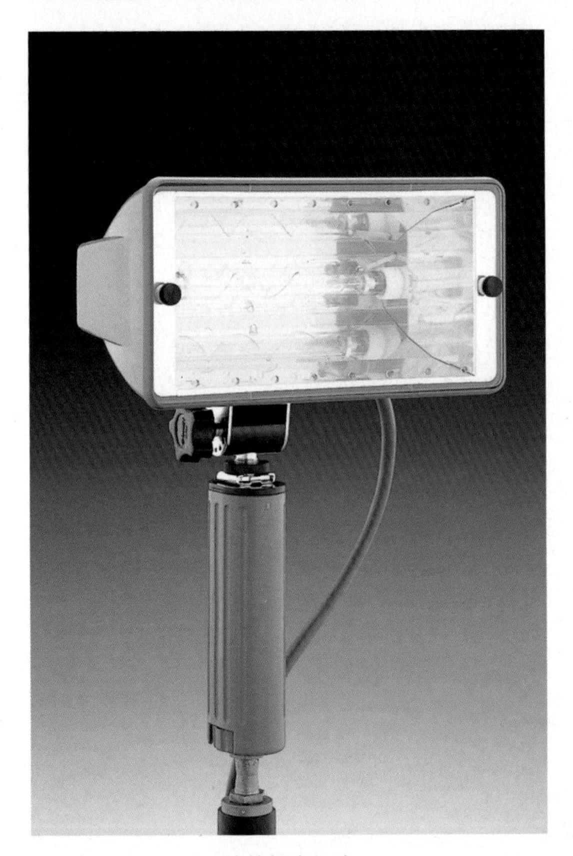

外拍闪光灯头

外拍灯的畜电池和直流无线引闪配件

左图为外拍闪光灯灯头，上右图是外拍闪光灯所需的蓄电池和直流无线引闪配件，在使用外拍闪光灯的时候，两个设备需要配合使用。外拍闪光灯可借助蓄电池里的电源提供闪光，也可以使用直流无线引闪配件直接将直流电传输给外拍闪光灯。

7.4.2 使用内置与外置闪光灯拍摄

使用内置闪光灯照明拍摄时，闪光灯从被摄体正面进行补光，如果是近距离取景，可以使其获取充足的光线照明。使用外置闪光灯拍摄时，由于可以根据需要安排闪光灯的光源位置，因此对被摄体的补光也更加的轻松随意。充分地利用这两种不同类型的闪光灯进行照明拍摄，可以获取满意的拍摄效果。

光圈:F1.8　快门速度:1/100s　ISO:100　焦距:85mm

左图是使用内置闪光灯拍摄的，从人物正面进行补光，由于距离人物较近，因此被摄者获取了充足的光线照明，同时结合大光圈虚化背景使人物主体更加突出。少女粉色的衣服，更增添了甜美纯净的性格特点。

光圈:F2.5　快门速度:1/160s　ISO:100　焦距:85mm

右图是使用外置闪光灯拍摄的，将闪光灯置于人物身后，人物前侧为恒定的光源照射，外置闪光灯为画面营造了神秘的氛围效果。人物的服饰与环境色调搭配，整个画面低调安静，更强调突出了艺术品的美感。

拍摄心得

在使用外置闪光灯时，如果配合使用柔光罩，阴影会变得轻淡而柔和。特别是在拍摄人物时，柔光罩扩散闪光的面积越大，阴影越淡薄。在较明亮的场合使用外置闪光灯拍摄时，应设置内置闪光灯较低的闪光指数，避免曝光过度的情况发生。使用内置闪光灯拍摄时，如果选择在阴天天气拍摄，画面中的人物背景比较空旷，应适度地进行补光，以减少在人物上形成的阴影。

7.4.3 使用外拍灯拍摄

内置于数码相机中的闪光灯由于是直接把强光照射到拍摄对象上，因此有时会产生难看的阴影，这时候最好使用外置闪光灯。外置闪光灯使用离机连线或者无线触发的方式来做离机闪光，因此我们可以根据拍摄意图任意安排闪光光源，来达到自己想要的效果。

上图是在室外拍摄婚纱照的少女，使用外拍灯在人物的左侧与右侧分别打光，为人物面部补充更多的光线，使人物皮肤更显细腻，同时两侧的补光削弱了人物面部所形成的阴影，将反光板置于人物前方地面，可消除日光所造成的面部阴影，整个画面明亮干净。

外拍专用闪光灯可以配备很多光效配件，加装柔光罩可以使光质变得很柔和；用挡光板，可以使用光更为精确；插用不同的色片，可以改变光的颜色。如果外拍灯仅作为自然光条件下补光用途的话，可以直接在任意需要的位置通过照射反光板来产生对主体的补光，强度可控余地更大，位置上可以更自由。

7.5 色彩的运用

色彩能反映人的感情。在日常的生活中，色彩被赋予了情感，成为代表某种事物和思想情绪的象征。不同的色彩能给人心理上以不同的影响，能激发人们的情感，使之在心理上、情绪上产生共鸣。拍摄照片时，要研究色彩与人心理的关系，发挥色彩的作用，如红色象征喜悦，黄色象征高贵，绿色象征生命，蓝色象征宁静，白色象征纯洁，黑色象征恐怖等。在摄影中必须懂得色彩与感情的联系，再适当地运用色彩，才能进一步表达好作品的主题。

7.5.1 暖色调画面

暖色调主要以红色、黄色、橙色为主，暖色为前进色，表达膨胀、亲近、依偎的感觉。给人以柔和、柔软、活泼、愉快、兴奋、热烈、温暖的画面感受。可用暖色调表现室内居家装饰、人像、食物和风光等。

光圈:F5.0　快门速度:1/640s　ISO:100　焦距:14mm

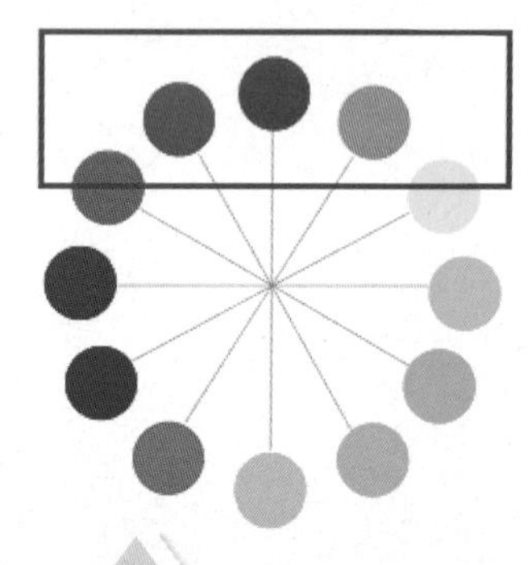

如上图所示的色环中，红框标注的颜色区域即为暖色调区域。在取景时可更多地选择这几类颜色进行拍摄。

上图为暖色调的风景照片，以橙色为主，在太阳的照射下，画面色彩鲜艳明亮，给人温暖、热烈、兴奋、愉快的感觉。

右图为日落时分拍摄的芦苇海，画面以黄色和红色构成，湖水反射天空的光线后呈暖色调，芦苇在逆光的照射下形成水面倒影，更增加了画面的意境。

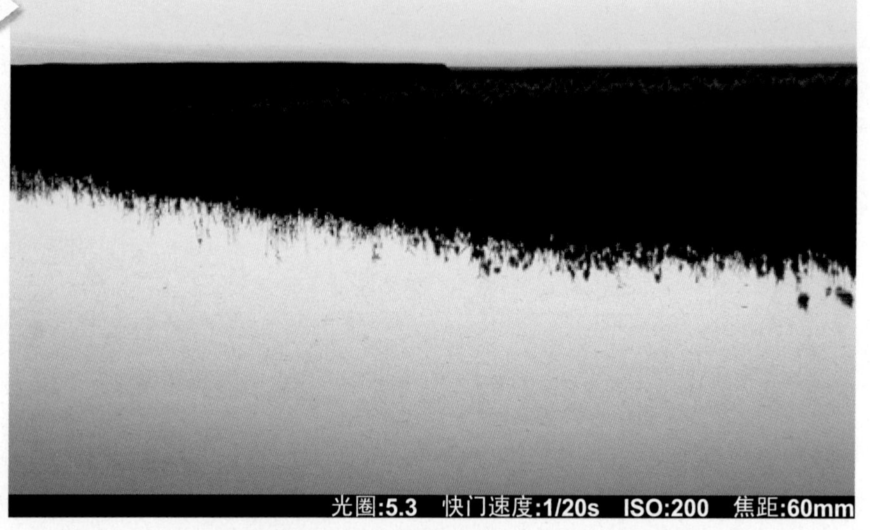

光圈:5.3　快门速度:1/20s　ISO:200　焦距:60mm

7.5.2 冷色调画面

冷色调由蓝色、蓝紫色、青色、黑色等偏冷色构成，如下右图色环中标注所示，冷色调与暖调形成对比，这些颜色让人们产生冷感。其中蓝色可使人们联想到大海、月夜，给人们以清凉的感觉，这种色调适宜表现恬静、低沉、淡雅、严肃的内容。冷色调的画面给人以寂静、开阔、雄伟、神秘、有力等感觉。拍摄者可用冷色调表现自然风光、冰凉的饮料、人物孤独的状态或另类的感觉。

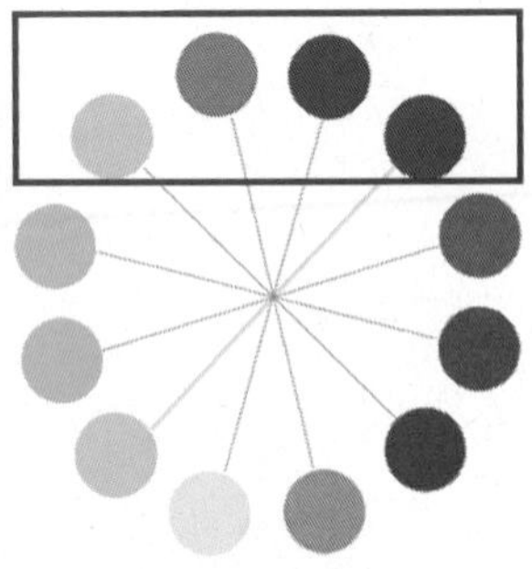

冷色调区域

上左图冷色调的运用展现出水面澄净、开阔的感觉。画面采用横构图配合使用短焦距，使水面有更为宽广的延伸空间，增加了画面的开阔感。

右图为逆光下拍摄的树木，画面以蓝色为为主，背景较亮，丰富了画面的层次。画面树木形成了剪影的效果，近大远小的视觉效果使画面纵深感增强。

7.5.3 单一色调画面

单一色调是指单色调的彩色照片，在单色调画面里，光反差小，缺少层次感。在拍摄时，可有意寻求色阶的变化，运用小面积的明快鲜活的色彩，来冲破平板、灰暗的调子，增加色彩的变化。这种色调适宜烘托气氛，描绘阴、雨、雾等天气特有的影调效果。

光圈:F2.8　快门速度:1/250s　ISO:200　焦距:240mm

左图的画面是在侧逆光的条件下拍摄的，画面以绿色为主，采用大光圈模式，侧逆光照明的方式增加了画面空间层次感，丰富了影调层次，果子在光线的照射下显得更加有质感。

光圈:16.0　快门速度:1/8s　ISO:100　焦距:100mm

右图为玫瑰花的特写，以红色为主占据了整个画面，给人以深刻的画面印象。在侧逆光的照射下，层叠的花瓣形成阴影，画面影调层次丰富，立体感强，勾勒出玫瑰花的轮廓形状。

拍摄心得

在使用单一色调表现画面时，特别应把握被摄对象的颜色特点，可通过突出其单一的色彩，来增强画面给人留下的印象，从而达到突出表达主体的作用。

7.6 借助色彩形成画面影调

光线、色彩都是摄影的重要组成部分，不同的光线与色彩组成的画面层次不同，立体感也不同。影调是物体结构、光线、色彩效果的客观再现，借助色彩形成画面影调是摄影师创作的表现手段。在摄影作品中，以明暗效果划分可将影调分为高调、低调和中间调。

7.6.1 高调画面

在黑白摄影作品中，高调的作品中以白到浅灰的影调层次占了画面的绝大部分，同时加上了少量的深黑影调。高调作品给人以明朗、纯洁、轻快的感觉，但随着主题内容和环境变化，也会产生惨淡、空虚、悲哀的感觉。

左图在高角度取景来拍摄雪山，高调画面给人明朗、纯洁、轻快、淡雅的感觉。画面中由于前侧光的照射，形成了阴影，明暗对比增大，影调层次丰富，突出了雪山的洁白，表现了画面的质感，增加了画面空间感、透视感，立体感也随之增强。

右图照片以天空为背景，在强烈日光的照射下，画面呈高调效果，主体白色的特点得到了更有效的突出，整个画面以白色为主调，给人以清爽、纯洁的感觉。

7.6.2 低调画面

低调画面中深灰至黑的影调层次占了画面的绝大部分，同时加上少量的白色起着影调反差的作用。低调画面会形成凝重、庄严和刚毅的感觉，同时又可以表达黑暗、阴森、恐惧之感。

右图表现出了男性的阳刚之美及他的性格特点，采用以深灰至黑的影调来构成一幅低调的画面。以纯黑色为背景，人物的穿着也以黑色西装为主，给人庄严和刚毅的感觉，分别从人物左侧与右侧打光，在面部形成倒三角形阴影，更好地突出了人物的脸部轮廓。从人物的姿势可以看出，拍摄者想要表现的是魔术师神秘的特点，结合低调的画面，为人物塑造了更贴切的形象效果。

光圈:F4.5　快门速度:1/50s　ISO:200　焦距:58mm

7.6.3 中间调画面

中间调画面以灰调为主，处于高调和低调之间，画面反差小，层次丰富，影像以白至浅灰、深灰至黑的层次构成。中间调可分为两类：一类强调反差，画面以黑白为主，去掉灰色，给人以强烈的视觉印象；另一类注重灰色的表现，黑、白、灰各影调层次都能很好地得到反映，给人的印象是层次丰富，质感细腻。中间调作品是摄影中较常见的影调画面。

右图是一幅中间调画面的作品，整个画面以灰调为主，反差小，层次丰富，质感细腻。画面中积满雪的白杨树不畏寒风的侵袭，坚强的站立在雪地中，给人以深刻的印象。

光圈:F5.6　快门速度:1/50s　ISO:400　焦距:40mm

7.7 疑难解答

Q 如何更好地利用物体的色彩来表现主体？

A 物体因光的反射呈现出各种各样的颜色，而这些不同的色彩也被赋予了不同的感情，成为代表某种事物和思想情绪的象征。我们在拍摄不同的主体对象时，要充分利用物体的色彩来进行创作，突出主体色彩的同时，也要表现画面的主题内容，通过深化画面给人们带来深刻的印象。

光圈:F4.5 快门速度:1/60s ISO:280 焦距:32mm

左图红紫色的花是在室外顶光的条件下拍摄的，画面中红紫色与绿色的搭配使画面看着更加的完美。在顶光的照射下，色彩受光的部分明度偏亮，色彩的饱和度较高；画面下部受光少，色彩偏暗淡，整个画面偏暖色调。红色与绿色搭配，给人一种淡雅清新的感觉。

摄影中对色彩的应用，要合理、确切，强调与人的感情相吻合，强调对主体的衬托。拍摄时应注意不同的拍摄角度和光线位置也会导致色彩明暗的差异，由此形成的画面影调也会有所不同。

Q 如何才能拍摄到影调层次完美的照片？

A 画面的影调在于对光线的运用，不同的光线条件下照片的影调会不同，要想拍摄出影调层次丰富的照片，除了自然光线的运用以外，拍摄者还可使用闪光灯或者反光板对拍摄对象进行补光。

右图为在海边拍摄的婚纱照，由于沙滩光线较强，拍摄对象背光面容易形成很强的阴影，所以拍摄者需要使用闪光灯与反光板对人物进行补光，使其没有明显的阴影。画面中人物皮肤白皙细腻，影调层次丰富，在强光的照射下画面通透清晰，蓝色的天空与大海的陪衬对突出主体也起到了很好的作用。

光圈:F9.0 快门速度:1/160s ISO:100 焦距:53mm

第5篇 实拍技巧

在了解了数码相机的拍摄方法与相关拍摄技术后，我们要将其应用到实际的拍摄中，针对不同的拍摄题材进行拍摄练习，这样有助于提高自己的拍摄技巧。本篇章内容将针对不同类型的摄影题材，如人像、风景、静物、生态、纪实等，帮助拍摄者更深入地了解如何去表现一个被摄体，如何使主题与中心更加突出鲜明。

第8章

人像摄影

本章知识要点

- 人像摄影的器材和准备
- 拍摄人像的角度
- 拍摄人像照片的测光方法
- 人像拍摄的用光
- 抓拍与摆拍
- 主题人像的拍摄

8.1 人像摄影的器材和准备

在进行人像摄影之前，我们一定要有充分的准备，主要是器材的准备和主题策划这两方面。在器材准备上一定要根据拍摄环境和主题来确定，而策划主题则要根据模特适合拍摄的主题类型确定，最后就是根据拍摄主体确定模特的服装、道具以及妆面。在本章中主要向大家介绍关于人像摄影所需的器材及拍摄之前的准备工作。

8.1.1 人像摄影的器材

拍摄人像照片，除了对镜头有很高的要求之外，我们还会使用到闪光灯、外拍灯、柔光罩和反光板等设备。其中闪光灯和外拍灯在第7章中就已经详细地讲解了，在此我们主要针对人像拍摄时经常使用的镜头、柔光罩以及反光板进行详细地讲解。

1. 适合拍摄人像照片的镜头

在进行人像拍摄时，如果按照焦段来区分使用，那么中长焦段较为合适，即50－85mm之间的镜头。在所有镜头中，24-70mm f/2.8L这支恒定光圈的镜头非常适合拍摄人像照片，该镜头可以让我们在24mm-70mm之间任意选择焦段，以符合我们拍摄的需求。

对于喜欢使用定焦的朋友来说，这里推荐佳能的EF 85mm f/1.2L Ⅱ USM镜头。如右图所示，这支被影友称为“大眼睛”的镜头，非常适合在暗光下拍摄，而且拍摄出来的人物肌肤非常柔和自然。但是由于是定焦镜头，在拍摄时对取景要求非常高，所以一般多用来拍摄人物的半身照。

佳能 EF 85mm f/1.2L Ⅱ USM定焦镜头

如右图所示的人像照片，采用了85mm的镜头拍摄，在拍摄时不仅可以使背景虚化，还可以通过设置大光圈，使人物的肌肤也显得更加的自然柔和。

光圈:F2.8　快门速度:1/640s　ISO:100　焦距:85mm

广角镜头的焦段很短，虽然可以在画面中容纳下更多的元素，但是会使人物在画面中显得很小。另外，广角镜头或多或少都会产生畸变，但只要对畸变控制好了，还是可以拍摄出意想不到的动人效果，下面就来看看使用广角镜头拍摄所带来的效果。

适合拍摄人像的广角镜头，在这里推荐腾龙SP AF 17-50mm F/2.8 XR Di II VC LD Aspherical[IF] Model B005这支镜头，如下左图所示。这支镜头不仅仅是一款F/2.8恒定光圈的镜头，最主要的是其价格相对其他的同类镜头要便宜得多，而且在室内暗光下拍摄效果也不错。

腾龙SP AF 17-50mm F/2.8 XR Di II VC LD Aspherical [IF] Model B005

如右图所示，就是采用的腾龙SP AF 17-50mm F/2.8 XR Di II VC LD Aspherical [IF] Model Boo5这支镜头拍摄的照片，在狭小的空间中，利用镜头广角端拍摄人像全身，采用低机位进行拍摄的同时，控制好镜头的畸变力度，适当地将模特的腿拉长，这样可以突显出模特修长的腿。

在使用广角镜头拍摄人像时，一定要注意镜头畸变的力度，如果畸变过于严重，那么在拍摄出来的人像照片中，就会觉得人物变形的不太自然了。如果掌握好畸变力度后，还会拍摄出具有卡通效果的照片来。

长焦镜头在人像拍摄中也是经常使用到的，主要是为了压缩画面空间，使人物半身或者全身更多地充满在画面中，这样可以体现出人物主体的部分细节，同时还可以利用焦段达到虚化背景的效果，让人与景分离开来。在这里推荐的是尼康的AF-S 尼克尔70-200mm f/2.8G ED VR Ⅱ这款镜头，如右图所示。以及佳能同档位的EF 70-200mm f/2.8L IS ⅡUSM这支镜头。

尼康AF-S 尼克尔 70-200mm f/2.8G ED VR Ⅱ

使用长焦镜头拍摄人像照片的时候，如果需要对人物的面部或者半身进行特写时，可以直接利用长焦端拍摄，如右图所示。对人物的面部进行特写，虽然人物只是在画面中占1/3，并不是充满整个画面，但是将人物置于画面右侧，会更加符合欣赏者的视觉习惯。

光圈:F5.6　快门速度:1/320s　ISO:100　焦距:180mm

使用长焦镜头的长焦端拍摄人像照片的时候，一定要注意安全快门的设置。200mm的焦段，在APS-C画幅的相机上安全快门至少要达到1/320s；如果是全画幅相机至少也要达到1/200s，这样拍摄出来的照片才不会模糊。如果镜头上带有防抖功能，请开启防抖功能拍摄。如果快门速度过高导致画面偏暗，那么我们只有通过提高ISO值来进行拍摄。

2. 闪光灯和柔光罩不可少

在人像拍摄的时候，必不可少的还有闪光灯和柔光罩。闪光灯主要用来对人物进行补光，而柔光罩主要是用来改变光质，下面就来了解这两个设备的一些相关知识。

闪光灯主要分为内置闪光灯和外置闪光灯这两种，如下左图框出来的位置为相机内置闪光灯，下右图为外置闪光灯。闪光灯可以保证在昏暗情况下拍摄出来的画面清晰明亮。在户外拍摄的时候，闪光灯还可用作辅助光源，对人物进行正面补光并强调皮肤的色调。目前绝大部分的数码相机都是带有内置闪光灯的。

内置闪光灯

外置闪光灯

外置闪光灯相比内置闪光灯来说，其优势在于外置闪光灯不仅仅可以接在相机的热靴上使用，还可以接在触发器上通过接收器实现同步闪光。另外，在使用触发器的时候，还可以改变闪光灯的位置，从而改变光线的方向。

在使用内置闪光灯拍摄的时候，如果拍摄出来的照片始终有些曝光过渡，那么可以在内置闪光灯上添加一个柔光罩，以减弱闪光灯的强度，来获得柔光条件下拍摄的效果，接下来就来看看柔光罩及其使用的效果。

柔光罩也叫闪光灯散射罩，它可以将闪光灯打出来的光线变得柔和，使照片看起来更加自然，它的原理就是把闪光灯发出的僵硬的直射光线通过耐高温的半透明塑料，转化为柔和的漫射光，消去人像和其他拍摄物体上的高光，使照片拍出来显得美丽而自然。柔光罩的样式有很多种，其安装方法上也不一样，如下左图所示的柔光罩，为安装在热靴上的柔光罩；下右图所示，是一块半透明帆布型的柔光罩，是直接安装在镜头上的。

安装于热靴上的柔光罩

安装在镜头上的柔光罩

3. 反光板

反光板主要用于侧光、侧逆光以及逆光条件下的拍摄，主要是对人的正面光线无法照射到的部位进行补光。

常用的有银色反光板、金色反光板以及白色反光板。一般来说，常见的反光板一面是银色一面是金色，如右图所示。反光板更多的时候是在自然光条件下拍摄时使用，在室内或者是无明显方向光下使用时则多是用于反射人造光。下面先来看看反光板使用的方法，再来看看拍摄人像照片时，使用反光板的效果。

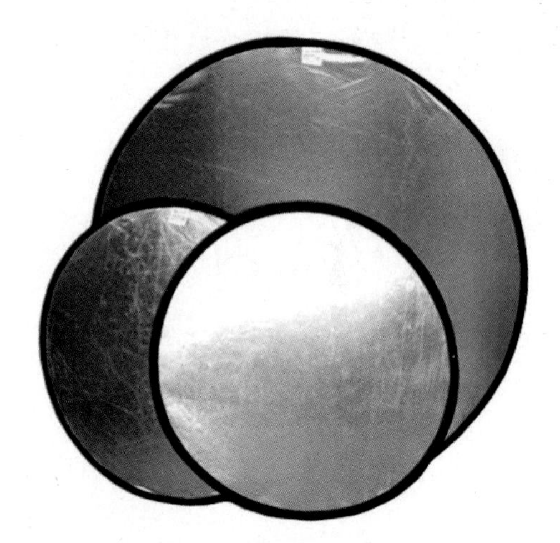

反光板

8.1.2 人像摄影前的准备工作

人像摄影的前期准备工作除了要准备必需的摄影器材之外，我们还需要策划好一个主题，选择一个符合主题的拍摄环境以及服装、道具的搭配。

1. 策划一个人像拍摄主题

在人像摄影的准备工作中最重要的一个环节就是主题的策划，对于一张好照片来说，首要的就是有一个好主题。不论是拍摄哪个模特，哪种风格的照片，我们都必须围绕着主题展开。

在确定拍摄主题时，我们需要根据模特的服饰、长相、道具、环境等各方面来确定。如右侧照片的拍摄主题定义为“校园的青春”，下面照片的拍摄主题定义为“单车女孩”。

光圈:F5.6 快门速度:1/320s ISO:100 焦距:180mm

光圈:F5.6 快门速度:1/320s ISO:100 焦距:180mm

2. 服装、妆面和拍摄环境要符合主题

有了主题之后，我们就能够很容易地确定模特的服装、妆面以及拍摄环境了，然后从多方向考虑使拍摄的照片更加符合主题的内容。

如下左图要拍摄古典风格主题的照片，模特的服装穿着符合了主题，在拍摄环境上选择了古典式的桥为背景，另外模特手持古朴的扇子为点缀、陪衬，这样的照片就非常完美了。但是下面右侧的照片中，在背景里有一条水泥路，这个取景构图似乎就与主题有点不对应了。

光圈:F3.5 快门速度:1/160s ISO:100 焦距:50mm

光圈:F5.6 快门速度:1/250s ISO:100 焦距:50mm

8.2 拍摄人像的角度

人物的拍摄角度，是指对被摄对象的拍摄方向，通常可分为正面、侧面、平拍、俯拍等。正角度拍摄人物面部，着重表现人物脸部，拍摄人物正身时，可表现人物体形的轮廓；从侧角度拍摄人物，易于表现脸型、体形的起伏线条。人物摄影角度的正与侧，还可对脸型起扬美避疵的作用，俯摄时，由于镜头成像近大远小的透视原理，如果是正面俯拍人物，能起到突出头顶、扩大额部、缩小下巴、隐掩头颈长度等作用，使人物产生脸型清瘦的效果。把握不同的拍摄角度可以表现出不同的人物外貌、性格等特征。

8.2.1 正面拍摄

正面拍摄是一种常用的拍摄角度。从正角度拍摄人像，着重表现人物脸部的轮廓。正面拍摄可以产生庄严、平稳的构图效果，但平稳的线条、对称的结构会因为缺乏视觉感而显得呆板，而且很多时候会因对象的受光情况相似而不能突显对象应有的立体感。

光圈:F4.8 快门速度:1/125s ISO:200 焦距:44mm

左图人物是从正面的角度拍摄的，拍摄对象青春活泼，背景以绿色为主，加上整个人的装饰以黄色搭配，打扮可爱而不羁，柔和的自然光从前侧边照射到被摄体，使暗部与亮部的融合更加柔顺，不会出现突兀的阴影，画面层次丰富，正面拍摄使整个画面构图平稳，结构对称。

拍摄心得

在正面角度拍摄人像时，尝试使用各种不同的光线制造不同的画面层次效果，注意突出拍摄对象的整个装饰打扮及性格特征，这样即使是平稳的构图结构，得到的画面也会给人一种新的视觉效果。

8.2.2 侧面拍摄

侧面拍摄是指从被摄对象侧面角度的方向取景，可分为左侧和右侧两种。侧拍有利于勾勒对象的侧面轮廓，拍摄人物时，易于表现脸型、体形的起伏线条。

光圈:F10　快门速度:1/2s　ISO:100　焦距:70mm

左图中拍摄的少女，使用侧面的角度对全身进行拍摄，突出了人物婀娜多姿的身材。为了配合拍摄对象所处的优雅环境及高贵的着装，拍摄者使用竖画幅取景，纳入了周围的环境，起到烘托人物的效果。光线从左侧照入，在人物面部形成阴影，增强明暗对比，使影调层次更丰富。画面偏暖的色调使拍摄对象显得更加的美丽迷人。

光圈:F3.5　快门速度:1/50s　ISO:100　焦距:50mm

右图中同样是拍摄少女，主要针对面部进行特写拍摄，从侧面的角度取景，突出了人物的面部轮廓与五官的细节。将人物置于画面的偏右侧，在眼神前方留取少量的空白，为人物增添了视线上的延伸感。由于是在阴天拍摄，光线为柔和的散射光，因此在人物面部没有强烈的阴影，使整个画面柔和自然，突出了少女的柔美清秀。

8.2.3 1/3和2/3侧面拍摄

侧面拍摄人物时，可选择1/3或2/3侧面取景。1/3侧面角度是指与拍摄对象视线呈30°左右角的拍摄，贴近于正面角度拍摄。2/3侧面角度是指与拍摄对象视线呈60°左右角的拍摄，是人像摄影时常用的拍摄角度，对人物的性格特点及外貌特征都能有很好的表现。

光圈:F2.0 快门速度:1/200s ISO:200 焦距:85mm

左图是在室外自然光条件下拍摄的，人物视线向上，与相机构成30°视角，为典型的1/3侧面角度拍摄，能够在表现少女五官的同时，刻画出更多的面部表情。将人物安排在偏左的位置，使画面看起来更加的协调。

眼神方向与相机呈30°

右图是拍摄少女沉思的画面，拍摄者采用2/3侧面角度进行拍摄，同时采用特写的手法，使人物与观众更贴近。侧面角度的取景增强了视线的延伸感，利用顶光的照射，使人物获取足够的照明，酒红色的头发在光线的照射下使人物更加的漂亮。

光圈:F4.8 快门速度: 1/80s ISO:400 焦距:48mm

8.2.4 平角度拍摄

平角度拍摄是指相机与被拍摄对象处于同一水平位置，平角度的拍摄更符合人们的视觉习惯，画面效果显得平和、稳定。平角度拍摄还可根据拍摄对象的高度而调整相机位置。例如，当拍摄对象蹲在地上时，那么拍摄者也可采用蹲拍的方式取景，如果是拍摄趴着的小孩，则需要将相机贴近于地面进行取景，使拍摄者与拍摄对象始终处于同一水平面。

光圈:F6.3　快门速度:1/200s　ISO:100　焦距:76mm

上图采用平角度拍摄，拍摄者从正面与人物在同一水平位置取景，符合人们的视觉习惯，通过对情侣人物的刻画，突出画面平和、稳定的效果。将人物置于画面中心，借助简洁的海岸作为背景，与主体人物服饰艳丽的色彩形成对比，使人物对象更加突出。拍摄时对人物的正面脸部进行了补光，因此面部没有明显的阴影，人物皮肤白皙细腻，横构图取景使画面更显协调，背景与主体之间的关系起到了呼应的效果。

相机与人物处于同一水平高度

在采用平角度拍摄照片时，画面平和，虽然没有多大的变化，但很适合表现平静的生活或者描写人物性格温柔等特点。拍摄前，拍摄者可以与拍摄对象进行沟通，让被摄者能呈现出更为丰富的表情，以增强画面的主题效果。同时光线的运用也是很好的突破口，可增强画面的影调变化。

8.2.5 俯角度拍摄

俯角度拍摄是指镜头所处的位置高于拍摄对象。由于镜头成像近大远小的透视原理，如果俯角度从人物正面上方拍摄，能起到突出头顶、扩大额部、缩小下巴、隐掩头颈长度的视觉效果，使人物脸型显得更加的清瘦；如果纳入人物的全身俯角度取景，会使人物有矮小前倾的感觉；如果拍摄的人物为多个，人物与背景、陪衬物中的垂直线条会出现向外倾斜的变形现象。

光圈:F4.5 快门速度:1/400s ISO:400 焦距:32mm

左图中拍摄的少女，采用俯角度在人物头部上方取景，使用竖画幅构图的同时将人物的身体纳入取景范围，使头部显得更加突出，人物的眼神也起到了很好的引导作用，结合身体的姿势，避免了构图的呆板。选择在树荫下的拍摄，光线透过树林照射进来，在人物上方形成斑驳的阴影，烘托了画面的气氛。

右图是同样采用俯角度拍摄的少女，与上图不同的是，使用横画幅取景，结合少女手部的姿势，将人物上半身进行重点刻画。背景以绿色的草坪为主，配合人物浅色的衣服，使画面更加的清爽简洁，俯角度的拍摄增强了人物脸型清秀的感觉。散射光的照射，使画面平淡柔和，色调细腻，给人以清新自然的效果。

光圈:F5.6 快门速度:1/50s ISO:100 焦距:31mm

8.2.6 仰角度拍摄

仰角度拍摄时镜头位于人物下方，低于拍摄对象，可营造从下往上、由低向高的仰视效果。仰角度取景时，被摄者常常会显得特别高大，可增强画面的视觉感染力，使人物主体得到强化突出。

仰角度拍摄时，相机应贴近于地平线，可纳入少量的地面景物，并除去杂乱的背景元素，通常以天空或特定的景物为背景，使画面呈现简洁清爽的效果，达到突出主体的目的。

光圈:F5.6 快门速度:1/100s ISO:200 焦距:18mm

右图是采用仰角度拍摄的少女，选择以火车为背景为画面营造出一个主题，由下往上的取景使人物显得高大、自信，同时也使女孩的美腿显得更加的修长。将人物安排在画面中间，使画面显得更加稳定，自然光线下使人物的皮肤白皙细腻，人物的穿着打扮将女孩青春活泼的性格表现了出来。

光圈:F4.5 快门速度:1/400s ISO:200 焦距:38mm

左图中拍摄的青春美少女，拍摄者选择仰角度拍摄来表现主体，结合人物侧面的站姿，使用斜线构图的方式，使画面中的人物显得更加的活泼亲切。在夏天绿色树木的陪衬下，少女纯白的衣裙，使画面显得清爽简洁。

8.3 拍摄人像照片的测光方法

通常进行人像拍摄时，采用的测光方法主要有对人物手臂进行点测光或者对人物的脸部进行中央重点测光。掌握了正确的测光方式，才能使画面中的人物更加真实自然，拍摄的照片更加成功。

8.3.1 拍摄者对自己的手臂进行点测光

人物手臂皮肤与面部皮肤颜色接近，使反光率接近，而反光率与中灰接近，所以拍摄者可对自己的手臂测光代替对被摄者测光。在拍摄光线复杂时拍摄者可使用此方法测光，在测光时，拍摄者需让作为代替测光的手臂与人物处于同一光照条件下，使用点测光减小测光范围对手臂受光区域测光。注意在测光时要持稳相机，避免相机晃动，以免实际测光位置改变。除了对自己手臂测光，拍摄者还可使用标准灰卡（用于测光的附件）进行准确地测光代替直接对人物测光。

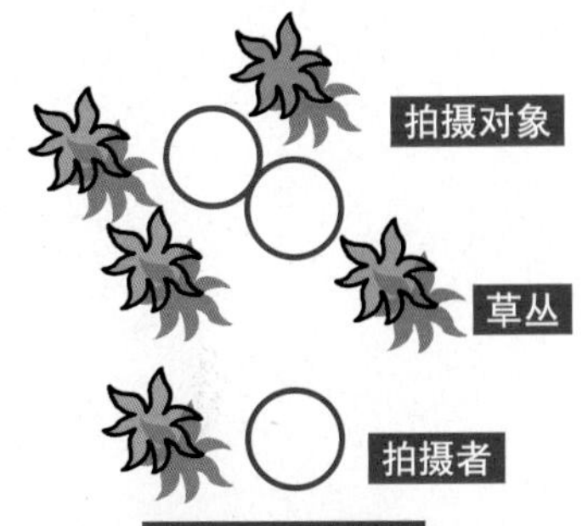

左图拍摄于阴天，光线来自高处，画面中人物不同的面部转向导致人物受光照情况略有差异，抬头的女性面部光照更充足。拍摄者选择了对自己手臂测光代替对人物测光，因与人物处于同一环境中，使受光一致，对手臂测光可测得环境光线的强弱，如实还原画面的明暗关系，保留丰富的细节。

使用代替法测光时，要让作为代替测光的物体与被摄体处于同一光照条件下，这不仅要使二者受同样光位的光照，还应考虑环境的反射光。在测光后应使用曝光锁来锁定参数设置，以免在移动相机过程中曝光数据改变，导致曝光不准确。

8.3.2 对人物面部进行中央重点测光

通常进行人像拍摄，测光点选择在脸部，使用中央重点或点测光。将测光点移至脸部位置，测好光后再重新构图，按下快门即可获取满意的拍摄效果。只有保证对面部的准确测光，才能使画面中的人物获取更真实自然的效果。如果拍摄人像时想要营造出负片的处理效果，可适当地增加曝光补偿约+0.3EV～+1EV，使背景与环境也同时提高亮度。

光圈:F4.0　快门速度:1/80s　ISO:200　焦距:53mm

上图为拍摄人物的脸部特写，对人物的面部进行了中央重点测光，使人物的皮肤亮度均匀，白皙细腻。眼神的运用传达了人物聪慧的性格特点，仰角度拍摄使人物显得高大、自信，青色的墙壁及顶光的运用使人物更突出，画面明暗对比大，画面层次丰富，立体感强，拍摄对象着黑色的夹克配上红色的耳环给人物增添了几分气色，大光圈的使用将背景模糊，达到了突出主体的作用。

拍摄心得

当拍摄的人物处于前侧光照射时，可以使用中心加权测光来获取准确的曝光。如果想让中心加权测光测出的数据更加准确，可以进行下面的操作：1.使用长焦距截取人物脸部。2.使用中心加权测光模式测光。3.使用曝光锁锁定曝光。4.重新取景构图完成拍摄。

8.4 人像拍摄的用光

人像摄影中把握画面的用光是拍摄成功的必要条件，是塑造人物形体，营造画面气氛的重要保障，光线在人像摄影中起着决定性的作用。没有光就没有影，对于人物拍摄来说，好的光线可以营造好的画面氛围，同时对人物也起到突出表现的作用。在拍摄人物时，我们可以充分地利用自然光线，或是使用反光板、闪光灯来控制光线。同时拍摄者还应该对光有基本的认识，在拍摄过程中能准确地把握好各种用光的方法，从而拍摄出更加完美精致的人像摄影作品。

8.4.1 利用自然光

在自然光条件下拍摄人像时，可利用的光线主要来自于太阳。光线受天气的影响会产生不同的光线强度，晴天为强烈的直射光、阴天为柔和的散射光。而不同的光线拍摄效果也不一样，直射光条件下拍摄的画面人物会形成很强的明暗对比，散射光条件下拍摄的画面则更加柔和。

光圈:F5.0　快门速度:1/80s　ISO:250　焦距: 35mm

上图选择在下午时分拍摄，太阳光线强烈，从人物左上角照射下来，使人物受光较强，皮肤与服饰呈现亮丽的效果，同时纳入周围的环境作为背景，更好地交代了拍摄所处的地点。将人物置于画面偏左侧，结合人物的动作姿态，避免了画面过于呆板的情况发生。

如果不想营造出画面明显的明暗对比效果，可选择在阴天进行拍摄，此时的光线较弱，不会使画面产生强烈的明暗对比。在晴朗的天气拍摄，还有一种方法也可以削弱光线的强度，即让被摄者处于阴影下，如树荫或建筑物的阴影下方，此时的光线被削弱，人物受光的强度也减少，画面就显得更加的柔和了。

右图中拍摄的少女，由于是在晴朗天气拍摄的，想要削弱强烈的光线，就应将被摄者处于树荫下方，使用特写的手法重点刻画人物面部表情，脸上斑驳的阴影为画面带来与众不同的视觉效果。微笑的表情使人物更加的亲切自然，画面也更加的动人。

光圈:F5.6　快门速度:1/500s　ISO:400　焦距:135mm

光圈:F2.8　快门速度:1/4000s　ISO:200　焦距:72mm

左图选择在日落时分拍摄，人物处于逆光光照的位置，少女手挂吉他，由于吉他的反光，为画面增添了亮点，人物在逆光的照射下，形成剪影效果，背景天空以暖调为主，明暗对比强烈，更加突出了人物的整体轮廓。

拍摄心得

日落时光线除营造剪影效果外，还可以制造出煽情的气氛。此时的光线色温低，呈现出暖黄色，给人以暖意的感觉。如果采用侧面照射的角度拍摄，还可以增强人物的立体感，突出轮廓的细节。

8.4.2 使用反光板补光

反光板是拍摄人像的重要装备，在户外拍摄时拍摄者可准备便于携带的折叠式多功能反光板，在室内拍摄时可准备白色的泡沫板作反光板。反光板具有以下作用。一是对暗部补光，增加画面暗部细节；二是缩小画面反差；三是调节人物肤色，避免环境反射光改变人物肤色；四是修饰细节。

使用反光板应根据画面的需要选择反光面，暖色调画面可选择金色面，更多的时候使用银色面。如果需要更柔和的反光可使用白色反光面或使用白色泡沫板。使用时可晃动反光板，如果光线刚好照射到人物可明显看到人物的亮度提高了。反光板适宜从顺光位置或从人物正面进行补光。

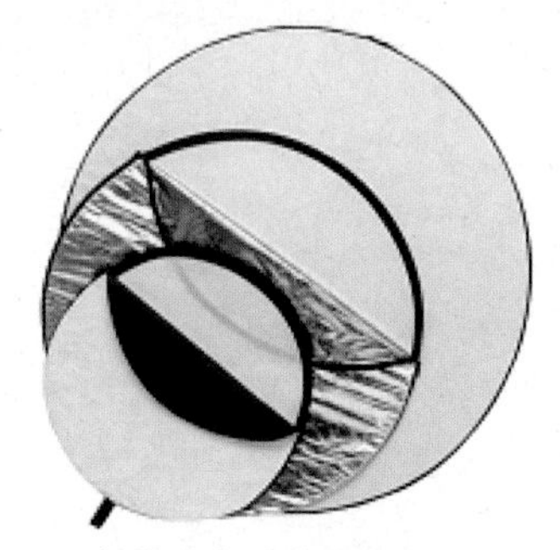

折叠式多功能反光板

白色泡沫板

左图是利用阴天的光线拍摄的，并使用反光板对人物正面补光，上图为拍摄现场。反光板可增加面部亮度，使人物肤色均匀、增加脖子位置的细节。反光板倒影在人物眼中形成的亮斑起到修饰眼睛的作用，使人物眼睛显得炯炯有神。

拍摄心得

通常光线从较高位置照射时，人物的眼睛、脸颊下侧会产生角度阴影，使肤色不均匀，而使用反光板补光可减淡阴影。在借助反光板形成眼神光时不宜让眼中的光斑超过瞳仁1/2，以免眼睛呈现出病态。

8.4.3 使用闪光灯模拟阳光

闪光灯不仅在暗光环境中使用，在光照充足的环境中也会经常用到。闪光灯光质较硬，在阴天拍摄时可使用闪光灯模拟晴天的直射光线，来增加画面的锐度、使色彩更鲜亮。闪光灯的作用还远不止这点，闪光灯能代替反光板使用，其控制反差的能力更强。当拍摄环境光线不理想时，如在正午的烈日下可使用闪光灯拍摄，提高快门速度来减弱阳光，增强闪光灯照射效果来减弱画面反差。不仅如此借助闪光灯还能模拟特殊的光效，如模拟阳光、舞台灯光等。

以下两张照片拍摄于阴天，下左图利用环境光拍摄，下右图使用闪光灯结合环境光拍摄。下左图中光线柔和，画面色彩浓郁、但人物肤色不够均匀、画面锐度不高。下右图使用闪光灯照射人物，使人物肤色白皙、五官分明，硬光使画面风格明快。

光圈:F7.1 快门速度:1/160s ISO:100 焦距: 85mm

光圈:F5.6 快门速度:1/125s ISO:100 焦距: 85mm

下图是在中午拍摄的，使用闪光灯从人物正面照射使画面光照均匀，避免了强烈的光线在画面中留下浓重的阴影。闪光灯还在人物眼中形成了眼神光，使人物表情感染力更强。

光圈:F10.0 快门速度:1/500s ISO:100 焦距55mm

8.5 抓拍与摆拍

抓拍和摆拍是人像拍摄中两种常见的拍摄手法。抓拍是捕捉人物不经意的表情或动作，直接进行记录性的拍摄，抓拍所获取的画面更加真实生动，多用于新闻摄影、艺术摄影及纪实性摄影。摆拍则是指在有明确构思的基础上，对拍摄对象进行组织调动后的拍摄。摆拍的画面更具有形式美，富有艺术感染力，多用于人物写真、商业广告类照片的拍摄。

8.5.1 抓拍人物动作与表情

要记录下最生动真实的画面，可以使用抓拍的手法。抓拍人物时，通常人物对象处于不知晓的情况，此时拍摄者快速地按下快门进行拍摄，可展示主体最真实的一面。抓拍需要拍摄者具有敏锐的洞察力，常常还需要长时间的等待，才能获取较为满意的画面。

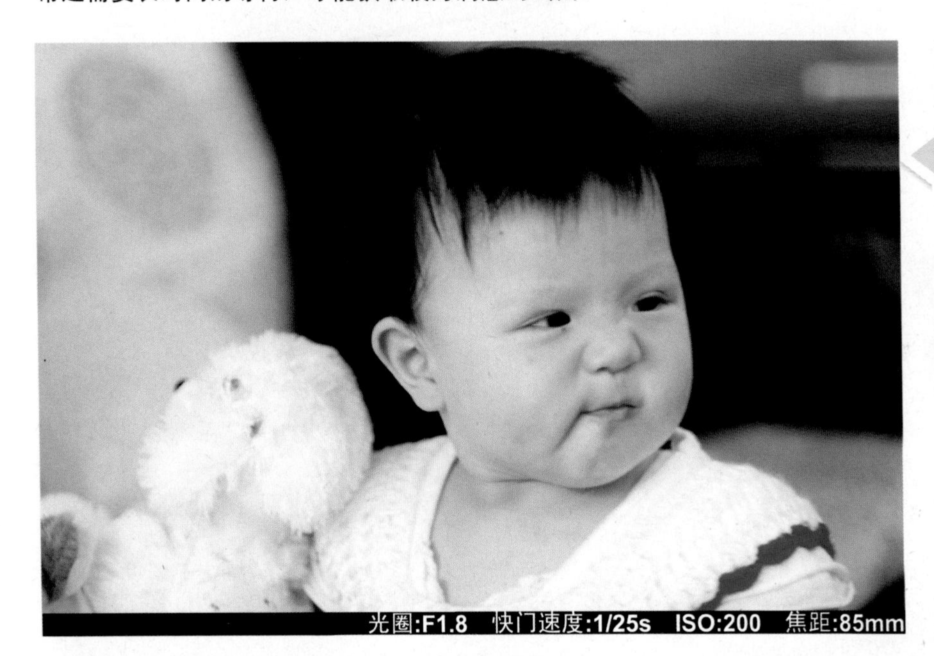

左图为抓拍可爱宝宝的生动表情，拍摄者在其旁边准备相机等候拍摄，当小家伙抽动着鼻子，撅起小嘴的时候按下快门，捕捉到的一瞬间可爱有趣，将宝宝活泼好动的性格表现了出来，暖色调的画面渲染了温暖、愉快的生活环境。

右图从侧面角度抓拍少女，人物将身边的落叶抛起，叶片散落的过程中按下快门进行拍摄，少女的动作自然协调，同时人物的眼神望向天空为画面增添了意境效果。虚化的背景使主体更加的突出醒目，记录下了真实生动的一幕。

8.5.2 让人物摆好姿势

人像摄影不仅仅是操控相机，让拍摄对象很好地与拍摄者配合，也能获取许多满意效果的画面。在拍摄者与被摄者之间进行沟通交流时，可以引导被摄者摆好姿势，表现出最动人的姿态。

人物的姿势因人而异，但仍有一些基本的规范，例如：通常头和身体不在同一条直线上，这样可以使人物更自然，画面不呆板；避免人物在画面的正中间，人物与背景不能相互重叠；如果同拍一个系列的照片，脸部和身体的角度、手的位置都不要有雷同和重复。同时拍摄者要善于引导模特调整情绪，通过互相沟通，以获取最佳的效果。

左图为拍摄少女的坐姿，少女借助沙发将肢体倚靠，右手轻扶下巴，但要防止整个头部的重量偏向手部而导致脸部变形，腿部的弯曲丰富了画面构图，人物的表情和姿势演绎的都很到位。侧光的运用使画面影调层次丰富，整个场景符合主体的表现，人物的服装随意但不失高贵的气质，色彩的搭配也与背景相互衬托。

右图为拍摄的俏皮少女，取景时使用全身取景的方式，由于人物为弯曲的坐姿，腿部与身体平行，因此采用横构图的方式。少女活泼的姿态与可爱的表情被记录下来，艳丽的服饰搭配也从侧面突出了人物的性格特点。

除拍摄坐姿人物外，还可以让人物以站立的姿态或卧姿进行拍摄。通常坐姿比较舒适，但容易暴露人物身材的缺陷，如处于坐姿时，腰部的赘肉会更加的明显突出，因此不适合拍摄身材较胖的人物。而站姿则可以很好地避免这一现象，同时站立时人物可以摆出更多的造型，拍摄起来也会更轻松。

光圈:F1.8 快门速度:1/25s ISO:200 焦距:85mm

左图为拍摄的站立少女，使用竖画幅取景，截取人物的上半身进行拍摄，人物身体的姿态呈S形曲线，头部的偏侧避免了过于呆板的情况发生。修长的手臂与身体形成流线，使人物更显得苗条，同时人物的服饰也能很好的修饰出人物的身材。周围环境的选择，更显出女性高贵的气质。

如果想要表现人物性感柔美的气质特点，还可以让人物处于卧睡的姿态，这样的拍摄手法常常用于女性人物的拍摄。让人物处于自然的卧姿，借助身体的线条和人物的动作为画面营造更多的视觉效果，突出人物的特征。

右图为拍摄的卧姿少女，人物身体的姿势突出了线条感，腿部的弯曲使人物在画面中呈斜线效果。在室内环境光线下拍摄，人物与陪衬体沙发相得益彰，两者相呼应，给人以华丽温馨的感觉，同时也显现出少女妩媚的姿态。

光圈:F2.8 快门速度:1/125s ISO:800 焦距:81mm

8.6 主题人像的拍摄

人像照片的主题丰富，我们可以针对不同的人物类型，或人物的不同性格，为照片定义不同的主题风格，使自己所拍摄照片的种类丰富的同时也更加具有艺术气息。常见的主题风格照片包括甜美少女、浪漫情侣、可爱儿童、婚礼跟拍等。由于主题人像拍摄的风格多样，因此在拍摄前应先明确主题，再做好相关准备，如搜集素材、准备道具、确定拍摄时间等，做好了充足的准备，才能使拍摄更加得心应手。

8.6.1 甜美少女的拍摄

妙龄少女是拍摄者们喜爱的拍摄题材之一。在拍摄少女时，可以把握少女甜美的性格特征，同时结合画面中的环境背景，来烘托整个画面的气氛。要突出甜美的特点，我们需要注意以下几点。首先，在模特选择上可以选择脸型较圆，大眼睛、长睫毛、小酒窝的女孩，看起来会更加的甜美；其次，人物的服饰可尽量以浅色或粉色系为主，或是色彩靓丽的颜色，耳环、项链等饰品的使用，可起到修饰的作用；最后，人物的表情尽量以微笑为主，身体的动作不宜过大，简单自然的姿势，略带可爱的神态表情，都可以起到很好地表达作用。

右图为拍摄的可爱俏皮的少女。人物双手叉腰的姿势，配合稍微歪斜的头部，突出了少女的活泼。点缀小碎花的抹胸短裙与少女完全搭配，甜美的微笑，将俏皮的性格表现出来。选择在室内晴天拍摄，以绿色的植物作为背景，使画面色彩清新淡雅。

光圈:F5.0 快门速度:1/200s ISO:400 焦距:50mm

如果是拍摄性感的少女，则重点在表现女性狂放、张扬的个性上，可以配合性感裸露的服饰，结合大胆的用光，使画面充满神秘感。慵懒的睡姿可表现女性迷人的气质，夸张的站姿可表现女性独特的个性。

8.6.2 甜蜜情侣的拍摄

想要记录下爱情的甜蜜，可以将情侣温馨的时刻展示在画面中，通过婚纱的拍摄，来表现两人之间的幸福。在拍摄情侣照时，需要注意画面的主题应以甜蜜、浪漫为主，在拍摄中可以通过构图、用光、造型等使画面变化出丰富的样式，使男女两者完美的结合，从而避免画面的单调。

留白区域纳入背景，增强了人物的视线方向

上图中拍摄的是以婚纱为主题的照片，选择以蓝色大海作为背景，人物白色的服饰使画面整体产生一种清新舒畅的视觉感受。将人物置于画面左侧黄金分割位置处，新郎顺着新娘手指的方向遥望远方，突出了两者甜蜜幸福的姿态。人物视线前方留取大量的空白，引导观众的视线向被摄者的目光方向延伸，同时纳入了更多的环境作为背景，更好地交代了拍摄的地点。

右图为拍摄的情侣，使用竖画幅取景，将站立的男女同时纳入，结合道具玩具熊的出现，增强了画面的浪漫效果。拍摄时使用了照片风格中的怀旧风格效果，为整个画面营造出黄色调，更增添了画面独特的视觉感受。虚化的背景选择以林荫小道为主，增添了画面的层次感与深远感。

8.6.3 可爱儿童的拍摄

儿童拍摄讲究纯真、生动、真实，没有过度的摆拍和模仿姿势。孩子的表情自然，喜悦或生气、安静或活泼，都可以通过镜头记录下来。在拍摄的过程中应注意以孩子原本、自然、真实的性格为主，不必强求每张照片都要孩子望着镜头笑，拍摄者需要更多地关注镜头前的孩子，随时准备按下快门捕捉孩子最可爱的一面即可。

光圈:F1.8　快门速度:1/60s　ISO:400　焦距:85mm

左图中拍摄的是可爱的宝宝，将宝宝开心的笑容捕捉了下来。由于是室内拍摄，环境灯光较暗，使用高色温白平衡营造出画面暖调的效果。拍摄时还应注意与宝宝之间的沟通，可以使用糖果、玩具等物品来逗乐宝宝，让他流露出开心的笑容，同时快速按下快门抓拍他可爱的样子，这样抓拍到的画面生动自然、温暖愉快。

右图为拍摄宝宝大头贴的照片。在拍摄时使用长焦镜头拉近宝宝，对头部进行特写刻画，画面记录下宝宝好奇的目光与表情。光线从左侧面照射，突出了孩子皮肤的细腻质感，同时宝宝白色的衣服与黑色的头发形成明暗对比，黑白色调的运用使画面更加的简洁，脸部的特写使画面构图更饱满。

对头部进行特写

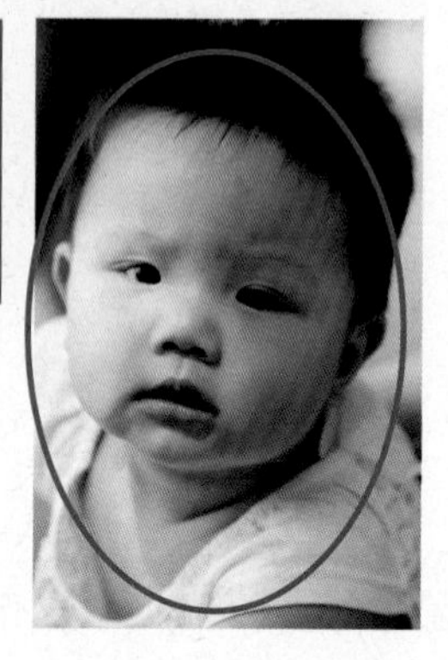

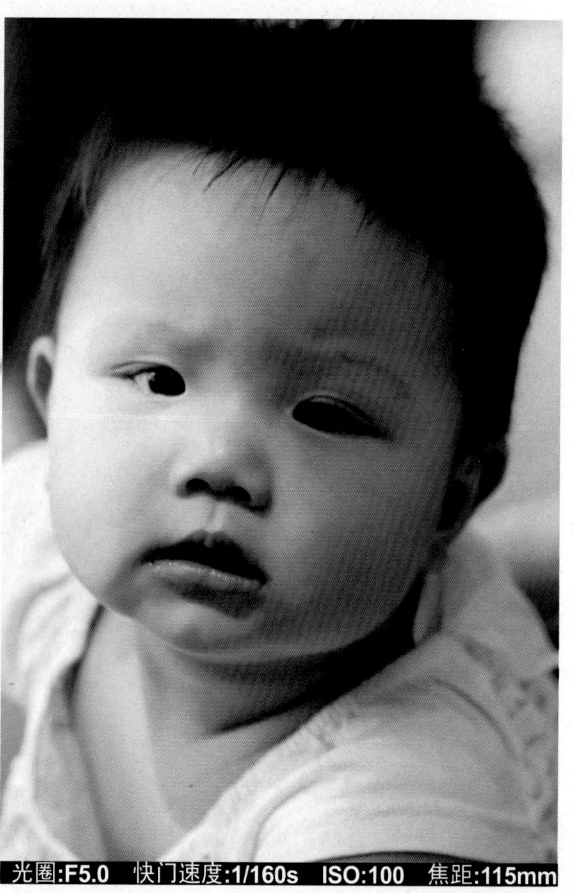

光圈:F5.0　快门速度:1/160s　ISO:100　焦距:115mm

8.6.4 婚礼跟拍

婚礼跟拍是指婚礼过程中随时捕捉稍纵即逝的精彩瞬间和表情，全面展现婚礼的方方面面。通过拍摄新人的容颜，表现婚礼跟化妆师精心打造的妆容；通过拍摄婚礼布置的细节，表现花艺师精心布置背后的艺术追求；通过对新人父母、亲朋的拍摄，记录他们在这样值得纪念的日子里最开心的笑容，最难忘的表情。

左图为拍摄的新人，华丽的中式服饰配合背景衬托展现出婚礼热闹的氛围。取景时将“囍”字纳入画面来烘托氛围，展现出婚礼现场环境的特点。

在婚礼拍摄中通过特写动人的细节往往能给人以深刻的感受，下图中特写婚礼中新人牵手的样子，画面简洁、寓意深刻。

在室内举行的婚礼现场光线较暗，拍摄者应准备大光圈镜头、闪光灯等。拍摄内容既要包括宏大的环境又要包括微小的细节，所以拍摄者应准备涵盖广角到长焦的变焦镜头。

在婚礼跟拍中除了人物的活动之外还有许多婚礼特有的静物，它们也是婚礼跟拍必不可少的部分。婚礼跟拍的静物主要包括：婚车、新人服饰、喜字、喜糖、喜烟、迎宾牌、新人海报、酒店布置、舞台布置、菜品等。拍摄者应注意与跟拍人物活动的时间相协调，一般选择宾客较少的时候拍摄。

右图采用竖画幅表现婚车车队，保留更多的环境信息以增强画面写实的意味。在车辆前方保留较大面积的路面作为画面留白，为车辆前行留足空间，使画面动势更强。采用长焦距拍摄来压缩画面空间，突出色彩、装饰统一的车队，以增强画面的节奏感，展现出婚礼隆重、庄重的感觉。

光圈:F4.0 快门速度:1/250s ISO:200 焦距:160mm

光圈:F4.0 快门速度:1/125s ISO:160 焦距:70mm

左图中拍摄的是新人对戒，以红色的玫瑰作衬托既能避免画面单调，又营造出了婚礼喜庆、浪漫的感觉。通过减小画面景深将背景虚化，从而营造出朦胧的意境，烘托了氛围。

8.7 疑难解答

Q 在人像摄影中，为什么眼神显得尤为重要？

A 人像照片中眼神是最为重要的元素，它可以渲染整个照片的氛围。

- 如果是拍摄少女，可以通过对眼神的表现，来表达被摄者的人物性格特点。
- 如果是拍摄儿童，通过眼神可以表现孩子天真无邪的特点，流露出的是最纯真的感情。
- 如果是拍摄老人，也可以通过眼神来传达出岁月的沧桑感，使画面更具有深度，引人思考。

右图中拍摄的少女，特写人物肩部以上的区域，通过人物的眼神传达出少女聪慧的特点，同时纳入手部的姿势，与人物的表情相协调，使人物看起来更加自然。拍摄时应注意让人物视线看向镜头，可以替代说话交流的感觉。

上图中拍摄的儿童，捕捉到了孩子最真实的表情，通过眼神的纳入传达了可爱的特点。

Q 如何更好营造拍摄的气氛？

A 要想获取完美的人像照片，与被摄者之间的交流与沟通是必不可少的。一些模特可能会因为初次见面而显得生疏，还有的可能会害怕面对镜头。此时拍摄者应尽量地让对方感到温暖与自在。配合摄影师幽默的语言和动作，使模特发挥出最好的状态来。

拍摄右图照片时，摄影师首先给模特以平易近人的印象，通过语言动作来打造现场的快乐气氛。同时播放模特喜欢的音乐，让模特更加的放松心情。模特的姿势与表情自然了，获取的画面也就贴切生动了。

第9章

风光摄影

本章知识要点

- 风光摄影的器材和准备
- 风光摄影时天气与时间的选择
- 风光拍摄中常用的构图法
- 风光摄影中常用的测光方法
- 不同风格的建筑拍摄
- 不同类型的自然风景拍摄

9.1 风光摄影的器材和准备

风光摄影可分为风景摄影和建筑摄影。对于风景摄影来说，往往会经历一番跋山涉水，并且一旦外出，就不能再返回取器材，所以，前期的准备工作相当的重要；建筑摄影与风光摄影有所区别，建筑摄影可在城市中或者在外出游玩经过城市时拍摄。但两者的相同之处是都要准备方便携带的拍摄器材，避免器材过重使拍摄过于疲劳。

9.1.1 风光摄影的器材

无论是哪一类题材的摄影，首先都离不开相机。在风光摄影中，我们更不能忽略相机的重要性，最好使用数码单反相机。因为数码单反相机无论在画质上还是分辨率上都比其他相机更胜一筹，同时数码单反所提供的较多的场景模式也有利于我们在实际拍摄中的使用；其次相机镜头也是必不可少的，以及三脚架、滤镜等。

1. 适合拍摄风光的镜头

对于风光摄影来说，广角镜头用于表现大自然的磅礴、全景的唯美，能带给观赏者无与伦比的震撼。在广角镜头的选择上十分重要，拍摄者一般要选择视野范围更广阔的短焦距镜头。大自然多变，即使28mm的广角镜头有时也会无法将迷人的风光全部纳入。

下图是使用广角镜头拍摄的风光，画面视野非常开阔，结合小光圈的使用，使画面元素都清晰呈现，让风光的魅力得以更好地表现。

对于喜欢拍摄大自然全景风光的拍摄者来说，广角镜头更有利于表现画面的开阔。但要表现风光中的独特风格时，广角就不能准确地展示出风光中的细节了，而长焦镜头在这方面做了很好的弥补，能很好地刻画出风光小景，获得充满细腻影调的画面。所以在实际的拍摄中，如果想要获得更具有视觉冲击力和细节的风光照片，可借助长焦镜头，结合广角镜头和长焦镜头的使用，展现风光更多的魅力。

右图通过使用长焦镜头拉近拍摄，获得了更多的细节，并在日落逆光的照射下，更好地勾画出主体的轮廓，获得的画面色彩丰富且饱满，更能吸引观赏者的目光。

拍摄心得

在使用长焦镜头拍摄时，手持拍摄容易引起抖动，所以为了保证画面清晰，最好使用三脚架。

下面两张照片是在相同场景和相同环境下进行拍摄的，左图中拍摄者通过广角镜头来获得宽阔的画面，而右图拍摄者使用长焦镜头拉近画面的局部来进行表现，获得了与左图不同的视觉效果。

2. 必要的滤镜

对摄影基础知识有所了解的摄影者都知道滤镜在风光摄影中的重要性。有时我们在观赏一幅风光照片时，会发现天空、白云的色彩都显得清爽干净，此时就会猜想拍摄者应该是用了某种高级的数码相机。其实不然，这些画面的效果都和滤镜息息相关。一般情况下，偏振镜在风光摄影中应用较多，因为偏振镜可消除反光，有利于清晰的拍摄水中的物体，而在拍摄带有天空的风光画面时，不但可以消除天空的反光，还会进一步加强天空和白云的色彩，增加画面色彩的饱和度。借助不同的滤镜可以起到不同的拍摄效果，所以在风光摄影中，为了获得更为理想的画面效果，滤镜的使用是必要的。

偏振镜

左图为拍摄带有天空的风景照片，拍摄者使用偏振镜消除了天空的反光，使获得的画面色彩更饱满。

左图是利用偏振镜来消除水面的反光，蓝色的水面使画面色彩更丰富。

由于不同的数码相机镜头的口径不同，所在配备滤镜时要根据其口径的大小来购买。

3. 三脚架

有时拍摄风光会遇到需要长时间曝光来记录画面的情况，比如拍摄日出、日落的场景，为了将画面质量表现地更好，可以使用三脚架作为相机的支撑。由于在风光摄影中也避免不了攀爬，所以要选择轻便易携带的三脚架，可减轻拍摄者的负担。

三脚架

右图为拍摄环境昏暗的光线，拍摄者降低快门速度，因此手持会引起画面虚糊，结合三脚架使用，可将相机稳定。

9.1.2 风光摄影的准备

要想获得完美的风光照片必须在拍摄前都要做好充足的准备。拍摄一幅好的风光照片也不是想象中那么困难，首先在拍摄前要了解拍摄景点的特点、确定拍摄时间、地点；其次器材要轻便于携带，在拍摄中容易拿取。

1. 拍摄前对拍摄景点的了解

当我们外出游玩时，会用手中的相机捕捉景点的美丽景色。但是对于初学者来讲，面对迷人的美景有时候拍摄出来的照片却不如眼见的美丽，这可能是由于拍摄经验以及技术没有达到一定的程度造成的。所以初学者可以在拍摄前，先充分了解景点，可从当地摄影指南等书里了解景点及模仿其拍摄方式，并从中吸取经验，从而拍摄出属于自己的风光照片。

2. 选择最佳的出行方式

随着生活水平的提高，人们的生活越来越丰富，外出游玩成为都市人们消遣散心的方式之一。随着外出地方的选择越来越多，交通工具的选择也是必不可少的。如果外出的距离较远可选择汽车、火车、飞机、轮船等；如果只是在城市附近区域游玩，可选择私家车、短途汽车等；还有很多人会选择邀约朋友骑自行车游玩，不但可强身健体，还可拍摄自然风光。

外出旅游，除了选择交通工具之外，还有其他的注意事项。

- 首先要有周密的旅游计划（即事先要制定时间、路线等具体计划，带好导游图书、有关地 图及车、船时间表及必需的行装等）。外出旅游要带上一些常用药，做到有备无患。
- 注意旅途安全。旅游有时会经过一些危险区域景点，如陡坡密林、悬崖蹊径、急流深洞等，对于这些危险区域，要尽量结伴而行，千万不要独自冒险前往。
- 注意卫生与健康，并尊重当地的习俗。

3. 更加轻松地携带拍摄器材

外出拍摄自然风光，由于更多的时候要进行攀爬，所以不但要选择适合拍摄主题的器材，还要使这些器材便于携带外出拍摄风光照片通常需要携带较多的器材，这会增加拍摄中的负担，但是为了将风光的特色更好的表现在画面上，像三脚架、广角和长焦镜头、滤光镜等附件是必不可少的。因此，摄像包的选择也相当重要的。

通常情况下，要选择质量以及防护较好的摄影包，同时还能携带三脚架，例如右图的摄影包，将器材以及脚架都一同携带，在拍摄中也会显得方便轻松。

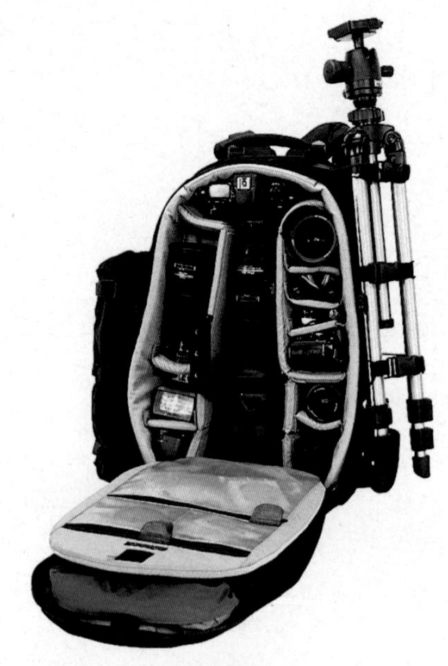

摄影包

9.2 风光摄影时天气与时间的选择

风光摄影要知其“时”,所谓“时”从广义上说就是指季节天气的变化。我们都知道大自然是多姿多彩的，并随着季节和天气的变化而变化，即使在同一地点同一场景，不同的天气状况，所拍摄的风光景象也都有一定的差异；而狭义的“时”是指一天之中时间的选择，如清晨和黄昏等。风光摄影主要条件之一是光源，而拍摄大自然风光所靠的唯一的光源是阳光，因此，只有把这唯一的光源利用好，才能获得最佳的照片。

9.2.1 在晴天拍摄

晴天是最适合进行风景摄影的天气，因为此时光线充足，使拍摄的画面通透度高、色彩鲜艳，比较容易获得满意的作品。但是由于晴天里光线的照射方向比较明显，所以拍摄风景的时候选择恰当的光线是很重要。

光圈:F11.0　快门速度:1/250s　ISO:100　焦距:17mm

左图是在晴朗的天气中拍摄的风景照片，太阳光线从侧面进行照射，拍摄者选择F11.0的光圈以增大景深，同时通过设置1/250s的快门速度来获得准确曝光，从而使得画面色彩饱满。

光线照射方向

拍摄心得

晴天光线充足，在拍摄风光时，可将光圈减小，以获得画面最大的景深，让风景都更清晰。

光线照射方向

右图是拍摄者采用17mm的广角镜头捕捉较大场景的风景，在晴朗天气下获得的画面色彩艳丽，黄色树木和蓝色天空形成鲜明的对比，使画面视觉效果更强烈。

光圈:F11.0　快门速度:1/80s　ISO:100　焦距:17mm

9.2.2 在阴天拍摄

在阴天时，太阳光线被云层遮挡从而形成散射光线，在这样的光线下拍摄风光，获得的景象没有明显的阴影，只会表现出景象的层次比较平淡。所以在阴天拍摄时，应尽量缩小拍摄的范围，采取中近景的场面来表现，以获取最佳的画面效果。同时还要根据现场的光线，适当地增加曝光补偿，以避免阴天光线不足而造成画面无法正常曝光的现象发生。

光圈:F5.0 快门速度:1/60s ISO:400 焦距:35mm

左图是拍摄者站在高处俯视拍摄的，由于阴天天气光线不充足，拍摄者适当地增大光圈和降低快门速度，获得了正常的曝光，前景的纳入增强了空间感。

光圈:F5.0 快门速度:1/180s ISO:300 焦距:70mm

右图是在同样的天气下拍摄的自然风景，拍摄者利用树木整齐地排列，用三分法构图的方式将其纳入画面，使画面色彩层次更加丰富。

拍摄心得

阴天的光线主要是散射光，光线照射比较均匀，所以在这样的天气中拍摄风光照片，可选择平均测光模式来对画面整体进行测光。同时，除了拍摄较大场景的风光画面外，还可以拍摄更细节的画面，比如花卉的拍摄，在阴天散射光线下进行，可使画面影调层次更加和谐，画面显得更真实。

9.2.3 在雨天拍摄

雨天是摄影者不钟爱的天气，无论是下大雨或下小雨，都很少有人拿着相机外出拍摄景物。但是部分拍摄者通过细心的观察发现雨天的景物也有它独特的情调，何况雨天也是人们生活中必有的情景之一。所以为了反映更多的生活情景，丰富风光摄影的内容，雨景也是我们不可缺少的拍摄题材。

如果以雨景为拍摄题材，可用手中的相机来表现下雨时雨丝下落的动态感，但此时要选择下大雨时进行捕捉，同时还要有较深色调的背景作衬托，才能将雨丝的下落轨迹清晰呈现出来。对于摄影技巧掌握并不娴熟的摄影者来说，很难把握好这样的场景进行拍摄，但可利用雨后或者小雨天气拍摄小景物，以更多的细节场景来表现雨景的独特。下雨的天气光线一般是比较弱的，拍摄雨景时一般都要用较大的光圈及较慢的快门速度，以获取准确的曝光。

左图是拍摄者在雨后采用竖画幅构图拍摄的小景，利用画面中的枝干和绿叶形成引导视线的线条，并将视线集中引导在绿叶的水滴上，突出了拍摄的环境，同时在F5.0的大光圈和长焦镜头的配合下，获得了强烈的背景虚化效果，将主体更清晰地表现出来。拍摄者把少许红色的影调纳入背景，让画面色彩对比增强，更具有突出主体的作用。

9.2.4 在雾天拍摄

一般拍摄雾景时户外光线不充足，往往需要较长时间的曝光，所以稳定机身的三脚架是必不可少的。同时为了有足够的景深，拍摄时要选择较小的光圈。由于自然因素有时雾的流动速度较快，拍摄时可以通过延长曝光时间，使得雾景富有流动感，这也是一种很好的艺术表现方式，往往能得到让人惊叹的效果。如果在实际拍摄中遇到太浓的雾，可以用黄色滤光镜或橙色滤光镜起到减弱浓雾的效果。

右图中拍摄的是雾中景色。在雾的映衬下，画面显得更朦胧，给人以梦幻之感。由于雾的浓度较低，拍摄的风光较为清晰，使得画面中的层次变得更丰富，风光也显得更迷人。

光圈:F8.0 快门速度:1/400s ISO:100 焦距:170mm

拍摄心得

雾天气温较低，地面湿滑，保暖和防滑的鞋子也是必不可少的。浓雾中可见度较低，适当的照明设备（如手电筒）也应该准备。同时一定要注意的是，由于雾中的空气湿度很高，拍摄结束后器材应及时清理和放入防潮箱。

光圈:F4.5 快门速度:20s ISO:100 焦距:32mm

左图同样是在有雾的天气条件下拍摄的风景，拍摄者利用俯视角度进行拍摄，将乡村景色纳入画面，并在浓雾的映衬下，营造出仙境般的效果，画面表现力强。

9.2.5 在清晨拍摄

清晨是一天的开始，如同黄昏一般，都有着时间短暂的特点。所以在清晨拍摄照片前要做好充分的准备，并抓紧每一分钟，来获得最佳的影像画面。在清晨时分拍摄，由于光线较暗，拍摄者要通过适当增大光圈或者降低快门速度的方式来获得更准确的曝光，同时清晨光线变化丰富，可利用这样的特点来营造清新的画面效果。

光圈:F9.0 快门速度:1/60s ISO:100 焦距:50mm

左图中拍摄的画面是拍摄者在太阳低于地平线的时间段拍摄的，获得的画面影调偏蓝，整体呈现出冷色调的画面效果。由于地面和天空具有强烈的反差，让画面的对比增强，更能吸引观看者的目光。同时，由于光线较暗，拍摄者通过使用三脚架稳定机身，降低快门速度至1/60s，并结合F9.0的光圈来增大画面的景深从而获得了正常的曝光。

下图画面拍摄的是清晨太阳逐渐上升的场景，拍摄者采用竖画幅的拍摄方式，一是表现出太阳的上升感，二是突出天空的高度，以及利用太阳光线的色温营造出迷人的画面效果，同时选择阴天白平衡模式以加强画面暖色调的效果。

光圈:F8.0 快门速度:1/1000s ISO:100 焦距:70mm

9.2.6 在黄昏拍摄

黄昏时间短暂，拍摄者要充分抓紧每一分钟进行拍摄，以获取动人的光影效果。通常情况下，拍摄者可根据黄昏时分天空和地面照度差异大的特点来获得剪影效果。还可利用太阳的余晖来表现风光的独特。由于此时的光线变化丰富，照射的物体明暗对比明显，所以拍摄的照片变化也非常丰富。比如拍摄层峦叠嶂的梯田，可利用黄昏变化的光线来获得一幅影调丰富的画面。

光圈:F8.0　快门速度:1/800s　ISO:100　焦距:100mm

剪影的边缘勾画出丰富的层次

上图是利用黄昏太阳的余晖拍摄梯田的画面，阳光洒在水面上形成暖调镜面效果，所以边缘以较暗的形式呈现。层叠的梯田让画面层次更加丰富，边缘的曲线使画面具有强烈的跳跃感。

拍摄心得

黄昏时光线不充足，在实际拍摄中，为了保证画面的准确曝光以及丰富的层次感，可借助调节曝光补偿值的功能来弥补画面的曝光量。如果希望画面的色调更浓郁些，可利用滤镜来增强画面的饱和度。

9.3 风光拍摄中常用的构图法

构图是摄影的基础技巧，所以不管进行哪一类题材的拍摄，都要掌握其构图的方式，当然风光摄影也不例外。通常摄影构图的方式多种多样，常用的有对称构图、曲线构图、斜线构图、框架构图等。对于不同的拍摄对象，要选择恰当的构图方式。在实际的拍摄中，正是要通过这些构图方式来表现拍摄者的思想，为画面注入生命力，使其更加生动。

9.3.1 对称构图拍摄建筑

我们知道构图在摄影中的重要性，而使用不同构图的方式所拍摄的画面，首先要讲求的是画面的均衡美。其中对称象征景物高度整齐的程度，比如蝴蝶，它的形体和翅翼花纹的对称美，一直为人们所欣赏。在摄影作品中对称的画面经常可以见到，但大多数摄影作品，在构图中都不是追求完全的对称，而是刻意于画面的视觉均衡，这其中包括对建筑的拍摄。即便是建筑在自身的构造上形成完全的对称形式，而我们在实际的拍摄中，如果只是一味地根据对称的形式将其记录在画面上，就会使画面显得呆板生硬。但是如果在拍摄中，通过镜头的应用，以及拍摄角度的改变，以获得不同的视觉感受以及画面效果，从而使建筑更加生动，让画面更吸引观看者的目光，主体的突出表现更强烈。

光圈:F6.0 快门速度:1/640s ISO:100 焦距:17mm

强烈的透视关系增强画面视觉冲击力

左图是拍摄者选择17mm的广角镜头拍摄的建筑，强烈的透视关系，呈现出近大远小的画面效果，将建筑的外部特点一一表现，通过对称式构图加强其造型的描绘，使获得的画面色彩对比强烈，主体更加突出。

9.3.2 曲线构图表现河流

曲线构图所包含的曲线为有规则形曲线和不规则形曲线。曲线象征着柔、浪漫和优雅，会给人一种非常柔美的感觉，所以在摄影中曲线的应用非常广泛。在风光摄影上，使用曲线构图表现河流，可将河流的蜿蜒柔美之态一一呈现在画面中，同时还可通过曲线表现出河流流动的方向性，让画面具有一定的延展张力。在利用曲线构图表现风光中的景物时，要注意选择拍摄角度和方向，以便让被拍对象的形象更加突出，让画面也显得更加生动活泼。

下图是利用高角度俯视拍摄的，获得了较大的画面场景，并将河流的形态以曲线的构图方式表现在画面上，加强了画面的表现力。

光圈:F8.0　快门速度:1/180s　ISO:120　焦距:17mm

右图同样拍摄的是河流，利用曲线的构图方式展示出河流的形态特点，并通过画面的透视效果，来增强画面的空间感，使得画面具有向前延伸的张力。

光圈:F16.0　快门速度:1/180s　ISO:400　焦距:100mm

9.3.3 斜线构图拍摄山脉

斜线构图通常是以倾斜的线条来表现的。在斜线构图中，最常见的是对角线构图方式，它使画面产生了极强的动态感，表现出画面的纵深效果，其线条也将人们的视线引导到画面的深处。同时，这种构图方式能营造出一种活力感和节奏感，在表现山脉等景象的棱线时最具有表现力。我们在实际的拍摄中，拍摄者利用手中的相机，结合拍摄对象本身所具有的形态来展示，借助光线的魅力加强画面表现力增加画面的透视感和纵深效果，以避免画面呆板。在摄影画面构图中，除明显的斜线外，还有视觉感应的斜线，表现在形状、影调、光线等所产生的视觉抽象线，因此对线的把握是摄影构图中运用线的关键。

左图中拍摄的山脉，是利用斜线构图方式将山脉轮廓进行清晰的勾画，并使用横向拍摄方式将山脉的连绵纳入画面，以加强画面的层次感。

右图同样是利用斜线构图拍摄的山脉，拍摄者纳入了部分天空，增加了画面的空间效果，映衬出山脉的形态特点，河流的方向引导着观者的视线。

拍摄心得

拍摄山脉可选择多个不同角度来展示山脉的不同特点。

9.3.4 水平线构图表现广阔的风光

水平线构图是风光摄影中常见的构图方式之一。对于风景摄影，尤其是拍摄大场面的自然风光，比如大海、森林、草原等带有地平线的风景，使用水平线构图是最具有保障性的构图方式。

在风光摄影构图中，拍摄者可根据画面效果的需求，将地平线放置在恰当的位置，比如三分之一或者中间位置，以获得不同的视觉效果。还可以根据实际纳入景物的情况，将树丛、花朵等衬托元素放置到画面中。

下图是拍摄者选择水平线构图方式拍摄的风光，展示出了拍摄环境的开阔。在纳入元素的过程中，将地平线降低，以突出表现天空为目的，绿色的草原和蓝色天空色彩形成鲜明的对比。

光圈:F11.0　快门速度:1/640s　ISO:100　焦距:25mm

降低地平线突出天空

右图同样是采用水平线构图方式拍摄的风光，选择了F11.0的光圈，以获得更大的景深，结合1/350s的快门速度获得了准确曝光的画面。

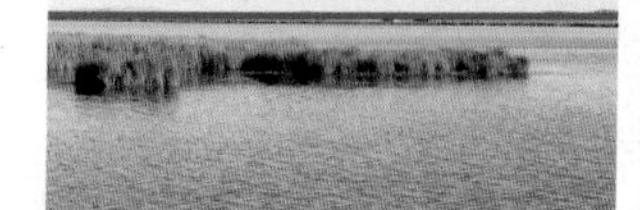

光圈:F11.0　快门速度:1/350s　ISO:200　焦距:17mm

9.3.5 框架构图记录独特风光

风光拍摄中，框架的选取可以成就一幅摄影作品，也可以破坏一幅摄影作品，所以选取合适的框架是十分重要的。在风光摄影中我们可以运用框架式构图来表现风光的独特，这就需要寻找一个良好的框架，比如一棵树或一扇拱门。选择框架式前景能把观众的视线引向框架内的景物，突出了主体。利用前景作为框架将主体影像包围起来，可营造一种神秘气氛。同时，框架式构图还有助于将主体影像与风光融为一体，赋予照片更大的视觉冲击。

左图中拍摄者利用纳入前景的方式为画面搭建框架，将主体进一步突出表现，同时由于前景自身造型的特点将观看者的视线引向纵深。

右图中利用树干以及树干形成的阴影作为画面框架，将远处景象纳入框架中，同时也将观看者的视线集中在主体上，使其更加突出。由于透视的关系，作为框架的前景加强了画面的空间效果。

9.4 风光摄影中常用的测光方法

正确曝光是获取理想照片的基础，而如何获得正确的曝光，这就涉及怎样测光的问题了，测光是指相机根据光线进入机身而自动确定的曝光量。所以在风光摄影中，想要获得正确曝光的画面，首先要选择正确的测光方式。通常相机提供的测光方式有点测光、平均测光等。

9.4.1 使用点测光对高亮测光

点测光是一种精确的测光模式，它的测光面积大约只占画面的2%～3%。使用点测光模式最大的特点是只考虑需要测光的面积，而其他周围环境的亮度不会被考虑到，使用点测光可确保摄影者完全按照自己选择的某一个点来测光，并根据这个点来准确曝光，因此点测光模式能满足严格的曝光要求。但是由于只针对画面中的一个点来准确曝光，相对于画面其他环境相应的就会无法准确曝光，如果此时拍摄者根据自己的需求，适当进行曝光补偿，可得到具有创造性的画面，获得艺术气息强的画面效果。

上图在侧光照射的情况下，使画面获得了明显的阴影，其影调反差对比强烈。为了加强画面的表现，使用点测光模式对画面主体测光，使前景显得曝光不足，这样不但突出了主体，还加强了画面的空间感。

9.4.2 使用平均测光获取平均值

平均测光模式的特点是在拍摄时相机测光系统根据现场光线的具体情况作多点取样，然后测算出整个画面所需的最合适的平均曝光量，以确保最后获得准确的曝光。在风景拍摄中，平均测光模式适用于拍摄画面反差小，拍摄对象与背景以及其他景物之间没有强烈反差对比的画面，以及亮度差异相对平和的对象。一般来说，平均测光模式适合的拍摄光线是顺光，因为顺光条件下，整个画面照度相对均匀，不会形成明显的阴影对比。同时，在阴天天气下也可使用平均测光，由于阴天属于散射光，画面中的所有景物都均匀受光，采用平均测光模式能准确的获得恰当的曝光量。

光圈:F13.0 快门速度:1/640s ISO:200 焦距:20mm

左图画面光线照射均匀，拍摄者为了让整个画面都获取准确的曝光值，使用了平均测光模式，并选择镜头广角端进行拍摄，获得了视野开阔的画面，同时适当降低曝光补偿值，使画面色彩更饱满。

拍摄心得

平均测光模式通常在阴天环境下使用，因为阴天光线以散射光线为主。

9.5 不同风格的建筑拍摄

对于拍摄不同风格的建筑，应采用不同的镜头、拍摄角度以及光照，拍摄出建筑应有的风格特点。比如在城市中表现建筑，由于建筑的密集，往往选择有利地势借助较广的镜头来表现大场景，从而突出城市的繁荣景象。除了拍摄建筑的整体造型来表现其特点外，还可以拍摄局部细节重点刻画建筑的独特之处，突出描绘当地的风俗民情等。

9.5.1 城市建筑的摄影

在拍摄现代城市建筑摄影时可通过广角镜头来展现建筑群的特点和城市的繁华。同时，还可以多留意一下建筑玻璃幕墙对光的反射，会发现很多的创作机会。幕墙在不同的光照条件下色彩差异很大，黄昏时更是变幻莫测，拍摄时要善于观察，尽可能把幕墙上的金色、银色等反射光利用起来，着重表现这种光影给建筑带来的神韵。

光圈:F8.0　快门速度:1/250s　ISO:100　焦距:80mm

上图通过建筑群来表现城市的特点，高低错落的建筑让画面显得富有层次感和节奏感，画面也比较生动自然。

光圈:F5.0　快门速度:1/250s　ISO:100　焦距:22mm

左图中拍摄了单独的城市建筑，结合黄昏太阳的余晖映照在楼房玻璃的景象来突出城市的繁华以及建筑的特点。适当地降低曝光量让暗部细节更富有层次。

拍摄心得

建筑玻璃的反射还常常会产生非常有趣的变形，使反射的建筑物缺少真实性。拍摄时可使主体建筑处在阴影中，而让玻璃处在受光面，这样会有明快的光影效果。

9.5.2 古镇建筑的摄影

建筑摄影具有广泛的拍摄对象，它既包括体现现代科技发展水平的城市建筑，比如城市中的高楼大厦、郊外富丽堂皇的别墅等；又包括有传统风格古色古香的建筑，比如古镇建筑、有悠久历史的传统建筑等。拍摄古镇建筑最大的特点是要将建筑的古老特点准确地展现出来，可以从建筑的外观、材质、色彩等方面来烘托。同时，拍摄古镇建筑，可采用广角镜头来表现，这样能获得更好的画面效果。

右图画面的拍摄采取较低的角度，利用画面中间的道路作为视线的延伸线，将两边建筑纳入一部分，使古建筑的古老气息通过质感和色彩一一得以表现。

光圈:F7.1　快门速度:1/40s　ISO:100　焦距:32mm

拍摄心得

在拍摄古建筑时，由于时代久远，很多的细节色彩都已丢失，为了获得真实的效果，拍摄者可通过较多的细节来突出表现，即以以小见大的手法来突出表现。

光圈:F7.1　快门速度:1/40s　ISO:100　焦距:18mm

左图中拍摄的是古镇建筑，通过横向拍摄的方式将古镇建筑群一一捕捉在画面上，并通过纳入周围的环境来表现拍摄的地点，来映衬古镇建筑，同时结合水面影子的呼应，加强了画面的表现。

9.5.3 欧式建筑的摄影

不同的国家地域具有不同的民俗民风，而这些不同的特点不仅从人文上具有较大的差异，从建筑的构造以及特点上也有一定的区别。通常西方国家的建筑与我们平时看到的建筑构造有很大的不同，拍摄这些不同特点的建筑，首先可通过其外观来突出表现，可以利用广角镜头纳入其整体的形态，或者可通过某一明显的差异之处来表现，这就需要使用长焦镜头来捕捉。此外，还可利用建筑内部的设计来突出欧式建筑的特点，但是由于室内光线较暗，在实际拍摄中，要使用降低快门速度的方式来获得准确曝光的照片。

右图画面是拍摄欧式建筑的内部结构。为了获得正常的曝光，拍摄者适当地提高了感光度，将室内细节层次分明地展现出来，并利用窗外照射的光线，加强了建筑的质感和立体效果的表现。

光圈:F8.0 快门速度:1/125s ISO:400 焦距:80mm

左图是使用仰视角度拍摄的欧式建筑，并通过侧面拍摄的方，将建筑外部的造型特点一一呈现在画面上。在自然光线的照射下，黄色的建筑与蓝色的天空形了成鲜明对比，使主体更为突出。

光圈:F6.3 快门速度:1/1000s ISO:100 焦距:16mm

拍摄心得

由于地域文化的差异，在拍摄欧式建筑的时候，可通过翻阅资料来了解一定的历史和文化，这样拍摄起来会更得心应手，更能表现画面的主题。

9.5.4 建筑细节的拍摄

一般情况下，拍摄者会利用纳入建筑的整体造型来表现其特点，并结合广角镜头的拍摄范围来营造开阔的视野。如果尝试使用长焦来突出局部细节，不但能增强画面的视觉效果，还能营造出一种独特的气息。通过局部表现整体的拍摄手法，或是利用开放式构图可营造出更多的遐想空间。

右图采用仰视角度拍摄建筑的局部，在侧光的照射下，产生了明显的阴影，其立体效果和质感清晰表现出来。

拍摄建筑可以运用特定季节或气候条件下的光线和色彩来营造一种相应的情调，通常日光的变化能迅速改变建筑物的外貌和色彩。选择不同季节，不同时间段的日光照射使拍出的画面具有不同的气氛。

拍摄左图画面时，同样在低角度拍摄，在广角镜头中，近大远小的透视关系捕捉到了建筑的局部细节，增强了画面的视觉冲击力，同时将其造型特点也准确地表现出来。

9.6 不同类型的自然风景拍摄

对于初学者来说，了解和掌握一定的构图和用光知识是必要的，想要提高风景拍摄的技巧，要多多地进行实际拍摄。我们在实际的拍摄中，风景摄影题材多种多样，首先定位要拍摄的题材，然后再根据拍摄题材进行有目的的拍摄，比如拍摄蓝天为主题的画面，就要根据拍摄天空的构图以及用光知识来拍摄，并根据自己想要突出的画面效果，结合滤镜的使用来达到最佳的效果。

9.6.1 天空的拍摄

天空在风光摄影中作为经常出现的元素，可作为拍摄主体，也可作为拍摄背景或陪衬体。作为不同的对象具有不同的效果，而在实际拍摄中以天空作为主体来表现时，可拍摄出更多不同效果的画面。

1. 多彩的天空

随着时间气候的变化，天空色彩也随之变化。晴朗的天空蓝的纯净透明、阴天的天空苍白无力、暴雨前的天空浑浑噩噩。在日出日落时分，变化万千的光线也会为天空描绘出多彩绚丽的色彩。

右图是利用变化丰富多彩的自然光线拍摄的天空。由于光线不充足，在三脚架稳定的作用下，只有降低快门速度才能获得准确的曝光。降低地平线，画面中地面和人物都以剪影效果出现，映衬出了天空色彩的多变。

光圈:F5.6　快门速度:1/13s　ISO:800　焦距:70mm

光圈:F5.6　快门速度:1/13s　ISO:800　焦距:70mm

左图是拍摄者利用黄昏的光线拍摄天空的景象。多彩的云层加强了画面的色彩以及画面的层次感，同时，云层的流动在慢速快门下显得更加逼真，也增强了画面的动感，显得更加生动。

2. 纯净的天空

拍摄天空，要准确利用光线来突出蓝天和云层的色彩，并能表现出画面的通透性和纯净的效果。在实际的拍摄中，要将纯净的天空表现得更加强烈，首先要采用合适的镜头来拍摄。如果使用广角镜头，所得到的画面范围大，能更好地表现出天空的开阔感；如果使用长焦，可纳入天空的部分，进一步强调其色彩。

拍摄右图天空的画面时，拍摄者选择竖画幅拍摄，展示出天空的高度感。在取景上，画面以天空为主，广角的运用增强了画面的透视效果，再结合少许的地面，提高了天空的表现力。

光圈:F7.1 快门速度:1/400s ISO:100 焦距:17mm

拍摄心得

在拍摄天空的过程中，一些大自然的因素是我们无法掌握的，如天气的变化等。通常在这些自然因素的影响下，可结合滤镜的应用进行拍摄，比如偏光镜用来减少或消除天空的反光，让画面的色彩更加饱满。

光圈:F8.0 快门速度:1/1250s ISO:100 焦距:105mm

左图中拍摄者使用长焦镜头拍摄天空，特写漂浮的几朵云，使画面具有动态感。使用平均测光的同时降低1档曝光补偿，使画面饱和度提高，让天空色彩更加浓郁。

9.6.2 山水的拍摄

以山水为主题的风景拍摄是风景摄影中最为常见的题材之一。由于山、水的种类较多，其表现手法也同样丰富，所以，在实际的拍摄中，要根据拍摄对象所处的环境以及拍摄者希望表现的思想，结合构图及用光知识，获得最满意的作品。

1. 水的拍摄

不同的水景拍摄，可呈现出不同的视觉效果，或汹涌、或动感、或安静、或舒缓。也可借助不同的场景来表现不同的效果，常见的水景有瀑布、湖泊、海浪、溪谷等。

光圈:F11.0　快门速度:1/500s　ISO:100　焦距:46mm

上图中拍摄的是气势磅礴的瀑布，通过大场面的刻画，以及周围环境的映衬，创作出震撼人心的画面。1/500s的快门速度将瀑布急湍的水流瞬间凝固在画面上，营造出一种大气的氛围。

光圈:F8.0　快门速度:1/500s　ISO:100　焦距:80mm

右图同样以水作为拍摄主题，水平线构图表现了开阔的海面，让观看者心情平静，获得与众不同的视觉效果。

2. 山的拍摄

山的形状多种多样，通常雄浑的山脉海拔较高。拍摄者可通过不同的拍摄角度获得不同的画面效果，可仰视、可俯视、也可平视。如果要拍摄出令人难忘的山景，常常需要进行一番攀爬，与要拍摄的山峰同等高度，这样拍摄出的画面才具有震撼力，也能将山脉最真实的形态捕捉在画面中。拍摄山景要根据自己的拍摄意图来进行选择，例如展现山脉的挺拔、险峻和广袤。

光圈:F13.0 快门速度:1/640s ISO:1000 焦距:18mm

通过纳入山脉局部来表现主体的纹理

左图在广角镜头的运用下，结合竖画幅构图取景，获得了开阔的视野范围，展示出山脉的高度。同时纳入少许天空进行映衬，将山脉的轮廓清晰地勾画出来。拍摄者选择F13.0的小光圈，以增大画面的景深，使所有元素都清晰可见，并在1/640s的快门速度下准确曝光。

右图中拍摄者经过攀爬拍摄雪山的近景，并将远处山脉拉近拍摄。结合前景山脉的运用，使画面空间感增强，同时在色彩的对比上跳跃感增强，主体更加突出。

光圈:F11.0 快门速度:1/400s ISO:200 焦距:70mm

9.6.3 田园的拍摄

迷人的田园风景是众多摄影人士喜爱的拍摄题材。提到田园风光，不少人会想到群山环抱的山村、鲜花盛开的田野和整齐排列的梯田，田园在不同的季节和时间段所呈现出的风光具有不同的特点。拍摄者在实际拍摄中，可利用不同的拍摄角度以及构图方式来突出田园的气息，由于田园风景多数在乡村拍摄，还可纳入乡村蜿蜒的道路来加强画面的跳跃感。

光圈:F5.6　快门速度:1/50s　ISO:400　焦距:400mm

左图中拍摄者采用了竖画幅构图的方式进行拍摄，将田间丰收的农作物清晰地表现出来，同时采用曲线将道路纳入画面，引导着观者的视线，并通过人物的运动趋势，使画面具有动态感，也突出了浓厚的乡村田园气息。

拍摄心得

在拍摄田园风景照片时，可利用雨、雪、雾、云等气候变化时光线的效果来渲染画面的气氛，这是拍好田园风光照片的一个重要方法。比如利用云层突变产生的奇幻光线和远近景物的明暗对比，可渲染画面的气氛，从而取得具有冲击力的视觉效果。

右图中拍摄者通过站在高处向下俯视拍摄，为了获得更清晰的画面，选择了70mm的焦段，并减小了光圈，在获得较大景深的同时，使画面元素都清晰地得以表现，突出了田园风景静谧的特点。

光圈:F10.0　快门速度:1/400s　ISO:200　焦距:70mm

9.6.4 四季的拍摄

一年之中，在不同的季节拍摄出的风景画面带给我们的视觉感受有所不同。春天万物复苏，生机盎然；夏天枝繁叶茂，郁郁葱葱；秋天果实丰收，色彩丰富；冬天白雪纷飞，冷冷清清。拍摄者要拍摄不同季节的风景画面就需要准确地掌握每个季节的特点，尤其是在不同的季节大自然所表现的最具代表性的特点。只有抓住这些特点，才能真实地表现四季主题的风景。

1. 春季

春季，大自然焕然一新，花草树木展现出了勃勃生机。大自然的美景也随着气温的回升和万物的苏醒而更加富有朝气。

拍摄春天的风景，最重要的是要抓住春天的特点，比如利用花花草草的嫩绿、树叶的新芽等来表现春天的气息，这些都是很好的拍摄题材。在拍摄中，要选择好适当的时间，比如清晨可拍摄带有露珠的树木草丛、下午柔和的光线则可表现叶子的嫩绿。

左图中拍摄的是小场景画面，选择了F2.8的大光圈，来强烈虚化背景，将主体清晰突出出来，同时在光线的照射下，嫩绿的叶子显得更加青翠。拍摄者使用点测光模式，对绿叶准确测光，获得了突出视觉的效果。

右图中拍摄者使用了18mm的广角镜头来拍摄大场景的画面，画面展示出了草地的翠绿，突出了春季的气息，同时纳入少部分天空，以增加画面的色彩，也使画面的视野更开阔。

2. 夏季

夏季虽然骄阳似火，但夏季能带给人们很多美景，像风雨水云、山林幽谷处处散发出诱人的景致，还有娇艳的花朵、翠绿的荷花池塘等。风光摄影其实并非只拍摄名川大山才会得到漂亮的景致，日常生活的美景也随处可见，要善于去发现和捕捉。特别是很多夏季的景色，不仅需要通过全景来展现，而且还要善于把握局部的美丽，这样才能创作出更多的佳作。

光圈:F19.0　快门速度:1/60s　ISO:200　焦距:200mm

三分法构图让画面更和谐

左图中拍摄的是夏季娇艳的红色花朵，在竖画幅的运用下，以及结合恰当的构图方式，使画面获得了和谐统一的效果，同时纳入的蝴蝶增强了画面的动态效果，将花朵的生命力映衬出来，强烈的背景虚化效果将主体表现得更为突出。

经典的黄金分割构图让画面主体荷花更突出

右图中拍摄的是夏日的荷花，通过长焦镜头，将画面背景荷叶以虚化效果呈现出来，从而突出了主体。同时，画面背景和主体的色彩对比反差大，营造出强烈的视觉冲击力，获得了强烈的震撼力。

光圈:F5.6　快门速度:1/60s　ISO:200　焦距:300mm

3. 秋季

每当秋季来临，一场寒露过后，一夜之间大自然的魅力尽显，所有树木逐渐变黄，在蔚蓝的天空下，在广袤的自然怀抱中化作一片绚烂。这时的大地就像一块美丽的调色板，充满生机且富有震撼力，同时树林、乡村等也染上了艺术的气息和色彩，如此美景一定要利用相机收纳进照片中，作为永存的美景。

为了拍摄到成功的秋景照片，可以到稍远一点的森林或者乡村。在这里，有披着绚烂色彩的树木以及美丽的蓝天，如果用偏振镜来加深这些色彩的饱和度，得到效果将会更好。其次，在拍摄中，我们不能完全依靠相机测光系统所得到的曝光数值，这样不会得到满意的作品，要结合曝光补偿来适当调节画面的曝光量。在用光上，最好选择天气晴朗的时间拍摄，这样会将秋景的色彩更加丰富的表现出来，同时在光线的作用下，色彩也会显得更加明亮，饱和度也会相应的得到提高。

光圈:F5.6 快门速度:1/60s ISO:200 焦距:300mm

左图通过金黄色树木的纳入，以及结合蓝色天空的映衬，营造出一幅色彩对比强烈的画面效果，不但增强了画面的视觉冲击力，还将秋季景色的特点准确地呈现在画面上。

右图中拍摄者利用下午侧面照射的阳光作为画面的主要光线，并使用高角度来拍摄大场景画面，通过乡村和树木的纳入营造出大气的画面效果，整个画面以黄色为主色调，画面显得非常温馨。

光圈:F8.0 快门速度:1/80s ISO:200 焦距:95mm

4. 冬季

在冬季拍摄风景照片，和在其他季节里拍摄的区别不算太大，但在测光以及实际操作中应当注意一些问题。一般来说，拍摄雪景时，正确的曝光是最基本也是最关键的。雪是洁白的晶体物，当积聚在景物上时使其成为白色，从而增加了景物的反光度。景物上有雪的部分亮度很高，而没有雪的部分则显得很暗，这使得各部分的反差很大，为了让画面正常曝光，此时需进行曝光补偿才能获取正常的曝光。

光圈:F11.0 快门速度:1/60s ISO:400 焦距:34mm

前景增强了画面的空间感

左图利用较小的场景拍摄雪景的局部特点，同时拍摄者结合前景加强画面的表现，为了获得更准确的色彩，结合曝光补偿功能适当增加了曝光量，还原了白雪真实的色彩。

透视效果增强了画面真实感

光圈:F8.0 快门速度:1/350s ISO:500 焦距:40mm

右图中拍摄的是较大场景的雪后景色，通过较低的角度取景，利用道路和两边的树挂，增强了画面向前延伸的张力。

拍摄心得

如果选择家庭数码相机的雪景模式进行拍摄，相机会自动通过曝光补偿来还原色彩。

9.7 疑难解答

Q 如何更好地使用相机提供的“风景模式”拍摄风光？

A 初学者往往对相机的参数不了解，厂商为了让初学者能方便地拍摄出好照片，为此设计有多种拍摄场景模式。相应的场景可选择与此对应的模式来进行拍摄，如在拍摄风光照片时，就可选择相机拨盘上的风景模式。在拨盘上，风景模式的图标是一座小山，如果选择了风景模式，相机会根据拍摄对象设置适合风景拍摄的参数，此时光圈会自动收缩，即F值增大，拍摄的画面色彩饱和度和对比度会相应增大，使照片的色彩更加鲜艳。所以，在风光模式下，即使是没有摄影经验的人，也能拍摄出很好的照片。

风景模式在相机拨盘上的显示图标

左图中拍摄者直接选择风景模式进行拍摄，F11.0的小光圈增大了画面景深，结合1/60s的快门速度获得了准确的曝光，使画面色彩艳丽。

Q 如何把晚霞拍得更艳丽？

A 多数相机都设置有白平衡模式，它可根据拍摄环境的光线来调整拍摄对象的色彩，在户外拍摄时白平衡的设置会根据时间、天气的不同而不同。通常相机的初始设置都是“自动”白平衡模式，但自动模式并不能应付所有的拍摄场景，在一些特殊的场景下，不能将其色彩更准确地表现出来，此时就要根据情况来设定不同的白平衡模式。比如在拍摄晚霞照片时，如果希望将晚霞拍摄的更红，可将白平衡模式设置为阴影或者阴天白平衡，这样拍摄出的画面色彩更加饱满。

选择阴天白平衡模式

右图中拍摄者在拍摄前，设置好阴天白平衡模式，获得的画面色彩更红，饱和度更高。

第10章

静物和美食摄影

本章知识要点

- 静物和美食摄影的器材
- 静物和美食拍摄的准备
- 拍摄静物时的测光方式与色调
- 不同商品的拍摄技巧
- 可口美食的实战拍摄技巧

10.1 静物和美食摄影的器材

一般来说拍摄静物照片的器材包括3个部分。首先是数码相机，如卡片机、数码单反相机，这是拍摄必备的器材，若想拍摄出更专业的静物照片，最好选择数码单反相机；其次在条件允许的情况下，可配备微距镜头，当然其他的标准镜头或者中长焦镜头也可以获取效果很好的照片；然后就是三脚架，有助于拍摄时稳定相机，避免手持引起的抖动，造成画面模糊。

1. 适合静物和美食拍摄的镜头

静物和美食摄影都属于近距离拍摄，需要将被摄体的形态特点、色调、质感等各方面都展示在画面上。如果希望表现物体或者美食更细微的局部，可通过微距镜头来实现；如果希望表现物体或美食的整体形象，可利用中长焦镜头来拍摄，并缩小画面拍摄范围。

佳能EF 50mm f/2.5 小型微距镜头

右图是利用微距镜头拍摄的静物，画面局部细节清晰，在白色背景映衬下主体造型突出，并且在正常曝光下画面色彩获得了真实地表现。

通常静物题材的拍摄对象体积较小，为了将主体更多的细节通过画面表现出来，拍摄时应使用三脚架。

下图是在室内拍摄的静物，拍摄者选择90mm焦段镜头拍摄，将拍摄范围缩小，让主体全部纳入画面。

光圈:F5.6 快门速度:1/200s ISO:100 焦距:50mm

光圈:F14.0 快门速度:1/2s ISO:100 焦距:90mm

佳能EF 24-105mm f/4L IS USM 中长焦镜头

左图是拍摄者利用微距镜头近距离拍摄的食物细节。在使用三脚架稳定相机的情况下，获得的画面效果更清晰，食物的肉质和色彩更有表现力，同时纳入的点缀元素，使画面色彩更丰富。

2. 台灯

静物摄影需要更加的细心，特别是在室内灯光下拍摄，要通过精心的布光来展示静物的独特。对于初学者来说，在拍摄静物中，如果没有专业的灯具，可以选择家用的台灯作为光照来源。在实际拍摄中，要根据拍摄效果的不同选择台灯光照的亮度，如果台灯光照强度较大，为了获取柔和的光照效果，可在台灯上加上一张柔光纸，从而使光线变得柔和，这样也更有利于静物的表现。右图画面是常见的家用台灯，即使在家里，我们也可以使用这些平常的灯具拍摄出具有特色的静物照片。

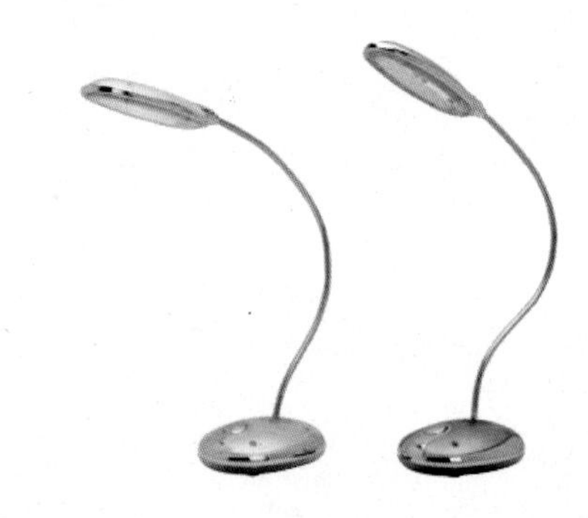

家用台灯

3. 柔光棚

柔光棚可以将直接照射的光线转化为散射光。使用柔光棚拍摄静物时，当光线穿过柔光棚时，由于柔光布具有散光的作用，会将直射光的光线变得均匀，使被拍对象整体受光均匀，高光部分也不会因此曝光过度。柔光棚多用于拍摄具有反光特点的静物，比如瓷器、金属制品等。

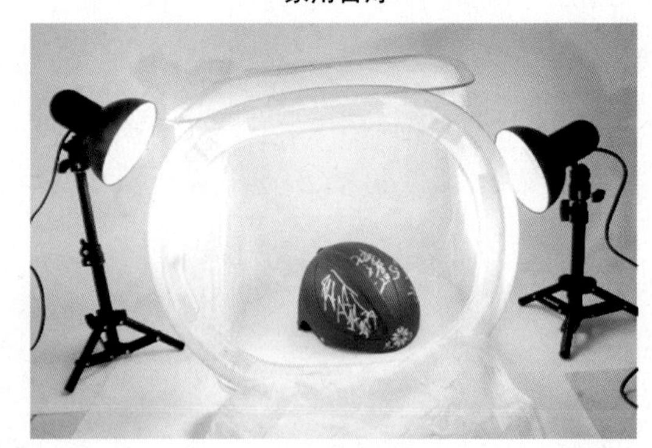

柔光棚

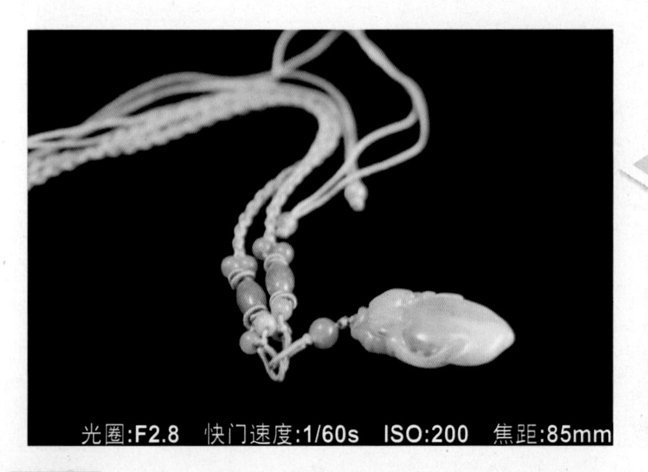

左图在拍摄饰品时，先在柔光棚中铺上黑色背景布，再将饰品放置其中，在柔和光线下，主体色彩、质感表现准确。

使用柔光棚拍摄静物时，可结合多种颜色的背景布来拍摄，加强主体的表现力。

10.2 静物和美食拍摄的准备

任何题材的拍摄都要通过前期的精心准备才能获得理想的效果，如果只是一味地盲目按动快门，获得的照片会平淡无奇，没有思想和灵魂。静物摄影也同样如此，要将静态的物体通过镜头表现在画面上，不但要展示出物体的独特，还要通过一定的摆放、搭配，结合摄影者的摄影经验和技巧获取最佳效果的静物照片。

10.2.1 静物的摆放与搭配

静物的拍摄不但讲究技巧和用光，摆放和搭配也是影响成功的因素之一。静物摄影要表现出主体的色彩、造型和质感，通过不同摆放方式以及陪衬体的纳入，可将这些特点进一步强化表现。在实际拍摄中，拍摄者首先要保证画面的和谐与美感，其次是根据各元素之间的色彩准确的搭配，避免“头重脚轻”的情况，搭配完成后，拍摄者可根据画面的构图以及现场光线来进行取景拍摄。

光圈:F14.0　快门速度:1/2s　ISO:100　焦距:135mm

陪衬体加强对主体的说明

左图在拍摄时拍摄者以三角形构图的方式来排列静物，让画面显得更稳定，同时利用前景的虚化来加强画面空间感。

陪衬体突出主体

右图在拍摄美食时，拍摄者将餐桌上其他物体一同纳入，主体放置画面中心加强了画面的表现，同时主体在陪衬体的映衬下显得更突出。

光圈:F10.0　快门速度:1/100s　ISO:100　焦距:32mm

10.2.2 常规的布光方式

在实际的静物拍摄中，常规的布光光源有主光、辅助光、轮廓光和背景光。在专业的静物摄影中，非常注重光线的先后顺序以及光线的光照强度。我们在摄影棚布光的时候，重点是对主光位置的把握，其次再利用辅助光来调节画面的反差，突出层次，控制画面的投影。常规布光方式可将主光放置在静物的最前方或顶部，辅助光放置在四周或者底部，灯光的投射角度可根据实际的需求进行调整，作为辅助光通常从静物的两侧进行照射，并以 45° 角方式照射。

右图是拍摄者制作的简单柔光棚，结合家庭式台灯作为灯光来源，利用白色卡纸放在灯光前面，起到柔化光线的目的，避免直接照射形成的强烈阴影。在布光时，将主光放置于顶部，再根据实际的照射情况适当调节光照的强度，两侧各放置一个辅助灯，以调节画面的反差。

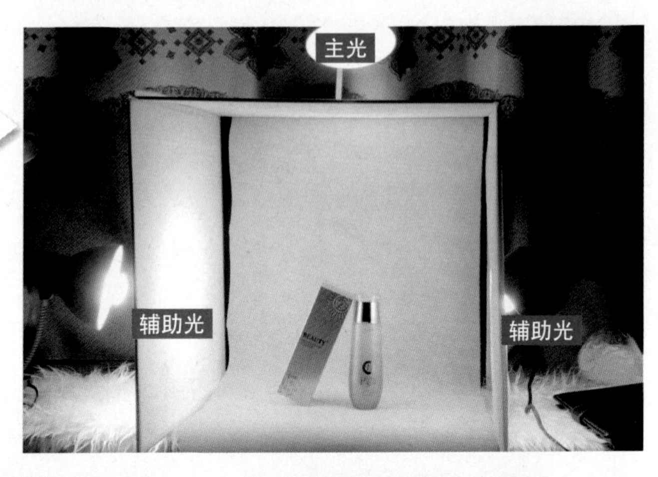

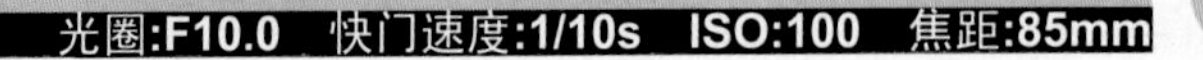
光圈:F10.0 快门速度:1/10s ISO:100 焦距:85mm

物体上高光部分将主体的质感更很好地表现出来

左图是通过常规静物拍摄的布光方式进行拍摄的。在 F10.0 和 1/10s 的慢速快门下画面获得了正常的曝光，画面中影调和谐，不同的光照强度形成了一定的光比，使主体的立体效果得以更好地表现，纯色背景也让主体的表现得更突出。

拍摄心得

在室内布光拍摄静物时，在利用常规布光方式的基础上，还可尝试增加或者减少灯光的数量以及光照强度来表现主体。

10.2.3 使用背景布拍摄美食

背景布一般情况下应用于室内的拍摄，特别在拍摄静物、美食时常用到。背景布的色彩多样，在拍摄中将背景布置于拍摄主体的后方或者下方可起到简化背景的作用，能更好地表现拍摄对象的特点，同时还能将拍摄对象从画面中凸显出来。

加入背景布使主体更鲜明

光圈:F10.0　快门速度:1/150s　ISO:100　焦距:32mm

右图在拍摄美食时利用纯色背景布来突出主体，同时在色彩选择上与主体形成鲜明的对比，让主体更突出，同时加入餐具等陪衬体加强主体的表现。

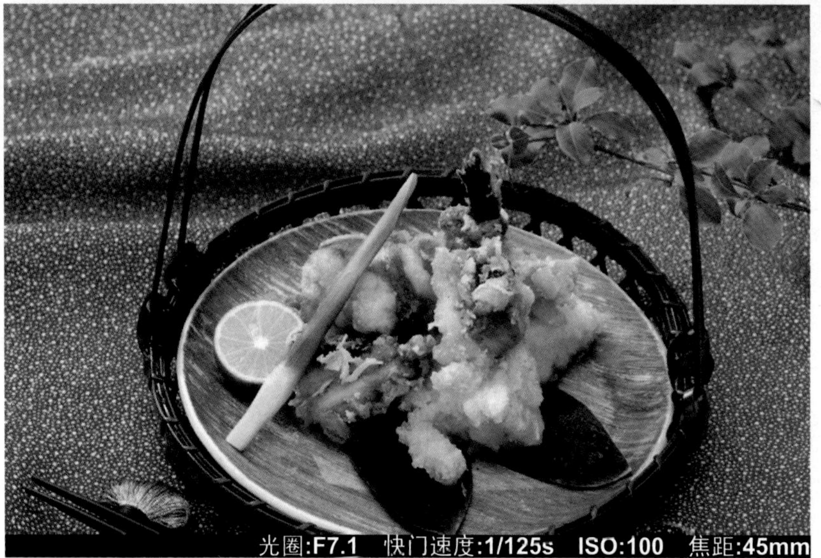

光圈:F7.1　快门速度:1/125s　ISO:100　焦距:45mm

左图在拍摄时同样利用背景布来衬托主体，不但加入陪衬体，还在色彩的选择上加强画面的对比效果，同时选择 F7.1 的光圈并结合 1/125s 的快门速度获得准确曝光，呈现暖调的画面，让食物更具表现力。

在没有背景布的情况下，可利用桌布进行代替，并根据其色彩搭配出最适合的画面，例如右图中拍摄的美食，利用桌面的桌布作为画面背景布，同样能拍摄出满意的美食照片。

10.3 拍摄静物时的测光方式与色调

测光在任何题材的摄影中都占有重要的作用，只有获得准确的测光，才能得到正常曝光的照片。数码相机为拍摄者提供了多种测光方式，以应对在不同的场合下完成拍摄，获取更多的理想画面。同时，准确的曝光才能让画面的色彩真实还原，从而根据需要的效果展示出理想的画面色调，使静物主体更突出，画面意境更清晰。

10.3.1 拍摄静物时的测光方式

不管是数码单反相机还是卡片机都提供有多种测光方式，常见的有点测光模式、中央重点测光模式、平均测光模式。不同的测光模式具有不同的特点，掌握这些测光模式的特点，并根据实际拍摄情况选择恰当的测光模式有利于更好地刻画画面。

1. 点测光

针对静物拍摄，要对主体最亮的部分测光

上图是在室内拍摄的小熊，利用自然光线拍摄，对主体亮部使用点测光模式，选择 F3.5 的光圈结合 1/125s 的快门速度，使得主体准确曝光，背景以较暗影调呈现，让主体更突出。

拍摄心得

点测光通常用于表现画面的小部分，只对某一点进行准确测光，而其他部分可利用曝光补偿的方式来表现，从而让主体更突出。美食拍摄也可采用点测光模式来表现，比如右图画面对主体测光，而其他部分以暗调呈现，明暗对比让主体更清晰。

2. 中央重点测光

画面中央部分测光

右图中拍摄的是可爱的玩具娃娃。拍摄者选择中央重点测光模式，对画面中间部分准确测光并获得正常的曝光，而背景在此曝光参数下显得曝光不足，主体更突出。

光圈:F4.2 快门速度:1/30s ISO:400 焦距:30mm

3. 平均测光

光圈:F7.1 快门速度:1/125s ISO:100 焦距:32mm

对画面整体测光

左图整体画面的光线照射比较均匀，主体色彩和背景色彩相近，且反差较小，没有明显的对比，为了获得准确的曝光，拍摄者选择平均测光模式，对画面整体进行测光，获得正常的曝光。

10.3.2 拍摄静物时的色调

大多数的商品、美食摄影都是在室内完成的。因此光源大多来自灯光，而因灯具的不同其照明强度和色温也各不相同，容易造成偏色现象。而相机厂商很好地解决了这一困难，目前数码相机都提供有色温以及白平衡的设置，弥补在拍摄中由于光线的差异造成的偏色现象。在实际的商品以及美食摄影时，要获得更真实自然的画面色彩，首先要了解现场光源的色温或者光线的性质，然后在相机上设置相应的色温或者白平衡。

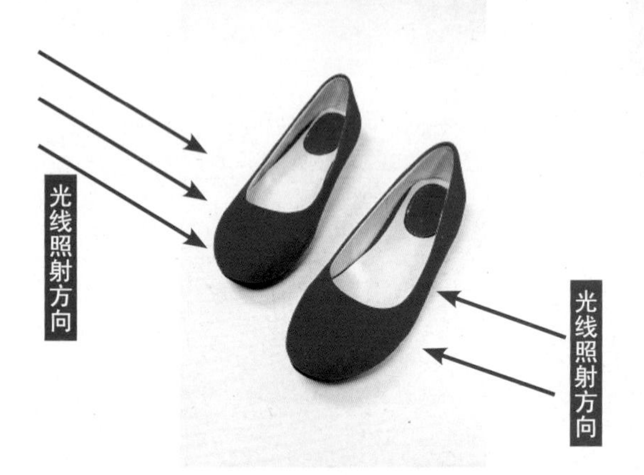

右图的鞋子是在室内灯光照射下拍摄的，拍摄时选择了恰当的曝光组合获得了准确的曝光，同时根据现场灯光效果设置了相应的白平衡模式，获得了真实色彩。

光圈:F7.1　快门速度:1/125s　ISO:100　焦距:28mm

拍摄心得

在室内拍摄时，可利用不同的色温表现不同的画面效果，同时还可在灯光前加上滤光镜来获取其他特殊效果。

光圈:F7.1　快门速度:1/100s　ISO:100　焦距:32mm

左图的美食是利用室内灯光的照射进行拍摄的，在瓷盘和背景布的映衬下，主体色彩和质感更加清晰，暖色的画面使美食更诱人。

10.4 不同商品的拍摄技巧

商品的琳琅满目为我们提供了更多的拍摄题材。不同的商品其特点不同，要通过镜头来表现出这些商品的特色就需要掌握娴熟的拍摄技巧。

10.4.1 表现静物的不同质感

质感常用来描述物体的特点，是物体的本质属性，在拍摄表面粗糙且质感强烈的物体时，要着重表现。在静物拍摄中，除了展现静物的形态造型、色彩之外，其本身的质感也要表现出来。不同的物体具有不同的质感，或粗糙，或细腻，或柔和，这都需要我们在生活中认真观察。

右图是拍摄者利用自然光线拍摄的饰品。在柔和的光线下，画面影调和谐，商品质感和色彩清晰呈现，横画幅的拍摄使得商品看起来更整齐。

光圈:F2.8 快门速度:1/250s ISO:200 焦距:200mm

光圈:F5.6 快门速度:1/8s ISO:100 焦距:32mm

左图是拍摄者在室内灯光下拍摄的商品。在侧面光线照射下，主体形成明显的阴影，加强了主体立体效果的表现。而在单一背景映衬下，主体显得更突出，质感一览无余。由于灯光色温的关系，整个画面以暖调为主，显得更温馨。

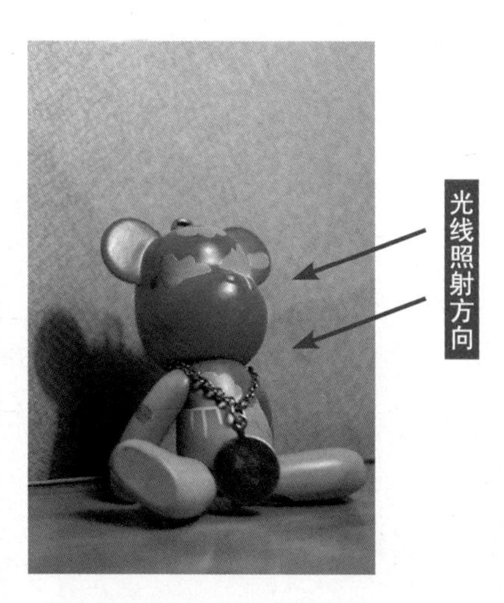

10.4.2 突出饰品的精致

对于静物摄影来讲，饰品是很多静物摄影者喜爱的拍摄对象，但是要想拍摄出饰品的精致却不是一件容易的事。首先，在用光上要选择柔和的光线，不能直接使用光源进行照射，因为饰品通常容易造成反光，从而破坏画面效果；其次背景和陪衬体的选择也相当重要，是衬托主体特点的重要因素；最后要展示出饰品的精致景深的把握是拍摄的关键，由于饰品体积较小，通常可利用小景深来突出饰品的精美。

利用隐藏的斜线加强主体的表现

光圈:F4.0　快门速度:1/125s　ISO:160　焦距:70mm

右图中拍摄的是精美的饰品，黄色的饰品在红色花瓣的映衬下显得更加夺目，同时拍摄者利用虚化背景的方式让主体更突出。

光圈:F5.0　快门速度:1/60s　ISO:200　焦距:70mm

在左图的拍摄中，拍摄者同样利用陪衬体来映衬主体，用竖画幅的取景方式，通过线条的引一导将观赏者视线集中在主体上使其形态特点得到了一一展现。

拍摄心得

在实际拍摄中，需要应用闪光灯来表现画面时，可在闪光灯前加上“消影”柔光罩来柔化光线，并能消除影子，让画面更简洁，主体更突出。如右图画面所示为在镜头上加用柔光罩。

10.4.3 服饰与鞋的搭配

静物摄影中，对于服饰的拍摄也较常见，比如网络商品，通常人们通过网络途径买卖的商品第一眼总是从图片开始接触并了解，因此，服饰成为了热门的拍摄对象。在静物摄影中，如果只是单纯的拍摄一个商品，画面会显得单调死板，而通过物体与物体之间的相互搭配所获得的效果会截然不同，比如服饰与鞋的搭配。在拍摄这类题材时首先要从两者的色彩进行选择，要让画面获得和谐的感觉；其次要突出重点对象，最简单的方式可利用虚实的对比关系来表现；最后通过灯光的照射以及恰当的构图获得最理想的照片。

右图将相同色彩的鞋子和衣服搭配组合，获得色彩和谐的画面效果。同时拍摄者在正确的布光环境下，通过虚与实的对比关系来重点表现鞋子，将其造型特点清晰地呈现在画面上，同时背景服饰的随意摆放让画面更生动，避免了呆板的现象。

光圈:F2.8 快门速度:1/200s ISO:100 焦距:32mm

10.4.4 金属制品的表现

金属类商品的拍摄是商品拍摄的难点之一，因为金属面和玻璃相似，容易反光，会把周围环境中的物体反映到商品上。金属拍摄一般都在室内进行，多采用全包围式或半包围式布光，这样才能达到理想的效果。

金属商品要拍摄出金属的质感和立体感就必须在金属面上留下合适的黑带区域和高光部分，区域的大小可根据不同的商品来选择。在实际拍摄中，要用三脚架支撑相机，同时一定要把金属面擦得干干净净，不能留下半点痕迹，这样拍摄出的效果才会完美。

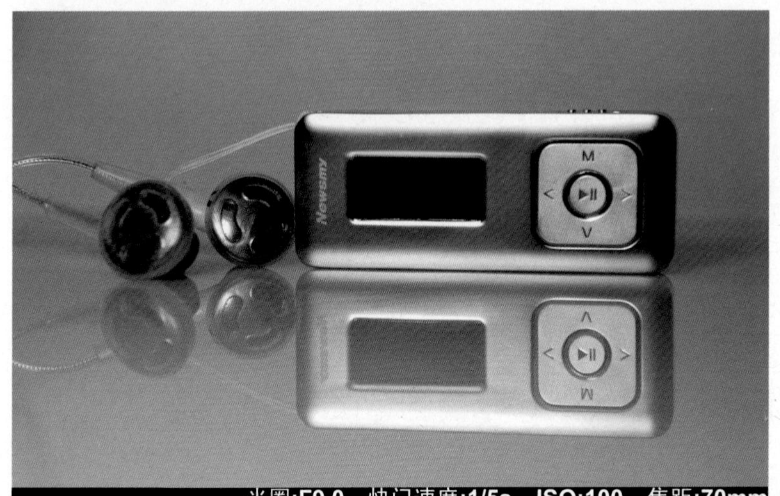

光圈:F9.0 快门速度:1/5s ISO:100 焦距:70mm

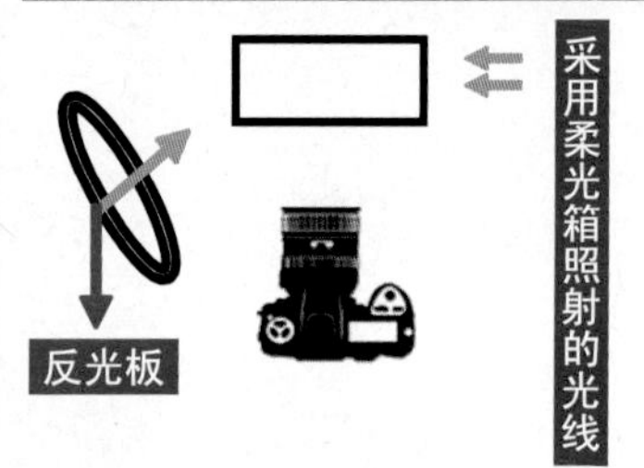

对称构图可加强主体的表现

反光板

采用柔光箱照射的光线

上图中拍摄者在摄影棚内通过柔和灯光来展现金属制品的质感，并利用准确的布光将画面主体的黑色区域和高光部分恰当地呈现出来，加强了主体表现力。

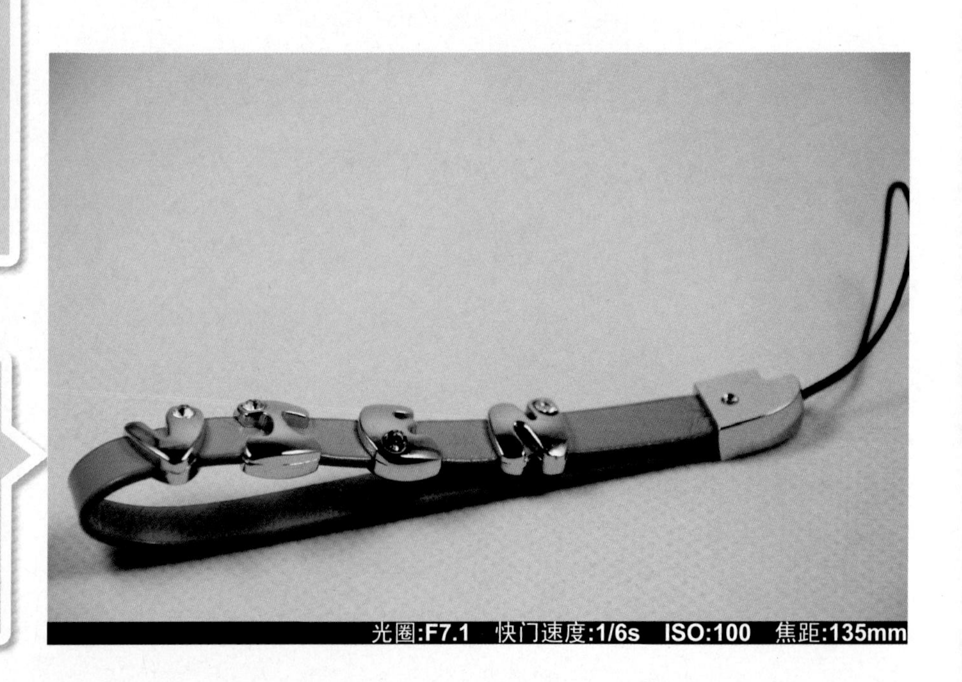

光圈:F7.1 快门速度:1/6s ISO:100 焦距:135mm

右图中拍摄的是饰品。由于饰品上的金属面容易产生反光，因此在灯光前加上硫酸纸，将光线柔化处理，使获得的画面对比反差小，主体的色彩和金属感更清晰。

拍摄心得

使用全包同式和半包围式布光方式都能达到理想效果，但最好选用半包围式，因为半包围布光方式比较容易控制黑色区域，以及高光区域到黑色区域的过度区域。

10.4.5 光洁透明的玻璃制品

在拍摄玻璃制品时首先会想到它的透明性，正是由于这一特点，在拍摄中要利用光线的照射来表现物体的通透感。利用摄影棚的灯光进行布光时大多数情况下会使用逆光勾画轮廓并通过光线展示出物体的通透性，但是在使用逆光表现玻璃制品时，为了避免物体形成剪影效果，要利用反光板对主体补光，以获得明亮的画面效果。除了采用逆光来展示之外，还可通过其他布光方式来突出玻璃制品，需要注意的是玻璃制品反光性强，因此要采用柔和的光线进行照射。

光圈:F10.0 快门速度:1/8s ISO:100 焦距:90mm

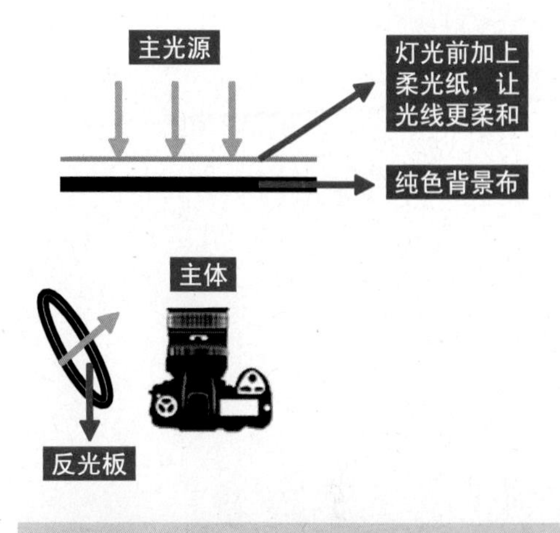

左图是在室内拍摄的玻璃类商品。利用逆光的照射表现出主体的质感以及透明的特点，同时结合反光板的反光对主体进行补光，让其在画面中更明亮。选择的纯色背景色也有利于主体的突出展现。

右图通过简单的布光方式来表现主体，并利用色彩鲜艳的陪衬体来映衬主体。高光部分将其立体效果表现得更好，在三脚架的配合使用下，降低了快门速度，获得了准确的曝光。

光圈:F14.0 快门速度:1/2s ISO:200 焦距:100mm

10.4.6 街边工艺品的拍摄

在经济飞速发展的今天，种类繁多且个性鲜明的工艺品也得到了发展，逐渐成为拍摄的对象。

拍摄工艺品时要认真研究其材质和形状，并选择恰当的构图方式。不同的制作材料和形状在拍摄时用到的手法与照明也各不相同。例如在室内拍摄时可通过侧光表现粗糙表面的工艺品，反射光表现光滑的工艺品；在户外拍摄时可结合自然光线来展示工艺品的独特，但是要尽量避免光线的直接照射。

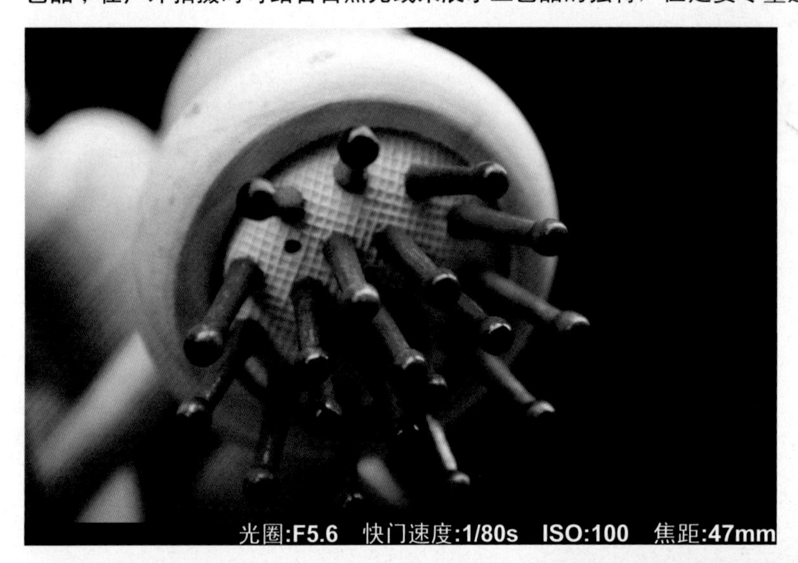

光圈:F5.6　快门速度:1/80s　ISO:100　焦距:47mm

左图中拍摄的是静物的局部细节。在拍摄时，为了加强画面的视觉效果，在选择参数组合时，适当降低了曝光补偿值，在主体准确曝光的情况下，将背景以暗调呈现，突出主体。

右图在拍摄时拍摄者选择 F5.6 的光圈，将环境虚化处理，再结合 1/50s 的快门速度获得准确曝光，让主体更好地突出表现，柔和的自然光线更将主体的材质以及色彩准确还原。

光圈:F5.6　快门速度:1/50s　ISO:100　焦距:55mm

街头小静物种类繁多，丰富了拍摄对象，让拍摄者有更多的拍摄时机。在街头拍摄工艺品时，除了对单个物体的表现之外，还可纳入多个对象来加强画面的表现力，让画面能够传达更多的信息，将工艺品的不同特点一一展现。比如下图画面中纳入了多个对象，加强了画面的表现力。

10.5 可口美食的实战拍摄技巧

美食讲究色香味俱全，我们在拍摄美食时，需要将这些特点通过画面逐一表现出来。美食的拍摄技巧有很多，首先要还原菜品的真实色彩，通过色彩来表现食物的特点；其次可利用餐具以及其他的陪衬体来映衬美食的可口；还可通过喷洒水滴展现食物的质感和鲜嫩效果。另外，通过整齐地排列或摆放，并结合光线的应用进行拍摄，也能获取理想的美食照片。

10.5.1 还原菜品正常的颜色

在室内拍摄美食时首先要确定光源是自然光、人造光，还是混合光，在确定好光线后，要通过光源的性质结合相机的白平衡和色温设置来获得准确的色彩。

光圈:F4.5 快门速度:1/60s ISO:200 焦距:32mm

左图是采用高角度俯视拍摄的菜品。将菜品整体形象全部纳入画面，菜品在光线的照射下，其色彩和质感都得到了准确表现，同时结合陪衬体的纳入，加强了主体的表现。

10.5.2 食物主体与餐具的搭配

比起拍摄单一的美食，将餐具纳入画面更能展示美食的诱人。餐具的应用可让获取的美食照片更具有现场感，让观赏者有种即将入口的想象，因此，纳入餐具不但能真实地表现出食物的美味，还能为画面添加生机，让观赏者有更多的联想空间。

右图是拍摄者利用窗户外照射的自然光线拍摄的美食，同时将筷子作为陪衬体一同纳入画面，不仅丰富了画面元素，还加强了美食的诱惑力，具有更真实的现场感。

光圈:F18.0 快门速度:1/125s ISO:200 焦距:45mm

10.5.3 喷洒水滴展现新鲜效果

拍摄水果，无论是在室内还是室外，最重要的是将水果的形态、色彩和果肉质感真实地表现在画面上，同时，为了获取更加鲜艳的效果，可通过喷洒水滴的方式展示主体晶莹的一面，并可利用色彩之间的对比，将想要表现的主体从环境中衬托出来。

右图中拍摄的是带有水珠的水果。画面中主体的新鲜和果肉的质感表现准确，竖画幅构图方式将主体放置在画面上半部分，结合背景的应用交代了拍摄的环境。同时在绿叶的映衬下主体更突出。

色彩对比强烈可增强画面视觉效果

10.5.4 突出色彩与排列

色彩可吸引观赏者目光，而画面中元素的排列也影响着主体的表现，如果色彩暗淡、排列过于凌乱都无法重点突出主体。所以，在拍摄中，首先要利用准确的曝光将画面色彩真实地呈现出来，再有序地排列画面元素，然后通过娴熟的技巧获取理想画面。

排列整齐使主体突出

左图中拍摄的是排列整齐的食物。画面中，食物颜色准确，元素的表现条理清晰，重点自然突出，画面表现力强。

10.6 疑难解答

Q 拍摄静物时，是否需要开启闪光灯？

A 闪光灯通常用于光线昏暗的拍摄环境，比如室内。使用闪光灯可让主体更加明亮，或者用于照亮某一处，让其在画面中更加醒目。在室内拍摄静物时，如果直接使用自然光线拍摄会使画面反差较大，影调不和谐，此时可通过闪光灯来减小画面反差，增强画面亮度。在使用闪光灯时通常会在闪光灯前加上柔光罩，将光线变得更柔和，避免直接的闪光破坏画面层次。

右图是使用自然光和闪光灯结合拍摄的静物画面中主体质感表现准确，层次丰富。

Q 怎样将食物拍摄得更诱人？

A 在拍摄食物时，如果拍摄的照片看起来不自然，食物就不会诱人。在室内灯光照明的情况下，要设置准确的白平衡很难，因为餐具的反射光线会破坏画面效果。为了避免这样的情况，又能更好得拍摄出美食照片，就可利用窗户照射进来的自然光线拍摄，即使直接使用自动白平衡模式也能将食物色彩准确还原。如果希望将食物更好得表现，除了还原真实色彩，还可利用画面冷暖色调来满足需求，通常暖色调的食物照片会比冷色调的食物照片更诱人。

左图是在有阳光的户外拍摄的，拍摄时将白平衡模式设定为日光白平衡，使照片色彩自然。同时画面色调偏暖，食物显得更诱人。

第11章

纪实摄影

本章知识要点

- 纪实摄影的器材和准备
- 适合纪实拍摄的拍摄模式
- 纪实摄影的技巧
- 非人物纪实摄影的创作

11.1 纪实摄影的器材和准备

纪实性是纪实摄影的基本特征之一，纪实摄影也可称做社会纪实摄影，是反映人类生存环境或者生活状态的题材摄影。对于摄影者来说，纪实摄影是一种记录真实生活的方式，而摄影器材和前期的准备是保证成功拍摄的前提。

11.1.1 纪实摄影的器材

摄影器材是摄影创作必不可少的。首先数码单反相机是必备的，如果没有更加专业的相机，家庭式卡片机也可用于记录生活的情节；其次是镜头的选择和其他附件的应用，比如滤镜、遮光罩、三脚架、相机包等。只有精心准备才能拍摄出真实的照片。

数码单反相机

双肩背包

佳能 EF-S18-200 mm f/3.5-5.6 IS镜头

1. 适合拍摄纪实照片的镜头

广角镜头拍摄的照片具有独特性，可展现近大远小的透视关系，从而使主体突出，增强画面的视觉冲击力。同时，广角镜头具有视野开阔的特点，强调主体和环境的关系，有利于收纳更多的画面信息，能够使画面信息量更加丰富，让观赏者的了解拍摄的场景。

左图在广角镜头应用下将主体和环境都纳入画面，清晰地交代了拍摄场景以及人物和环境的关系。

使用广角镜头拍摄时不要纳入太多元素，避免镜头画面主体过小或者没有主体。

除了广角镜头之外，长焦镜头也可以进行纪实性摄影的创作。长焦镜头可拍摄远距离的主体，拍摄者在不影响拍摄对象的情况下就能对其精彩的动作、表情进行抓拍，使画面效果更加生动自然。

光圈:F5.6 快门速度:1/320s ISO:200 焦距:180mm

左图是拍摄者在远距离通过长焦镜头拉近拍摄的小孩。拍摄时将人物充满整个画面，并在自然光侧面照射下获得了正常曝光，同时，人物面部特点刻画生动，让画面视觉效果更真实。

拍摄心得

使用长焦镜头抓拍时，拍摄者要把握尺度，不能违反道德，不可拍摄他人的隐私。

右图是拍摄者通过长焦镜头远距离捕捉的人物劳作场景画面。竖画幅的拍摄方式结合前景和背景的纳入使得画面空间更具透视感，在1/400s的快门速度下，抓拍人物运动瞬间更加清晰，通过环境表现人物得到了很好的展现。

光圈:F5.6 快门速度:1/400s ISO:100 焦距:120mm

2. 高速存储卡

当我们在使用相机时会发现连拍速度慢、连拍张数少、浏览照片速度慢等问题，这些其实都与存储卡有一定关系。如果存储卡的速度过慢，会影响我们的拍摄，甚至会影响到正常的使用，因此，选择恰当的高速存储卡是保证拍摄的重要因素之一。

16GB高速存储卡

11.1.2 纪实摄影的准备

拍摄纪实作品前需做好准备，以免错过精彩的瞬间。拍摄者可提前了解一些常见的纪实摄影拍摄的手法与技巧，这样更容易拍摄出满意的照片。

1. 学会盲拍

盲拍即拍摄时不看相机取景器直接拍摄，是一种常用的纪实摄影拍摄手法。在一些特殊的场合，拍摄者无法通过取景器取景，此时可采用盲拍。盲拍可避免拍摄对象被镜头打扰，从而拍摄出人物真实、鲜活的生活。不仅如此，盲拍还可制造新鲜视角，增强画面观赏性。

左图采用的是盲拍，这样可避免打扰拍摄对象，使画面中人物表情自然。拍摄前需提前设置相机，并选择适合表现人物并能兼顾环境的偏短焦距。设置好相机后根据目测移动相机构图，使画面刚好能拍到人物专注的样子。

拍摄心得

盲拍时拍摄者难以把握画面的测光、对焦等情况。所以最好在拍摄前测光并锁定曝光或使用手动模式拍摄，这样可避免在移动相机过程中测光位置发生变化导致曝光不准确，为避免画面对焦不实，拍摄者可尽量使用较小光圈拍摄，使画面景深变大。

右图在拍摄时采用盲拍，并使用短焦距靠近人物前方的菜摊拍摄，展现出蔬菜的新鲜。但由于使用的是较大光圈拍摄，画面景深浅，盲拍时难以把握画面对焦，所以画面中人物未能对焦准确。

2. 使用实时取景拍摄

在使用实时取景模式拍摄纪实照片时，不要忘记开启面部优先对焦模式，这样可以大大地提高人物动作表情的抓拍效率。

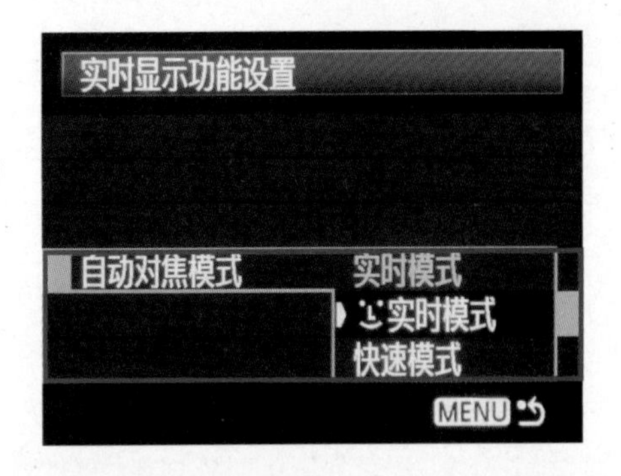

左图正是在实时取景下采用面部优先对焦模式对着路边拍摄的老妇，在不经意间便获得了不错的纪实照。

面部优先对焦框变绿之后再按下快门按钮

拍摄心得

在面部优先模式下，尽量保证对着人物的正面或正侧面进行拍摄，这样可以提升成功对焦的几率。

3. 迅速占领有利的位置

选择角度对构图很重要，纪实摄影更注重对角度的选择，这不仅关系到画面构图是否准确，更关系到画面对事件的描述是否深刻、全面，所以在拍摄前拍摄者需快速占领有利的位置。拍摄者可选择从较高位置俯拍，这样可展现事件的主体、陪衬体、氛围等，画面整体感强、叙述性强；拍摄者也可选择尽量靠近被摄体的位置拍摄，这样可深入刻画事件局部，增强画面视觉冲击力，使画面更精彩。

右图在拍摄时拍摄者选择从人群中拍摄，靠近拍摄对象，使画面现场感强，给人身临其境的感觉。

11.2 适合纪实拍摄的拍摄模式

厂商为了我们能在更多的场合方便快捷地进行拍摄，在相机上提供了多种拍摄模式，比如快门优先模式、光圈优先模式、人像模式、风景模式、运动模式等，根据不同模式的特点拍摄者可将它们用于拍摄纪实类摄影。

11.2.1 拍摄高速影像的运动模式

运动模式的特点在于关闭闪光灯、使用高速快门拍摄，关闭闪光灯可避免打扰拍摄对象，使用高速快门可拍摄突发事件、凝固经典瞬间。不仅如此，运动模式下相机自动设置曝光参数，拍摄者可省去设置参数的时间，对抓拍突出事件非常有利。

右图是使用运动模式拍摄的民俗活动。相机自动设置高速快门凝固了人物动作与天空中飞舞的纸片，使画面动感强烈，现场氛围表现较好，很好地展示了当地人们特殊的风俗习惯，短焦距使画面景深较大，避免了距离相机较远的人物被虚化。

运动模式下相机将闪光灯关闭，并且会关闭对焦辅助灯，所以在光线较暗的环境中不适合使用运动模式，这种情况下拍摄者可使用快门优先模式控制曝光与画面动静效果。

光圈:F8.0　快门速度:1/250s　ISO:100　焦距:17mm

11.2.2 适合捕捉人物的人像模式

人像模式常用于拍摄人像，在纪实摄影中，利用人像模式的特点捕捉人物可方便捕捉到真实的场景。同时，针对相机各项参数并不了解的拍摄者可直接使用人像模式，避免了手动设置参数的繁杂过程，错过拍摄时机。在拍摄表现有一定主题思想的画面时，抓住适当的拍摄时机是相当重要的，为了得到更加真实的纪实人物照片，可以使用人像模式及时捕捉画面。在实际拍摄中，要通过取景器的观察，选择恰当的构图，并结合现场光线获得最真实的效果。

光圈:F2.8　快门速度:1/60s　ISO:200　焦距:37mm

三角形稳定画面

左图中拍摄者选择人像模式，采用低角度仰视对人物进行拍摄，并将人物所处的环境一并纳入，交代了主体与环境之间的关系，具有强烈的纪实感。在取景构图时，拍摄者利用F2.8的大光圈将前景虚化处理，使得画面具有真实的空间感。

拍摄心得

拍摄纪实性照片时，拍摄的人物画面要具有真实性和可读性，因此，如果用于自己收藏，不会涉及法律问题，可采用偷拍的方式；如果要用于其他用途，就必须征求被拍者的同意，方可拍摄。

11.3 纪实摄影的技巧

纪实摄影以记录生活中的真实场景为主要表现形式，用于突出社会生活等情况。在进行纪实摄影时，往往会采用黑白色彩或单色彩来强调画面的纪实性，这是因为黑白色调和单色调更能体现出拍摄环境的真实情况，具有较强的记录意义。对于拍摄纪实性事件，还可通过将完整的故事情节以连续照片的形式记录下来。另外，以抓拍的方式捕捉到的场景更具有代表性，且画面真实、生动。

11.3.1 巧用黑白色彩

在欣赏优秀的纪实照片时会发现有相当多的照片是以黑白模式来表现的，使用黑白色彩的形式来拍摄纪实照片不管是从视觉效果上还是从画面本身的内涵上都具有独特的特点。黑白模式能排除画面上鲜艳色彩对视觉造成的干扰，让画面变得干净、纯粹，从而给画面带来一种严肃感和庄严感。黑白模式的纪实照片可在拍摄后通过后期软件的处理来实现，还可通过设置相机自身的黑白模式功能直接获得。

光圈:F7.1　快门速度:1/50s　ISO:200　焦距:17mm

上图中拍摄者利用黑白模式功能拍摄了乡村景象。获得的画面真实性更强，具有更深沉的纪实意义。拍摄时选择F7.1的光圈增大了画面景深，让排列的房屋错落有致。

使用黑白色彩表现人物时画面纪实性更强，更能展现出特有的生活氛围，突出人物，并展现人物与环境之间的关系，给人以回忆，发人以深省。表现在画面上的内容还可借助环境，准确地传达给观赏者所要表达的主体。例如，利用拍摄场地的门框等物体作为画面前景，并使之成为框架式构图的形式，将观赏者的视线集中在画面中心位置，即主体上，增强画面的表述性。

框架构图突出主体

右图是拍摄者利用黑白影调拍摄的人物纪实照片。画面中利用门框作为前景，起着框架的作用，将人物主体集中在框架内，将观赏者的视线集中在主体上的人物表情更清晰，生活场景更真实，结合环境，便具有强烈的新闻性和纪实性。

光圈:F5.6　快门速度:1/125s　ISO:400　焦距:400mm

在拍摄纪实题材的人物照片时，通常可通过人物的表情变化来突出主题，而表情要与照片反映的内容相一致。同时，在人物的安排上，要讲求方向感和线条感。

11.3.2 单色彩的应用

拍摄纪实性的照片除了采用黑白色彩来表现画面的真实性外，还可以通过单色彩的应用来突出拍摄对象，增强画面主题。由于不同的色彩表达不同的情感，因此，使用单色彩来拍摄纪实性照片能将拍摄者的情感以及要传达的情感强烈地呈现出来。使画面引起观赏者的共鸣，达到主体突出的目的。

以主体为中心，画面纵深感强

光圈:F2.8 快门速度:1/160s ISO:200 焦距:40mm

右图中拍摄者使用俯视角度，将人物眼睛正对着相机的瞬间记录了下来，真实性强，带有浓郁的感情色彩。同时，利用单色彩来处理画面让画面的情感得到了进一步升华。

下图使用了F7.1的光圈和1/200s的快门速度获得了准确的曝光，整个画面以绿色为主，简洁清新，同时纳入了远处的人物并在画面前方留有一定空白，将其运动方向展示出来，使画面更生动。

光圈:F7.1 快门速度:1/200s ISO:100 焦距:100mm

人物前方留取空白

11.3.3 事件的完整性

事件的完整性是指画面中应包含时间、地点、人物、事件等基本要素，而且对事件的起因、经过、结果等内容也要有所展示，这样拍出的画面纪实感强、画面信息丰富。在取景时应注意对环境的表现，可用环境交代事件的地点、时间，并营造氛围。另外，拍摄者也可通过成组的照片展现事件的发展。

如下图所示，拍摄者通过成组的照片展现了民俗活动的事件进程。拍摄时使用短焦距纳入了富有特色的建筑，展现了环境特点与当地风貌。

光圈:F4.0　快门速度:1/160s　ISO:200　焦距:22mm

光圈:F4.0　快门速度:1/200s　ISO:200　焦距:19mm

光圈:F4.0　快门速度:1/125s　ISO:200　焦距:32mm

光圈:F4.0　快门速度:1/200s　ISO:200　焦距:19mm

拍摄环境、背景的选择对纪实照片有着重要的意义，拍摄者应选择具有代表性的元素，例如特殊的地貌、建筑等。

11.3.4 抓拍瞬间

抓拍是纪实摄影的重要技巧。纪实摄影本身就有许多的偶然性，其中所表现的精彩瞬间都不是摄影者精心安排的，而是在生活中偶然发生的，所以这就需要拍摄者具有一定的反应能力，对手中的相机非常地了解，在有限的时间内选择最佳构图和准确曝光，做到迅速地抓拍。

光圈:F5.6 快门速度:1/200s ISO:100 焦距:50mm

左图是拍摄者选择1/200s的快门速度抓拍的人物表情。拍摄时结合F5.6的光圈获得了正确曝光，将人物的真实神情及动作捕捉在画面上，同时，拍摄者选择50mm标准镜头使画面效果与人眼看到的相同，加强了画面真实性。

右图中拍摄者选择了较低的拍摄角度，并结合1/250s的快门速度将画面中所有元素运动的瞬间都准确地捕捉到了画面上，在F11.0的光圈下曝光正常，采用的广角镜头使视野更开阔，将事件的瞬间清晰呈现，更增强了画面的现场感。

光圈:F11.0 快门速度:1/250s ISO:100 焦距:17mm

11.4 非人物纪实摄影的创作

纪实摄影不一定都要围绕人物来进行表现，即使拍摄的画面中没有人物也能同样精彩。对于非人物纪实摄影的拍摄，拍摄者需要细心地观察并发现生活中的趣味元素，通过镜头的捕捉，传递给观看者更多的信息以及某种特定的思想。所以，这样的照片灵活性较大，无论是通过大场景还是局部特写，都能很好地刻画和表现，记录和反映出社会生活的真实性。

11.4.1 不可复制的场景

在一些特定的时间和场所，会遇到难得的拍摄场景，比如独特的光影、动人的事件、绚丽的色彩、难以重现的巧合等，这些场景都是难以复制的经典瞬间。发现经典的场景需要拍摄者拥有善于观察的眼睛与细致的心思，想要捕捉到精彩的瞬间需要拍摄者随时作好拍摄的准备。

右图是拍摄者使用仰视拍摄角度拍摄的色彩多样的经幡。画面中以蓝色天空作为背景，突出表现主体，同时采用1/250s的快门速度将随风飘荡的经幡凝固在画面上，使画面更具动感。

光圈:F6.3　快门速度:1/250s　ISO:100　焦距:20mm

光圈:F4.5　快门速度:1/1600s　ISO:100　焦距:17mm

左图是在乘坐飞机时拍摄的画面，展示出了和平常不一样的天空景色，加强了画面的吸引力，纳入的机翼加强了画面的空间效果，也交代了拍摄者所处的环境。

11.4.2 生活中的动人画面

纪实摄影来源于生活，表现拍摄者对社会环境以及人物的关注，是对人性的追求。摄影者以手中的机器记录社会景象或被人有意无意间“忽视”的事实却往往能借着影像的力量成为参与改造社会的工具。

纪实摄影是以记录现实生活为主要内容的摄影方式，如实地反映我们所看到的实际情形。生活中不免会有许多感人的瞬间，此时相机就作为记录这些动人瞬间的工具，真实地将其记录下来，从而表现出社会中人与人之间的关系，具有作为社会见证者的独一无二的资格。

侧光照射方向

光圈:F5.6 快门速度:1/125s ISO:200 焦距:320mm

右图是拍摄者使用长焦镜头远距离拍摄的生活情景。长焦距可避免人物因镜头的出现而表现得不自然。画面中人物表情自然、真实，人物之间亲密、和谐的关系赋予了画面温暖感与人情味，来自侧面的光照使画面影调变化丰富，使画面细腻、柔和。

拍摄心得

动人的画面讲求真实性，因此在拍摄中可纳入一定的环境，加强画面信息量的传达。

11.4.3 记录历史的沧桑

历史的沧桑感拍摄者可以通过古老的建筑、历史的古迹来体现，斑驳的墙面、褪色的纹饰、残破的细节可突出沧桑感。拍摄者还可纳入“新”的元素与之形成对比，从而展现岁月的变迁，例如新旧建筑对比、让画面中出现代表希望与未来的儿童等手法。拍摄者可使用黑白色调或单色表现，以增加画面朴实、纪实、庄严的感觉，但是当画面明暗变化非常小时，画面会显得乏力、缺乏生气，营造出压抑、伤感的氛围，如果拍摄者不希望画面过于沉闷应加强明暗变化，此时可利用侧光、前侧光突出明暗变化，形成丰富的影调，使画面变得细腻起来。

右图的古建筑表现了历史的沧桑。拍摄时通过白平衡设置使画面偏暖，表达了怀旧情怀，使用光圈优先模式设置小光圈使近处的建筑和远处的沙丘被清晰呈现，增强了画面纪实性。另外，斑驳的墙面展现了岁月留下的痕迹，暗淡的天空削弱了色彩对比，使画面更显朴素。

光圈:F8.0　快门速度:1/500s　ISO:100　焦距:41mm

11.5 疑难解答

Q 盲拍就是随手拍摄吗?

A 盲拍不等于拿着相机随手拍摄，盲拍的画面同样需要拍摄者掌控，此时拍摄者可通过调整光圈、快门速度、感光度、焦距、拍摄角度等参数来控制画面效果。拍摄时实际的取景可由拍摄者随意地发挥，这样的摄影多了几分偶然性与趣味性。

光圈:F13.0　快门速度:1/400s　ISO:100　焦距:42mm

左图是采用盲拍完成的景物拍摄，画面中高大的植物、特殊的角度赋予了画面新鲜感。而这样的画面效果是拍摄者使用短焦距靠近植物仰拍完成的。

Q 怎样才能捕捉到人物真实的状态?

A 展现人物真实的状态可增强画面表现力。要避免人物表现不自然，拍摄者应不让拍摄对象意识到镜头的存在，此时可使用长焦距远距离拍摄，也可采用盲拍。当然，在拍摄前与拍摄对象建立信任，让拍摄对象了解自己的用意，尊重拍摄对象也同样非常重要。

右图是拍摄者使用长焦距从较远位置拍摄的农民劳作场景。长焦距虚化了背景，使人物突出，前侧光照射突出了人物面部纹理，反映了人物辛勤劳作的状态。

光圈:F5.0　快门速度:1/500s　ISO:200　焦距:170mm

第12章

生态摄影

本章知识要点

- 生态摄影的器材和准备
- 拍摄花卉和动物的测光方法
- 选择最佳的拍摄模式
- 拍摄花卉的技巧
- 拍摄动物的技巧
- 拍摄昆虫的技巧

12.1 生态摄影的器材和准备

生态摄影题材广泛，包括大自然中的动物、植物的拍摄等。想要获得表现力更强的照片，拍摄器材的准备是摄影的基础，没有器材会无从拍摄。对于摄影器材而言，首先是数码相机，如果是单反还需要选择合适的镜头，同时还需根据表现形式的不同来确定拍摄手法，比如要突出主体的细节部分，使用微距拍摄最合适。在拍摄前要做好充分的准备，除了带齐器材外，如果在户外拍摄，还要及时了解天气情况、拍摄地点等外界因素，避免外界因素影响拍摄。

12.1.1 生态摄影的器材

通常拍摄花卉需近距离取景，对于使用数码单反相机的用户来说，微距镜头是最佳的选择，微距镜头可以非常接近被摄体进行聚焦，所拍摄的画面影像大小与被摄体自身的真实大小几乎相等，并能表现微小事物的特点，如昆虫、植物的细节等。通常拍摄动物多采用长焦取景，由于动物很难听从人们的安排，无法把握它们的运动趋势，近距离很难拍摄出满意的画面，长焦镜头可将远处景物拉近，因此使用长焦镜头在远距离抓拍动物的姿态、神情会使画面效果更真实。三脚架也是拍摄中不可缺少的器材。

1. 适合拍摄生态的镜头

佳能微距镜头

微距镜头对焦距离短，能在更近的距离拍摄微小的细节，并以放大的形式呈现在画面中，不但能真实地表现出主体的特点，还能增强画面的视觉效果，获得强烈的视觉冲击力，如上图是佳能100mm微距镜头。

长焦镜头多用于拍摄距离较远的物体，在生态摄影中，常常用来拍摄动物。不管是家庭宠物、动物园里的动物还是野生动物，它们都不会时时刻刻温顺，使用长焦镜头可抓拍瞬间的精彩。右图是适马55-250mm中长焦镜头。

中长焦镜头

2. 近摄镜

近摄镜是一种类似于滤光镜的近摄附件，如同一只放大镜。在实际拍摄中，可以将近摄镜安装于镜头前，以此来改变焦距。同时近摄镜片可看作是一种简易式的微距拍摄工具。

近摄镜

3. 环形闪光灯

环形闪光灯也是摄影中的一个附件，多用于拍摄微小的物体，或是光照不理想时用来照亮物体周围，如下图所示。使用时将其安装在单反相机镜头前即可。

环形闪光灯

12.1.2 生态摄影的准备工作

外出拍摄花卉以及动物时，常常会因为盲目地拍摄而浪费时间，还得不到理想的画面，为了避免这样的情况发生，在拍摄前就需要做好一定的准备。首先要准备好拍摄器材，其次是拍摄附件，包括三脚架、背景布、小喷壶等。对于不同的拍摄场景附件起到的作用可不容忽视，比如在繁杂的环境中要表现花卉，就可以借助背景布来简化背景，使主体更突出；还可使用喷壶喷洒水珠，使花卉更加鲜艳美丽，营造画面氛围。

1. 拍摄前可以使用背景布做背景

在拍摄生态类题材照片时，借助背景布可以使画面更加简洁，避免了繁杂环境的干扰。另外，将单一色彩的背景布置于拍摄对象的后方，还可以使主体受光更加均匀。

黑色背景布

右图在拍摄花朵时利用黑色背景布避免了繁杂背景对主体的干扰，同时结合闪光灯让主体在画面中显得更突出。

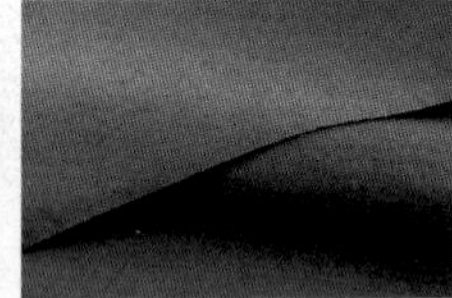

不同色彩的背景布分别应用于各种拍摄场景中

光圈:F4.0　快门速度:1/100s　ISO:400　焦距:135mm

2. 拍摄花卉前可以先洒水

雨后，花朵上总会沾满水珠，此时的花朵显得非常滋润、饱满，并表现出较好的质感，使得画面富有生机。但是并不是只有雨后才能拍摄出这样动人的花卉，如果没有雨水，拍摄者可利用小喷壶向花朵喷洒少许水珠，营造雨后场景。

右图通过人造水珠使花朵表现得饱满莹润，让花朵显得更富有生机。

类似于左图的喷壶小巧方便，可随身携带，但不要放置在摄影包中，避免水溢出损坏相机。

光圈:F6.3　快门速度:1/60s　ISO:200　焦距:100mm

12.2 拍摄花卉和动物的测光方法

通过对摄影知识和拍摄技巧的掌握，了解了测光对所拍摄画面的重要性。一张照片最基本的是需要正常的曝光，然而曝光的正确与否是由测光决定的。因此，测光对于摄影来讲相当的重要。

通常数码相机为我们提供了多种测光方式，其中常见的有点测光、中央重点测光、平均测光三种。在生态摄影中，不管是拍摄花卉还是动物，首先要根据拍摄环境的光线，以及需要表现的对象，结合拍摄者需要得到的效果来选择测光方式。一般情况下，如果只想针对画面某一个精确的小部分进行准确表现，可选择点测光的方式来拍摄；如果想表现画面的中间局部，可选择中央重点测光；而当光照均匀且画面整体测光准确时，可选择平均测光来拍摄。

光圈:F4.0　快门速度:1/100s　ISO:400　焦距:135mm

点测光拍摄花卉

利用点测光拍摄花朵使相机对测光部分准确测光，在该测光参数下画面背景显得曝光不足，以暗调呈现，让画面主体更突出，如左图所示。

下图画面拍摄的是宠物小狗。户外光线照射均匀，采用平均测光模式对整个画面测光，获得了准确的曝光。通过长焦和大光圈的结合减小了画面景深，让主体从环境中突出出来。

平均测光拍摄画面

光圈:F5.0　快门速度:1/320s　ISO:200　焦距:135mm

拍摄心得

不同的拍摄对象选择的测光方式也不同，比如拍摄单独的花朵，点测光会更好的表现主体，而拍摄大面积的花卉时，使用中央重点测光或者平均测光会使画面表现得更好。

12.3 选择最佳的拍摄模式

数码相机种类繁多，目前市场上数码相机为我们提供的拍摄模式也越来越多，使拍摄更加方便快捷。对于初学者来说，可以通过这些模式来拍摄出满意的作品，只需要根据不同的拍摄对象和场景选择相应的模式即可，比如拍摄风景时可选择风景模式。

12.3.1 定格动物奔跑的瞬间

想要捕捉使运动中动物的瞬间影像，可选择运动模式，直接对焦按下快门就可以得到满意的效果。也可以使用快门优先模式，拍摄前设置好快门速度，相机根据场景的光线自动选择光圈，以获得准确的曝光，同时还将动物奔跑的瞬间凝固在画面上。

光圈:F4.0 快门速度:1/1000s ISO:100 焦距:120mm

左图是拍摄者选择运动模式捕捉的奔跑的小狗。其奔跑的瞬间被凝固在画面上，低角度拍摄使画面具有现场感，加强了画面表现力更佳。

12.3.2 利用连拍记录下连续的动作

连拍功能是通过节约数据传输时间来捕捉拍摄时机的。可以在短时间内拍摄多张照片，因此使用连拍功能可将运动中物体的连续动作清晰地记录下来。利用这样的方式拍摄动物，会让获得的画面具有更强烈的表现力。

下面三张照片是拍摄者利用连拍模式捕捉的小狗奔跑的连续动作。拍摄的画面带有故事性，连续的动作避免了单张画面所带来的单一乏味。同时，1/640s的高速快门将小狗奔跑的每个瞬间动作都清晰地捕捉到了。

光圈:F4.5 快门速度:1/640s ISO:100 焦距:100mm

12.4 拍摄花卉的技巧

在摄影艺术中，花卉摄影与风光摄影、人像摄影一样，已成为一个单独的门类，它以花卉为主要创作题材和摄影对象。花卉摄影在技法上有许多特殊的要求，与人像、风光摄影有较多的不同之处，比如取材、背景、构图、用光等，都要适合花卉摄影的特殊要求。同时，常常会使用近距离拍摄的方法来突出更多的画面细节。

花卉拍摄的对象包括了天然生长或人工培植的盆景、植物、花朵等。

12.4.1 花蕊细节的拍摄

花蕊是花朵的一个局部细节，通常需要近距离拍摄才能将花蕊的形态特点准确地表现出来。由于花朵的种类较多，根据其自身的特点不同，花蕊的特点也具有很大的差异，比如桃花的花蕊就比较长。

在通过镜头表现花蕊细节时，如果有微距镜头是最好不过的，如果没有微距镜头也可使用长焦端将花蕊在画面中突出表现出来，同时结合小景深的应用主体也能更好的表现。如果是非单反类数码相机，则可以使用相机提供的微距模式近距离拍摄，也能获取满意的画面效果。

光圈:F8.0　快门速度:1/50s　ISO:200　焦距:300mm

上图在拍摄时为了提高画面质量，使用三脚架来稳定相机。在长焦镜头下采用局部取景方式重点突出花蕊，将其色彩、形态清晰地呈现在画面上。同时纳入的部分带有水珠的花瓣，让花朵显得更加娇艳动人。

花蕊与花瓣色彩鲜明对比让花蕊更突出

12.4.2 单色背景突出花朵

画面中背景的处理是决定花卉摄影作品好坏的重要因素之一。背景在花卉摄影构图上起着陪衬和烘托主题的作用，虽然背景在画面上并不作为主体来表现，但它在画面上占据了较大的面积，构图越简洁，背景越简单，主体的表现就越明显。因此，使用单色背景突出花朵是常见的表现手段。

使用单色背景来表现花朵可通过自然景物来表现，如纯净的天空、地面等，都可以选作背景。如果用蓝天作为背景拍摄花朵，拍摄者需通过仰视的角度进行拍摄，并根据光线选择不同的拍摄方向，以获得更好的画面效果。

左图是拍摄者利用仰视角度拍摄的花朵。拍摄时以纯净的蓝色天空作为画面背景，使整个画面显得简洁明了，将主体花朵强烈地凸显出来。同时在逆光的照射下，花瓣呈现半透明状，使花瓣的质感得到了很好的展现，稍微倾斜的构图方式避免了画面的呆板，让画面更具动态效果。

拍摄心得

若要获得单色的背景还可利用人工来布置，方法就是用有色卡纸或者黑白卡纸放置于花朵背后作为简洁的纯色背景。但背景的纯度和明度都不能过高，一般采用较深暗的色彩，如果需要得到特殊的效果也可以用浅色调，但应含有较多的灰色，否则喧宾夺主，使背景色显得太刺眼，破坏主体和画面的整体效果。

利用黑色背景布可获得不同的画面效果

12.4.3 花与叶相互衬托

拍摄鲜花时，一般会纳入绿叶，不但有着衬托鲜花的作用，还能让画面有着更真实的感觉，对于主体的表现也会显得更强烈。这是因为鲜花的色彩娇艳无比，如果只是单纯的拍摄花朵，画面会显得单调乏味，而有绿叶的纳入，不但在色彩上有着鲜明的对比，同时也会增强花朵艳丽的特点，只有两者相互衬托，画面才会更加和谐自然。

光圈:F6.3 快门速度:1/120s ISO:200 焦距:80mm

和谐的色彩让画面整体效果更清新，花朵的排列引导观赏者的视线

左图是拍摄者从较高的角度拍摄的花朵。拍摄时采用竖画幅构图，纳入了较多的绿叶元素，准确的曝光将画面色彩真实还原，在花朵、绿叶以及环境色彩的对比下使主体更突出。

右图是采用中央构图拍摄的花朵，在绿叶的映衬下，花朵色彩浓烈，其明亮艳丽的色彩成为了画面的焦点。另外正面的拍摄将花朵的造型特点准确地凸显出来。

中央构图凸显视线集中点

光圈:F5.3 快门速度:1/60s ISO:200 焦距:42mm

12.4.4 巧妙地利用前景

取景时，在镜头中位于主体前面或靠近画面前端的人或物称之为前景。前景在画面中，用以陪衬主体，或组成环境的一部分，具有烘托主体和装饰环境的作用，并有助于增强画面的空间深度感，以及平衡画面构图和美化画面的作用。在花卉摄影中，借助前景的变化，可增强画面的空间感。同时，让前景与画面内容有机地结合，可使画面具有一定的美感，这样主体的表现力也会进一步增强。

然而前景并不是一味的乱加，也有一定的应用方法。在实际拍摄中，前景的纳入也要符合人们的视觉感受，要正确的处理画面透视关系，即遵循近大远小的原则；再者前景在画面中还起到对比的作用，是提高主体表现力的重要手段；其次前景也要根据不同的拍摄对象以及拍摄环境来选择，从而做到画面的和谐自然。

光圈:F8.0　快门速度:1/100s　ISO:200　焦距:200mm

利用虚化的方式来处理前景，让主体显得更加突出，色彩更加饱满

左图是拍摄者通过竖画幅方式拍摄的花卉照片。取景时利用虚化方式纳入前景来增强画面的透视效果，该方法不但能突出主体，还能通过前景来引导观赏者的视线，将视线集中在主体上。

光圈:F8.0　快门速度:1/250s　ISO:200　焦距:300mm

右图采用相同的手法来表现主体，但横画幅的拍摄方式使画面获得了不同的效果，前景的巧妙纳入加强了画面主体的表现力，长焦镜头在三脚架的配合下使画面更清晰。

12.4.5 柔焦效果的利用

柔焦效果是利用特别的滤色镜片，或其他器材附件放置于镜头前，在拍摄时获得略微失焦的画面效果，常常被用来创造独特的画面效果。拍摄花卉时使用这样的方法能获得更加柔和的画面效果，让花朵具有与众不同的效果。

肯高55mm PRO 1D SOFTON A（W）柔光镜

柔焦效果使用前

左图画面在拍摄时根据环境光线对主体进行了准确测光，并选择F6.7的光圈，结合1/500s的快门速度获得了正常曝光，使花瓣纹理清晰可见，小景深的效果更让画面整体都简洁明了。

柔焦效果使用后

光圈:F6.7　快门速度:1/500s　ISO:400　焦距:200mm

右图中拍摄的是相同的花朵。在柔光镜的配合应用下获得的画面效果显得更加柔和，有着朦胧的梦幻美感。

拍摄心得

柔焦镜头还可以用来拍摄柔焦效果。柔焦镜头利用刻意设计的球面像差使被摄景物的焦点清晰且柔和。柔焦的效果可通过改变光圈大小及专门的调节装置而有所不同。由于柔焦镜头具有球面像差的特性，因此获得的画面色彩表现力会下降，即使收缩光圈也无法得到无效的改善。只有在逆光条件拍摄时，才能表现出较好的柔焦效果，特别在拍摄人物时表现力最佳。如右图为佳能推出的135mm柔焦镜头。

佳能135mm柔焦镜头

12.5 拍摄动物的技巧

不同的动物我们需要采取不同的拍摄方式。有的动物非常小，拍摄的时候我们可以靠近它们，并针对局部特点进行拍摄，这时可以使用微距镜头来表现；而对于那些体积比较庞大又很凶猛的动物，最好使用长焦镜头在远处拍摄，这样可以保持距离，保证人身安全。

不管是拍摄家庭宠物还是动物园里的动物，都需要通过拍摄动物的表情来突出主体的特点。要表现动物的动人表情，往往会采取抓拍的方式，因为动物防范性较高，而此时利用长焦镜头在远处抓拍是非常利于表现的。另外，在拍摄动物时，焦点的不同使画面的表现力也不同，一般情况下会通过对眼睛对焦来表达主体的内心世界，让画面以情动人。

12.5.1 抓拍动物的表情

动物如同我们人类一样，有着丰富的表情，喜怒哀乐是它们表达心情的方式，抓拍动物们生动的表情是体现动物特点的拍摄方法之一。捕捉动物的表情和神态可选择在动物园或家里进行。首先需要拍摄者对动物有一定的了解，比如拍摄家庭宠物，要通过在实际生活中的仔细观察来了解它的习性，这样才能获得更生动、真实的表情。

光圈:F4.0 快门速度:1/400s ISO:100 焦距:52mm

将周围环境纳入，交代动物所处的位置，同时结合前景和背景增强画面的纵深感

左图抓拍的是宠物的憨态表情。在拍摄中倾斜相机，将小狗呈斜角度表现，使画面显得更活泼，准确的曝光更让画面整体影调丰富且具有层次。

拍摄心得

捕捉动物生动表情时，除了等待动物做出表情拍摄外，还可在与动物玩耍的过程中进行拍摄。

12.5.2 捕捉可爱的形态

动物的性情多样，有可爱的一面也有凶猛的一面，可爱的形态能触动拍摄者以及观赏者的心灵，拉近动物和人们的距离。在实际拍摄中，要捕捉动物的可爱形态，可通过抓拍的方式拍摄运动中的动物，但需集中注意力，在恰当的时候立即按下快门，否则会错过拍摄时机；还可通过观察拍摄静态的动物，但需耐心等待，寻找拍摄时机。

光圈:F4.0 快门速度:1/640s ISO:200 焦距:155mm

侧逆光使小狗身体的轮廓线条真实呈现

左图是通过长焦镜头将远处小狗拉近抓拍完成的，在侧逆光的照射下小狗身体的轮廓线条被真实地表现在画面上，形成的影子增强了画面的真实感，也突出了小狗可爱的一面。

下图捕捉的是小狗慵懒的姿态。拍摄时使用与小狗平行的拍摄角度来表现小狗的姿态，并在前侧光的照射下准确获取了画面测光，使曝光正常。在F4.0的光圈下，将前景和背景虚化处理，使得主体突出。

平行拍摄使背景虚化突出主体

光圈:F4.0 快门速度:1/1000s ISO:200 焦距:50mm

12.5.3 借助眼睛进行对焦

俗话说“眼睛是心灵之窗”。对于动物摄影，虽然有一些技术性的规则，但是在大多数情况下，动物的眼睛才是画面中的关键点。在拍摄时，一定要对动物的眼睛进行对焦，特别是在拍摄豹、猴、猫等眼睛非常有神的动物时，对焦于眼睛会让画面增色不少。

将焦点对在眼睛上，让画面更具有吸引力

左图中拍摄的是可爱的小猫。拍摄时当主体正对相机镜头时拍摄者按下快门将焦点对在眼睛上，使画面中小猫的眼神更有震撼力，引起观赏者的注意，从而达到突出主体的目的。

下图结合前景和背景拍摄，增强了画面的纵深感，同时为了表现画面的重点，将焦点对准主体的眼睛，并选择F5.0的光圈和1/80s的快门速度获得了正常曝光，准确地捕捉了小狗的可爱模样。

眼睛作为画面的重点突出表现

12.5.4 在室内拍摄宠物狗

家庭宠物的拍摄相对于野生动物的拍摄要容易得多，好动的家庭宠物就像小孩子，我们可以通过细心地观察，发现它们最真实自然的一面。在室内拍摄宠物更能体现宠物的特点，由于人们生活水平的提高，宠物逐渐成为家庭中的一员，所以室内环境的拍摄能将这样的特点深刻的表现出来。同时，还可以借助道具来展示出宠物的个性特点。

光圈:F3.2　快门速度:1/60s　ISO:100　焦距:48mm

上图是在室内拍摄的宠物小狗。借助道具作为陪衬体，不但增加了画面元素，还增强了画面吸引力。

利用道具表现主体的同时，还可根据环境以及主体自身的色彩来表现主体，让拍摄的画面影调和谐。右图画面中清晰交代了拍摄的环境，并将主体从环境中突显出来。

色块的搭配让画面和谐

光圈:F3.2　快门速度:1/60s　ISO:100　焦距:42mm

12.5.5 拍摄动物园中的熊猫

动物园是拍摄动物的最佳地点，不但动物种类多，而且还能通过环境的表现来展示动物更多的特点，其中包括形态、性情、生活环境，以及通过独特的拍摄技巧来表现更多的画面效果。动物园中的熊猫，总是给人以憨态可掬的感觉，而熊猫本身的形象特点也是如此，但要通过手中镜头表现出来也是一件不容易的事。我们可以通过纳入环境或者纳入多个拍摄对象来加强画面的表现力，比如拍摄熊猫玩耍的画面、拍摄熊猫进食的场景等，都可获得满意的画面效果。由于熊猫毛色的独特，主要是黑白两色，所以要根据拍摄环境的光线，以及测得的曝光数值，结合曝光补偿功能的应用来获取准确的曝光。

光圈:F5.6　快门速度:1/500s　ISO:200　焦距:300mm

左图中拍摄的是动物园中的熊猫。由于拍摄距离较远，拍摄者使用长焦镜头拉近拍摄，通过特写的方式表现出了熊猫进食的可爱模样。另外对面部进行的准确测光适当增加了曝光补偿，让其毛发色彩真实还原。

光圈:F5.6　快门速度:1/400s　ISO:200　焦距:270mm

右图捕捉的是熊猫侧面的姿态。拍摄者选择1/400s的快门速度来抓拍熊猫玩耍的形态，展示出了憨态的特点，同时纳入周围元素来表现熊猫生活的环境，营造出了一幅真实的画面效果。

拍摄心得

在拍摄动物照片时要集中注意力，理清思路，熟练的控制相机，掌握拍摄技术，快速反应。其次还要靠运气，因为在动物身上时刻都会有不可预知的事情发生。另外，细心拍摄的同时还要保持警惕，避免动物伤害到自己。

12.6 拍摄昆虫的技巧

昆虫体型很小，不容易引起我们的注意，而且会借助自身的“拟态”和“保护色”来对付天敌，把自己融入到周边的环境之中，这给我们的拍摄增加了更大的挑战。常说“蝶舞花丛中”，其实很多昆虫都喜欢访花，比如各种蜂类、蝇类、花金龟、小型的天牛等。在拍摄这类昆虫时，我们可以去花丛中寻找它们的踪迹。通常昆虫在花朵上觅食的时候，警觉性就会降低，我们就更容易接近它们。在实际拍摄中应尽量选取昆虫身上的中间色调来进行测光，以获得准确的曝光。

12.6.1 利用长焦镜头拍摄昆虫

在实际拍摄中，为了获得更真实的画面效果，可利用长焦镜头来拍摄，不但可拉近远处的主体，还可利用长焦镜头的特点来强烈虚化复杂的背景，将主体更好的突出，同时结合三脚架来稳定相机，避免轻微的抖动而造成画面质量的下降。

光圈:F6.7 快门速度:1/500s ISO:400 焦距:200mm

上图画面是在200mm的长焦镜头下拍摄的，画面背景强烈虚化，让蝴蝶和红色花朵充满整个画面，同时花朵也做了虚化处理，让蝴蝶的姿态和状态都得到了很好的展现。另外，蝴蝶和花朵色彩的鲜明对比使主体更突出。

对比突出主体

12.6.2 捕捉停留在花朵上的昆虫

蝴蝶、蜻蜓等昆虫的飞行速度较快，要想捕捉到清晰度高的画面，就必须使用高速快门来拍摄。

对于初学者来说，昆虫在快速飞行的时候很难清晰地捕捉其飞行姿态，此时我们可通过一定时间的观察，留心昆虫在花丛中的飞行规律，或是选择昆虫停留在花朵的瞬间按下快门，从而捕捉到理想的画面效果。

光圈:F5.6　快门速度:1/800s　ISO:100　焦距:60mm

左图画面采用1/800s的高速快门将蝴蝶停留在花朵的瞬间清晰地捕捉下来，同时对翅膀进行准确测光，并适当增加曝光量使其色彩真实还原。

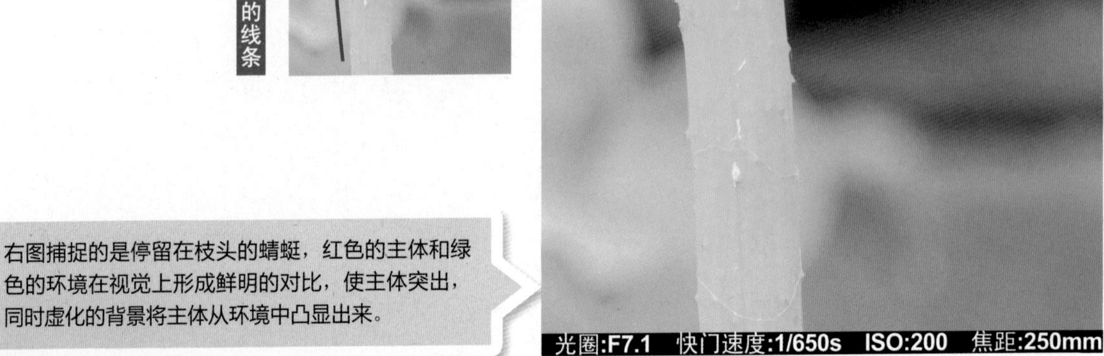

光圈:F7.1　快门速度:1/650s　ISO:200　焦距:250mm

右图捕捉的是停留在枝头的蜻蜓，红色的主体和绿色的环境在视觉上形成鲜明的对比，使主体突出，同时虚化的背景将主体从环境中凸显出来。

12.7 疑难解答

Q 拍摄动物园中的动物时，如何避免笼子进入画面？

A 在动物园，经常会看到很多的动物都被铁丝网禁锢着，而我们在拍摄的过程中，为了获得更逼真的动物画面，会想方设法地避开这些笼子，此时可以利用长焦镜头的虚化效果将这些网格做虚化处理，或者将镜头贴近铁丝网，然后利用大光圈减小画面景深来虚化网格，达到突出主体的目的。

光圈:F3.2 快门速度:1/60s ISO:200 焦距:95mm

虚化网格突出主体

左图在拍摄时拍摄者利用笼子的缝隙结合长焦镜头拍摄，有效地将主体凸显出来，避免了铁丝网进入画面影响主体。

Q 如何使拍出的花卉色彩更艳丽？

A 初学者往往会遇到在拍摄花卉时，拍摄出的画面色彩不如肉眼看到的鲜艳，这是因为相机在拍摄时通过自动测光系统获得曝光量，花卉画面虽得到了正确曝光，但花卉自身的部分细节却丢失了，因此色彩的饱和度下降了。为了解决这一难题，我们可在实际测出的曝光量上根据拍摄对象以及环境光线适当减少曝光量，以此来提高画面主体的饱和度，保留更多的花卉细节，增加花卉的质感。

光圈:F2.8 快门速度:1/200s ISO:200 焦距:20mm

上左图在拍摄中直接通过测光系统得到的曝光量进行拍摄，花卉部分细节明显丢失；而上右图通过降低0.3档的曝光量进行拍摄，获得的画面色彩更加浓郁，画面饱和度更高，花瓣质感也更好，花朵显得更加艳丽。

第6篇 后期处理

数码照片的整理与后期处理包括对拍摄的照片进行导出、浏览、筛选、修饰等操作。运用Photoshop对数码照片进行编辑，可通过简单的命令、功能将部分有瑕疵的照片进行修饰，打造完美的照片效果。本篇中的实例可帮助读者了解不同类型的数码照片的处理方法，简单、轻松地创造具有美感的数码照片。

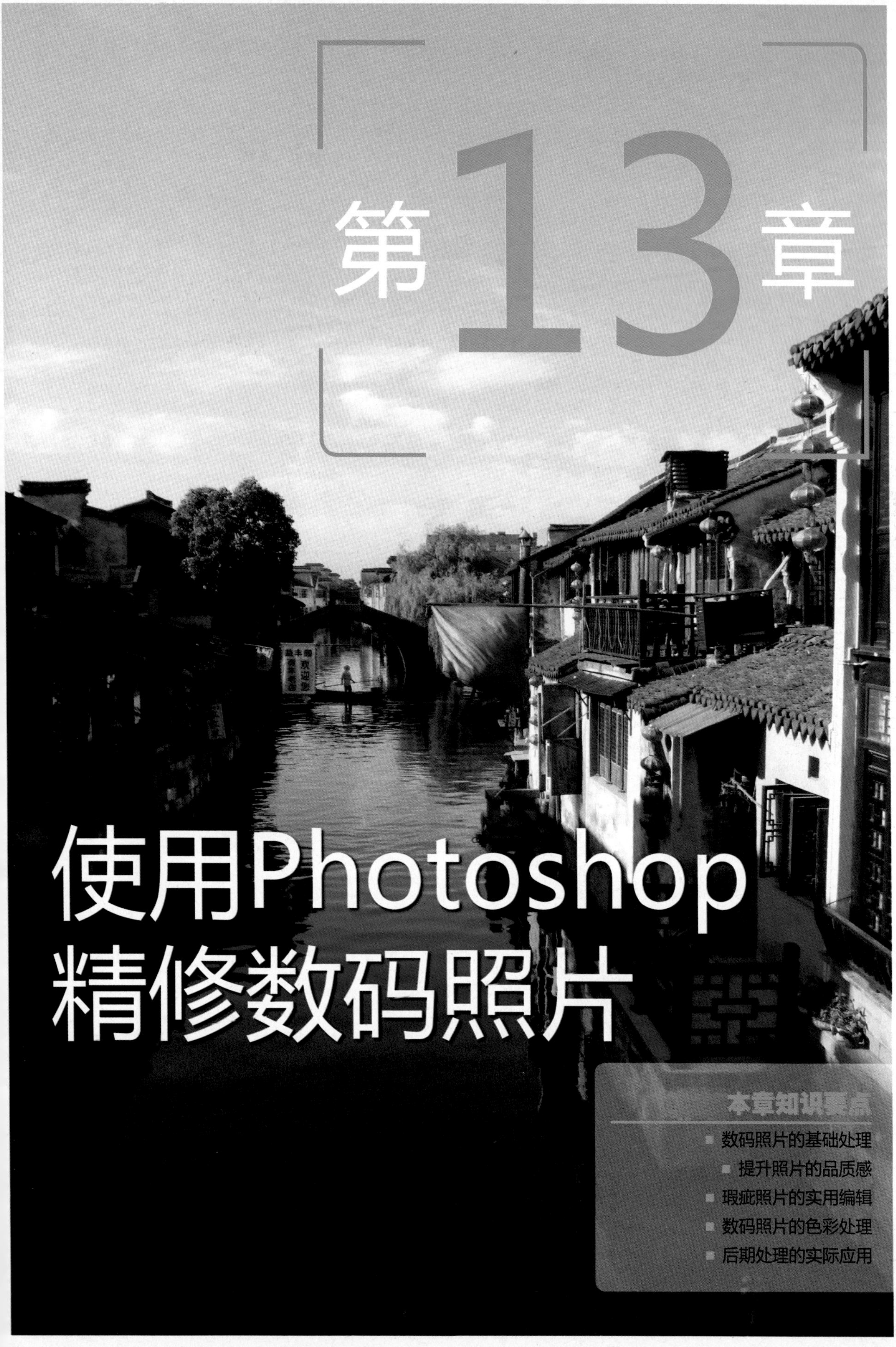

第13章

使用Photoshop精修数码照片

本章知识要点

- 数码照片的基础处理
- 提升照片的品质感
- 瑕疵照片的实用编辑
- 数码照片的色彩处理
- 后期处理的实际应用

13.1 数码照片的基础处理

在拍摄了众多的美妙照片之后，如何在电脑中对照片进行整理和查看是需要首先学习的。在Windows操作系统下，可以对照片进行复制和分类整理等，通过对照片进行筛选和批量处理，快速地整理大量的数码照片。

13.1.1 导出数码相机中的照片

从数码相机中导出数码照片时，可以根据用户所购买的数码相机使用说明进行操作。通常数码相机的配件包含一条用于数据传输的连接线，用于连接数码相机与电脑的USB接口，下面具体介绍将照片存储到电脑中的具体过程。

01 步骤 为数码相机连接上带有USB接口的数据线，与电脑的USB接口相连接，等待几秒钟之后，在弹出的对话框中选择“将图片复制到计算机上的一个文件夹，使用Microsoft扫描仪和照相机向导”选项，再单击“确定”按钮，如下图所示。

02 步骤 打开“扫描仪和照相机向导”对话框，如下图所示，直接单击“下一步”按钮即可。

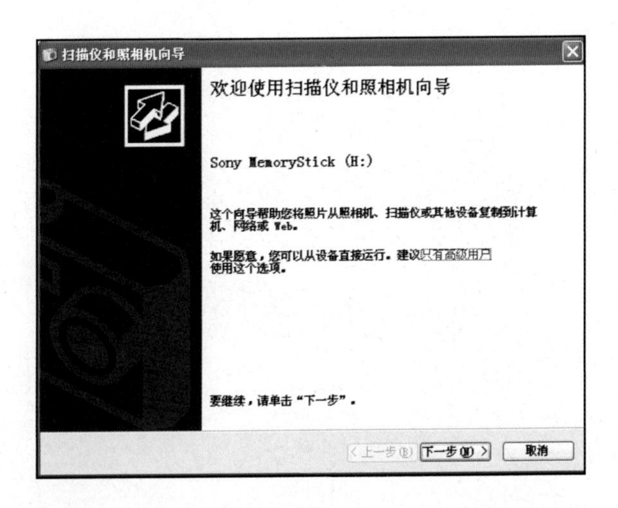

03 步骤 切换至“选择要复制的照片”界面，单击“全部清除”按钮后，再在图片选择列表框中勾选需要导入的数码照片，设置完成后单击“下一步”按钮，如下图所示。

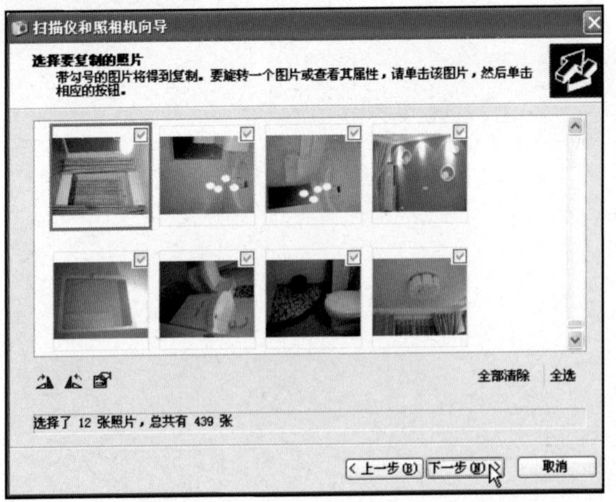

04 步骤 切换至“照片名和目标”界面，设置这组照片的名称和位置，然后单击“下一步”按钮，如下图所示。

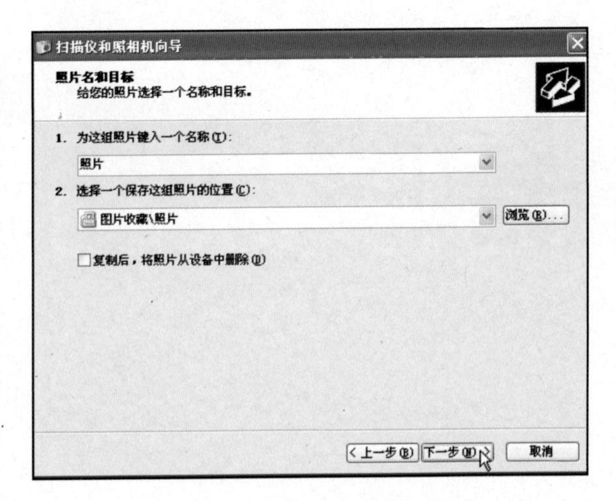

05 步骤 切换至“正在复制照片”界面，将选中的照片导入到指定的文件夹中，从中间的绿色进度条可以查看导入照片的进度，如下图所示。

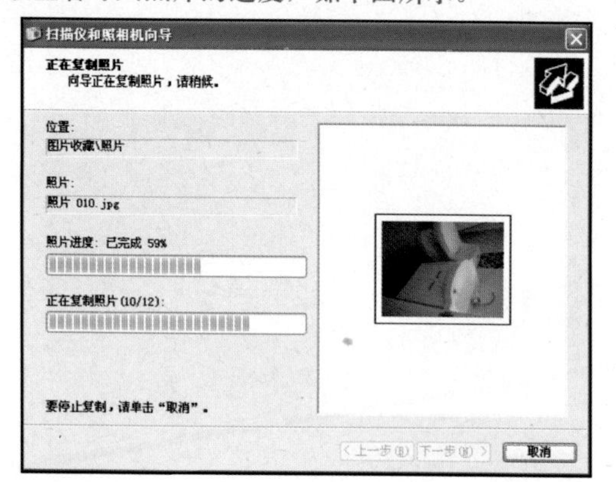

06 步骤 切换至“其他选项”界面，单击选中“什么都不做。我已处理完这些照片”单选按钮，再单击“下一步”按钮即可。

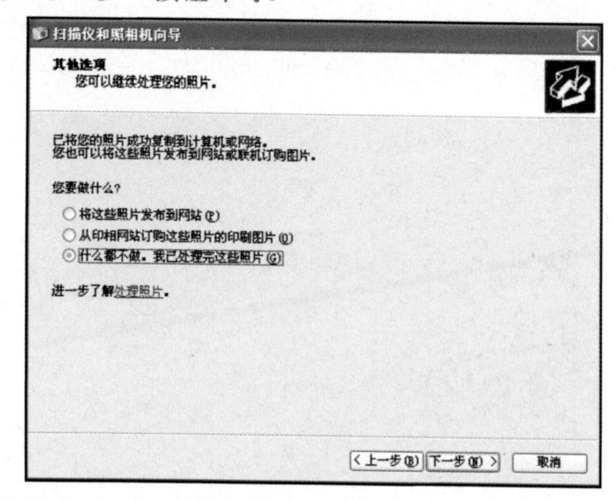

07 步骤 切换至“正在完成扫描仪和照相机向导”界面，在该界面中显示了复制的数码照片张数，如下图所示，再单击“完成”按钮。

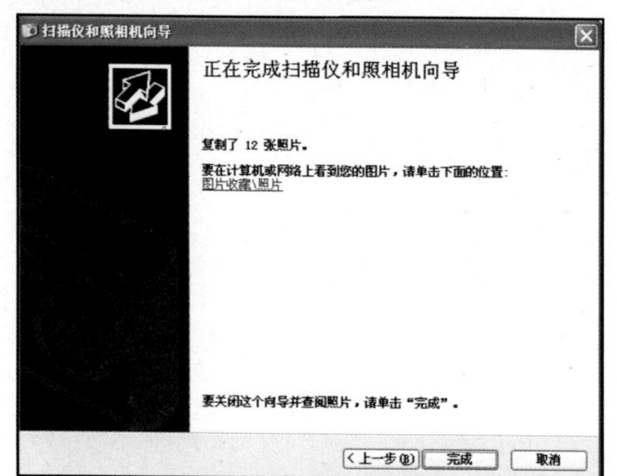

08 步骤 打开设置保存数码照片的文件夹，在文件夹中可查看导入的数码照片，如下图所示。

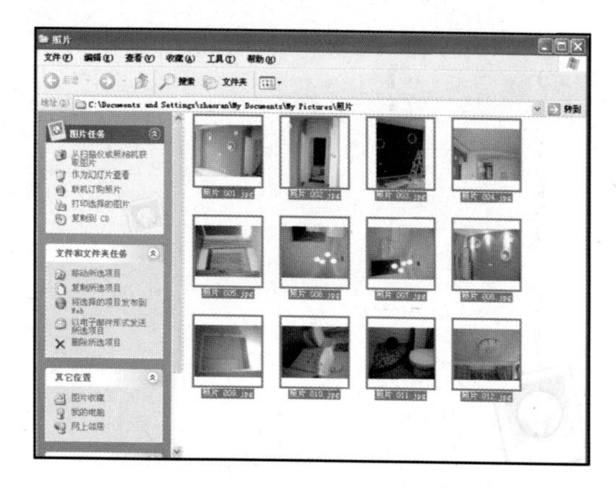

13.1.2 利用Adobe Bridge浏览照片

Adobe Bridge用于对照片的管理是非常方便和快捷的，通过该软件可以方便地查看照片细节和拍摄的相关信息，还可以将照片进行旋转以便用户浏览。启动Adobe Bridge后，在“文件夹”选项卡中选择需要浏览的照片所在的文件夹即可浏览照片。

1. 查看照片细节

在Adobe Bridge中查看照片细节比较方便，只需要将“文件属性”展开即可查看到照片的名称、大小、尺寸、颜色模式等属性。

01 步骤 Adobe Bridge应用程序可以直接从“开始”菜单中选择Adobe Bridge CS4选项进行启动，还可以在启动Photoshop CS4程序后，单击启动程序栏中的“启动Bridge”按钮启动Adobe Bridge应用程序，其界面如右图所示。

02 步骤 单击需要查看的照片将其选中，在Adobe Bridge界面右侧的“文件属性”选项中可以看到该文件的属性，如下图所示。

2. 查看照片的拍摄信息

在Adobe Bridge界面的右下角有一个选项名为“相机数据”，单击此选项将其展开即可看到照片的拍摄信息，包括“曝光模式”、“焦距”、“闪光灯”等信息。

01 步骤 在Adobe Bridge中选中需要查看的照片，如下图所示。

02 步骤 在Adobe Bridge界面右侧的“相机数据”选项中可以看到该文件的拍摄信息，如下图所示。

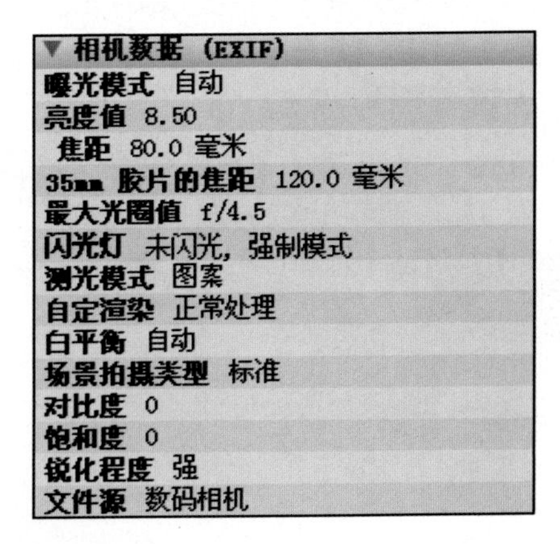

3. 旋转照片方便查看

在拍摄照片时有些照片是横向拍摄的，也有些照片是竖向拍摄的，竖向拍摄的照片在浏览时不方便查看，可在Adobe Bridge中旋转照片方向。

01 步骤 在Adobe Bridge中选中一张竖向拍摄的照片，如下图所示。

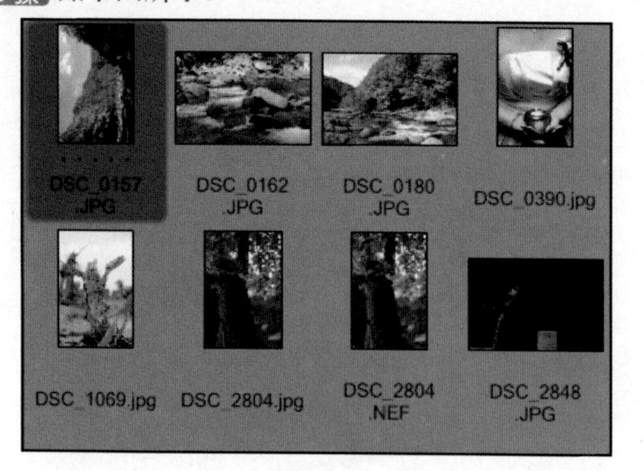

02 步骤 单击“顺时针旋转90度”按钮，旋转图像，以便于查看，如下图所示。

13.1.3 对照片进行筛选

当照片较多时，需要对照片进行分类筛选。通过为照片设置不同的关键字进行快速查找是筛选照片常用的方式之一，只需在“关键字”选项卡中创建新的关键字，并对选中的照片设置关键字，即可通过所设置的关键字对照片进行筛选分类。当然也可以运用“滤镜”选项卡提供的选项对照片进行分类查看，例如按“创建日期”对照片进行筛选或按“长宽比”对照片进行筛选等。

1. 设置关键字

设置关键字是管理照片最常用的方法之一，在Adobe Bridge中通过设置关键字可将照片分类，方便查看照片。

01 步骤 在Adobe Bridge界面左侧的“文件夹”选项卡中选中需要进行设置的照片存储文件夹，如下图所示。

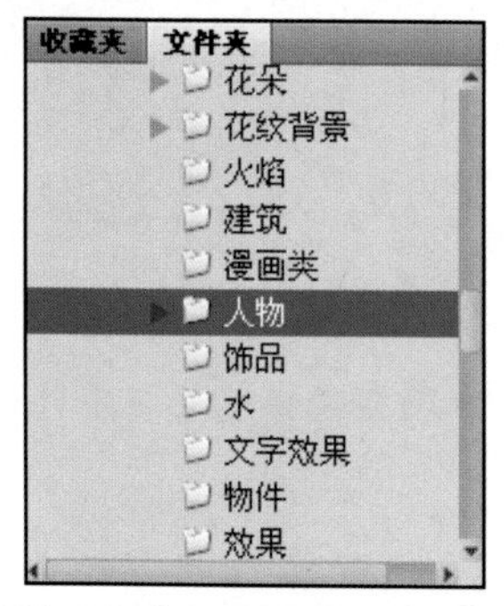

02 步骤 在Adobe Bridge界面右下方打开“关键字”选项卡，右击面板中的任意关键字名称，在弹出的快捷菜单中选择“新建关键字”菜单命令，在文本框中输入“照片”的关键字后按Enter键确认即可，如下图所示。

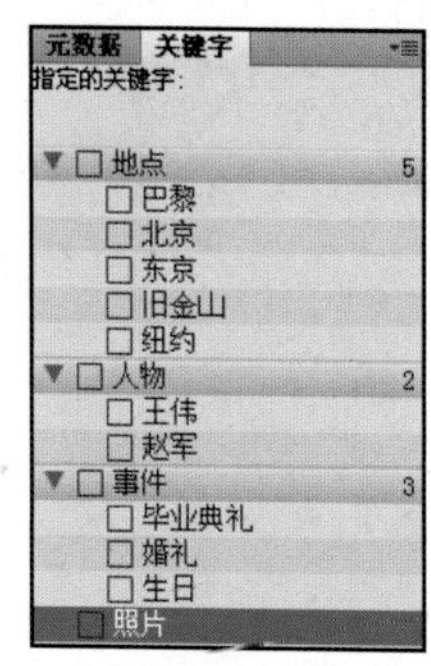

03 步骤 在创建的“照片”关键字上右击，在弹出的快捷菜单中选择“新建子关键字”命令，在文本框中输入“小孩”，为“照片”关键字创建子关键字“小孩”，如下图所示。

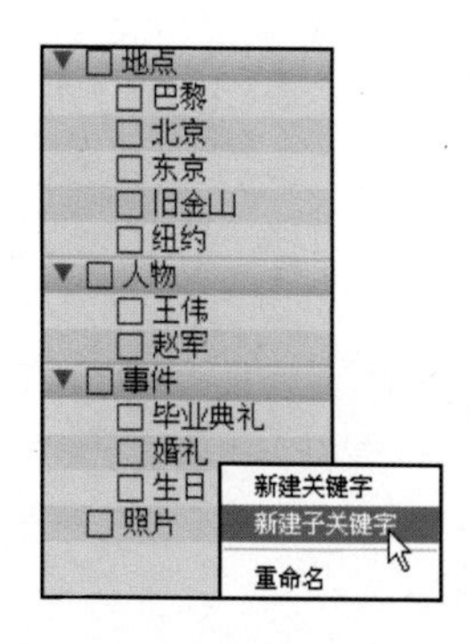

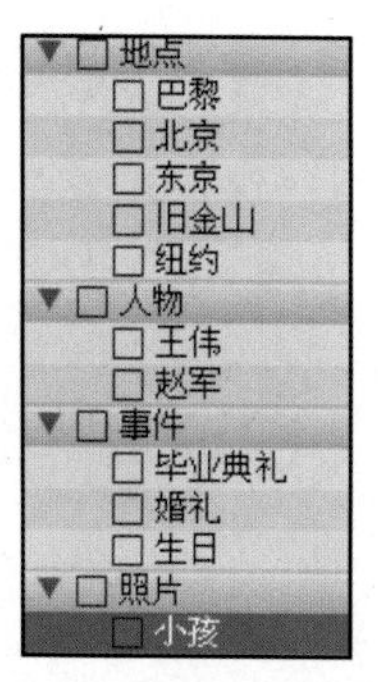

04 步骤 在“内容”选项卡中按住Ctrl键的同时单击多个照片图像缩略图，将需要设置关键字的照片文件同时选中，如下图所示。

05 步骤 保持多个图像的选中状态，在“关键字”选项卡中勾选“小孩”子关键字前的复选框，如下图所示。

地点 5
巴黎
北京
东京
旧金山
纽约
人物 2
王伟
赵军
事件 3
毕业典礼
婚礼
生日
照片 1
✓ 小孩

06 步骤 打开“滤镜”选项卡，展开其中的“关键字”选项，在选项中找到“小孩”关键字选项，选择“小孩”关键字选项使其呈勾选状态，如下图所示。

滤镜 收藏集
关键字
没有关键字
Chicca
D300
Faces
headshot
Headshots
highschool, students
Inverno
Katrina
Katrina Darling
Marina di Carrara
mobilevodoo.com
Mobilevodoo.com
mosh

Katrina Darling
Marina di Carrara
mobilevodoo.com
Mobilevodoo.com
mosh
moshstairs
Photo Booth
portrait
Portrait
Retro
Rosso
Spiaggia
Stockton
✓ 小孩

07 步骤 此时，在“内容”选项卡中显示出之前所选的几张图像，效果如下图所示。

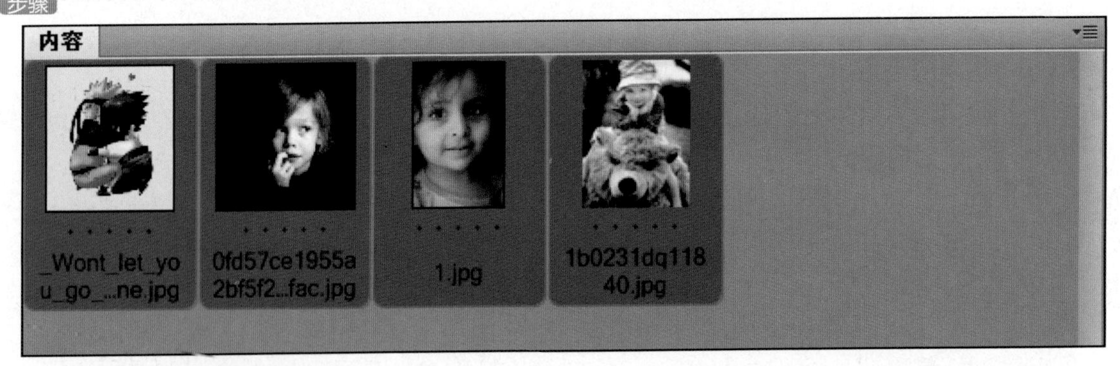

2. 实现照片的筛选

可以使用Adobe Bridge中提供的选项对照片进行筛选，包括日期、长宽比、文件类型等。通过单击选项将其选中，“内容”选项卡中的照片就会自动按照所选的筛选方式对照片进行筛选。

01 步骤 在“滤镜”选项卡的下方有很多选项，包括“创建日期”、“修改日期”、“长宽比”等，通过这些选项可以对照片进行筛选。单击选项可以将其展开，如下图所示。

滤镜 收藏集
标签
评级
文件类型
关键字
创建日期
修改日期
取向
长宽比
颜色配置文件
ISO 感光度
曝光时间
光圈值
焦距
镜头
机型
序列号
白平衡

创建日期	
2010-8-2	1
2010-6-11	1
2010-3-3	1
2010-2-3	1
2010-1-31	1
2010-1-30	1
2010-1-26	1
2010-1-23	1
2010-1-18	1
2010-1-5	1
2009-12-23	1
2009-12-22	1
2009-10-18	2
2009-10-16	1
2009-10-13	1
2009-10-10	1
2009-10-9	2

02 步骤 选择几个展开的日期选项使其呈勾选状态，如下图所示。

滤镜 收藏集	
2007-6-20	4
2007-6-17	1
✓ 2007-6-13	2
2007-6-12	1
2007-6-6	11
✓ 2007-6-5	6
2007-6-2	17
2007-6-1	10
2007-5-31	2
2007-5-30	1
2007-5-29	21
2007-5-26	32
2007-5-22	2

03 步骤 此时“内容”选项卡中显示的照片如下图所示，这些照片满足之前勾选的日期。

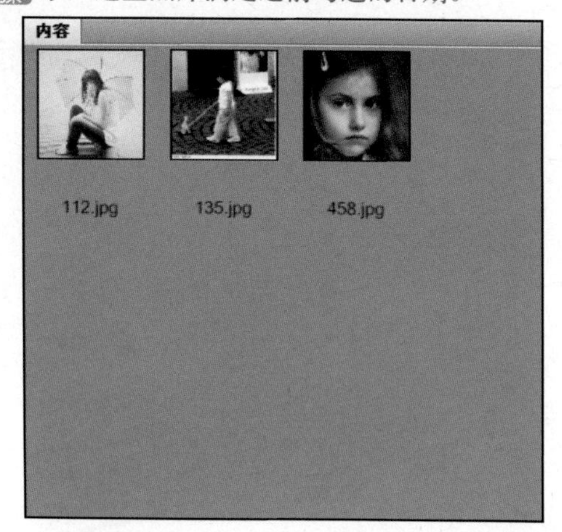

04 步骤 单击“长宽比”选项将其展开，选择1∶1选项使其呈勾选状态，如下图所示。

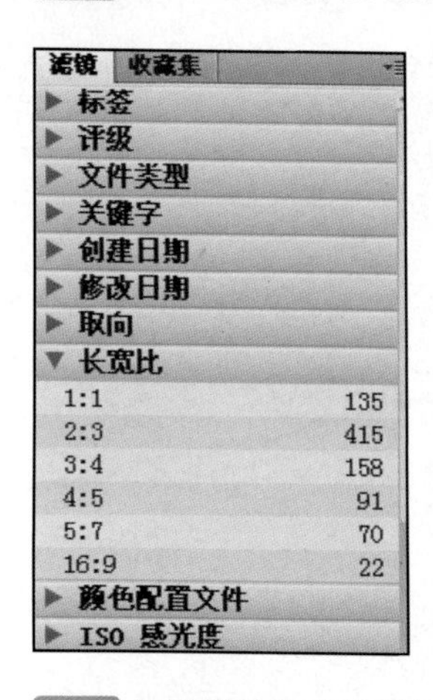

滤镜 收藏集
标签
评级
文件类型
关键字
创建日期
修改日期
取向
长宽比
✓1:1 135
2:3 415
3:4 158
4:5 91
5:7 70
16:9 22
颜色配置文件
ISO 感光度

05 步骤 此时“内容”选项卡中显示的照片长宽比均为1∶1，如下图所示。

06 步骤 用同样的方法选择长宽比为2∶3的选项，“内容”面板中显示的图像如下图所示。

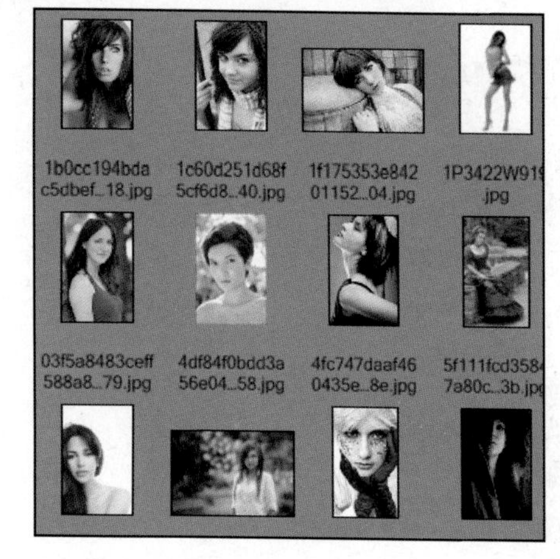

13.1.4 批量地对照片尺寸进行设置

照片较多时，若想将所有照片的尺寸都设置为固定大小，则可以用Photoshop CS4中的“图像处理器”菜单命令。使用此命令能够批量地对照片的尺寸进行统一的修改，并将修改后的照片保存到所指定的文件夹中。

01 步骤 在Photoshop中执行“文件>脚本>图像处理器”菜单命令，在“图像处理器”对话框中进行如下图所示的设置。

① 选择要处理的图像
○ 使用打开的图像(I) □ 包含所有子文件夹
◉ 选择文件夹(F)... F:\分类整理\调整尺寸
□ 打开第一个要应用设置的图像(O)
② 选择位置以存储处理的图像
○ 在相同位置存储(A) □ 保持文件夹结构
◉ 选择文件夹(C)... C:\Documents ...ator\桌面\新建文件夹
③ 文件类型
☑ 存储为 JPEG(J) ☑ 调整大小以适合(R)
品质: 8 W: 500 像素
□ 将配置文件转换为 sRGB(V) H: 500 像素

02 步骤 打开桌面上的“新建文件夹”文件夹，查看文件夹中的图像，此时照片尺寸均为之前设置的宽500像素、高500像素，如下图所示。

13.2 提升照片的品质感

对拍摄的照片难免有不满意的地方，通过Photoshop的编辑可以让照片变得完美，包括对照片进行裁剪、调整照片的鲜艳度、将模糊的照片变清晰等操作，修复因拍摄原因造成的不足之处。

13.2.1 对照片进行裁剪

若想将照片中的某些部分去掉，则可以使用Photoshop中的“裁剪工具”。运用“裁剪工具”不但可以将需要的部分保留下来，还可以对保留的图像进行透视变形，使照片的主体更加突出。

1. 去除多余的照片图像

若照片中的图像过多，造成照片主体不突出，可运用“裁剪工具”将多余部分去除。

01 步骤 打开要修改的照片，在图像窗口中查看照片原来的效果，如下图所示。

02 步骤 在工具箱中单击“裁剪工具”按钮，在照片上需要保留的位置单击并拖曳裁剪框，如下图所示。

03 步骤 在选项栏中勾选“透视”复选框，再在图像上拖曳裁剪框下方的两个句柄，如下图所示。

04 步骤 按Enter键提交当前裁剪操作，图像效果如下图所示。

2. 重新对照片进行构图

运用“裁剪工具”裁切掉部分图像可以对照片进行重新构图，制作出不一样的图像效果。

01 步骤 在Photoshop中通过“打开”菜单命令打开要修改的照片，在图像窗口中查看照片原来的效果。

02 步骤 在工具箱中单击“裁剪工具”按钮，在照片上需要保留的位置单击并拖曳裁剪框。

03 步骤 拖曳裁剪框的四个边框，调整裁剪框的大小和位置，如下图所示。

04 步骤 按Enter键提交当前的裁剪操作，裁剪后的图像效果如下图所示。

13.2.2 打造唯美的夕阳效果

夕阳西下的景观是很唯美的，但色彩鲜明的夕阳景观却不容易拍到。利用Photoshop中的“调整”面板可以将一幅普通的夕阳照片变得色彩鲜明。

01 步骤 在Photoshop中通过执行“打开”菜单命令打开文件，效果如下图所示。

02 步骤 单击“调整”面板中的“创建新的亮度/对比度调整图层”按钮，将“亮度”设置为71，“对比度”设置为24，效果如下图所示。

03 步骤 单击“调整”面板中的“创建新的色阶调整图层”按钮，调整参数，如下图所示。

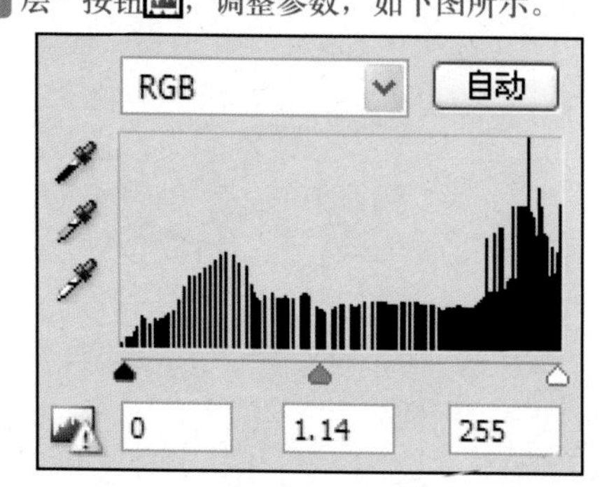

04 步骤 调整色阶后的图像效果如下图所示。

05 步骤 单击“调整”面板中的“创建新的可选颜色调整图层”按钮，在“颜色”选项中分别对黄色和青色进行设置，具体设置的参数值如右图所示。

06 步骤 继续将蓝色的颜色设置为-33、+46、-50、0，白色的颜色设置为-53、+47、+98、0，如下图所示。

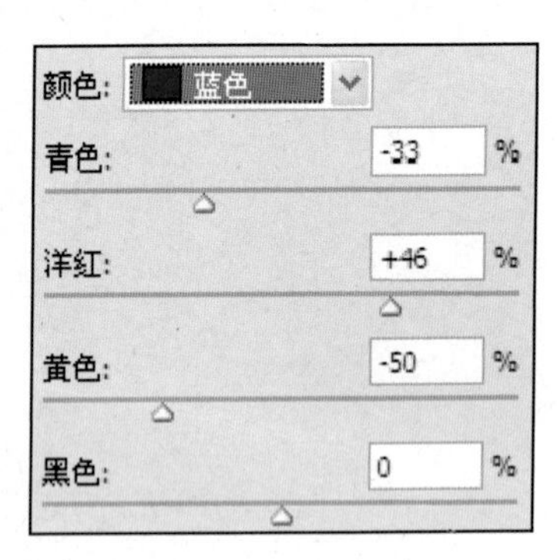

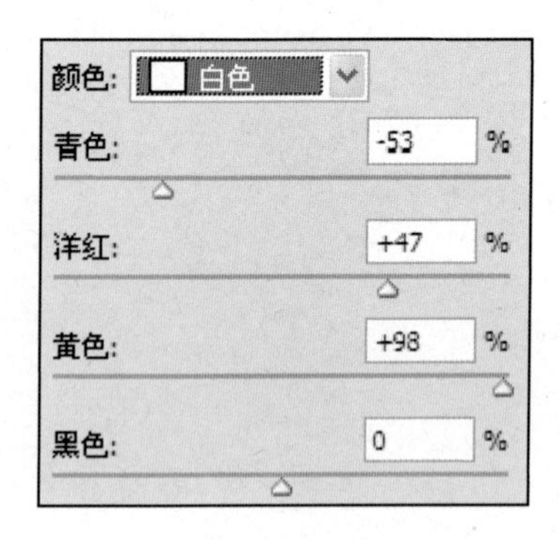

07 步骤 通过对可选颜色中的各颜色值进行调整，图像的效果如下图所示，图像中各颜色的鲜艳度得到了提升。

08 步骤 单击“调整”面板中的“创建新的色相/饱和度调整图层”按钮，将“色相”和“饱和度”的值分别设置为-3和33，调整后的图像效果如下图所示。

13.2.3 打造更清晰的照片效果

由于拍摄过程中的原因（例如调焦错误、运动拍摄等），拍摄出的照片会出现模糊现象。要修复这些模糊的照片，在Photoshop中是非常容易的，可以运用“锐化”滤镜使模糊的照片变得清晰起来。

01 步骤 打开文件，在图像窗口中查看照片原来的效果，如下图所示。

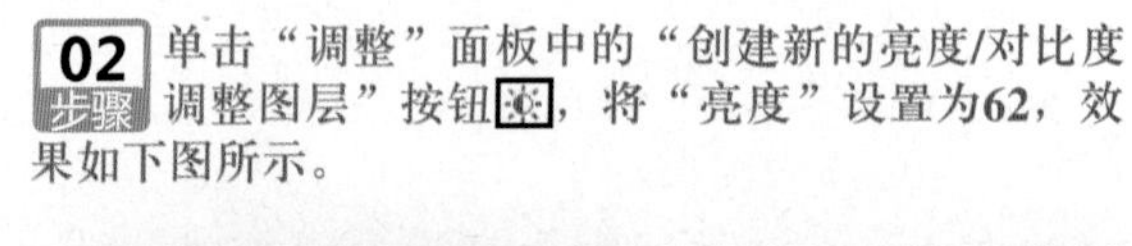

02 步骤 单击“调整”面板中的“创建新的亮度/对比度调整图层”按钮，将“亮度”设置为62，效果如下图所示。

03 步骤 单击“调整”面板中的“创建新的色相/饱和度调整图层”按钮，将“饱和度”设置为**41**，效果如下图所示。

04 步骤 执行“滤镜>锐化>USM锐化”菜单命令，打开“USM锐化”对话框，对“数量”和“半径”的值进行设置，设置后的图像效果如下图所示。

13.2.4 整体提升画面的鲜艳度

在拍摄照片时，由于光线原因可能使拍摄出来的照片看起来有点昏暗，若想提升画面的鲜艳度则可以在Photoshop中对照片的亮度和对比度进行调整，提高画面的亮度，然后再增加画面颜色的饱和度，使画面恢复亮丽色彩。

01 步骤 打开文件，在图像窗口中查看照片原来的效果，如下图所示。

02 步骤 单击“调整”面板中的“创建新的亮度/对比度调整图层”按钮，将“亮度”设置为**71**，效果如下图所示。

03 步骤 单击“调整”面板中的“创建新的可选颜色调整图层”按钮，在“颜色”选项中分别对青色、中性色和白色进行设置，如下图所示。

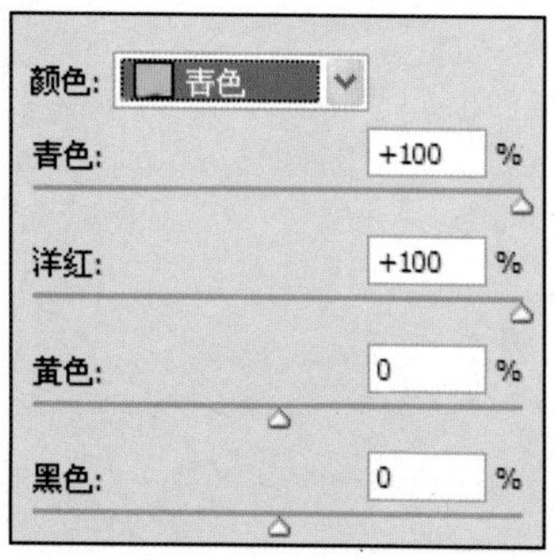

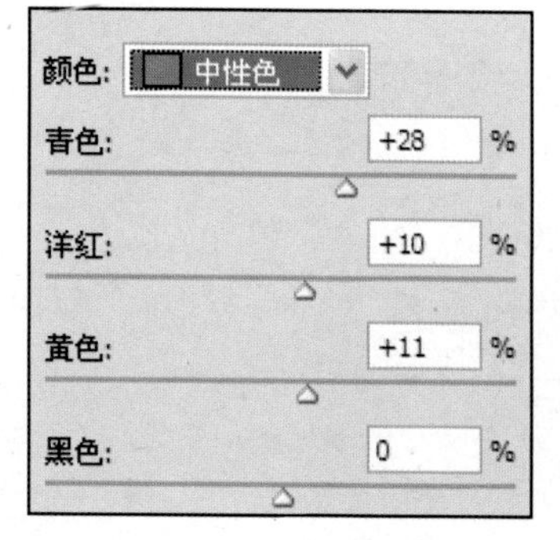

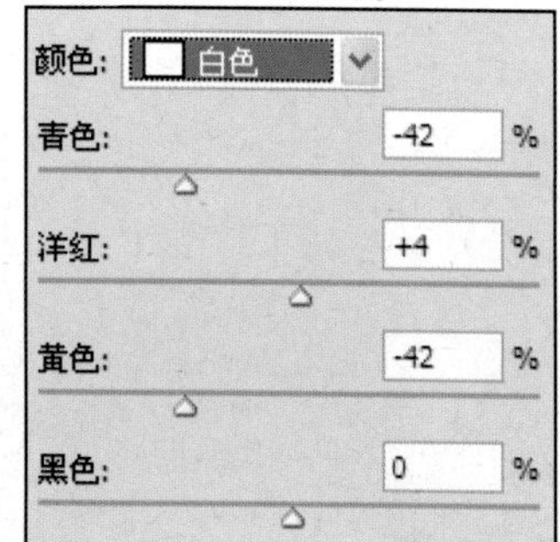

04 步骤 对图像进行可选颜色调整后的图像效果如下图所示。

05 步骤 盖印图层，再执行“选择>色彩范围”菜单命令，在打开的“色彩范围”对话框中进行如下图所示的设置。

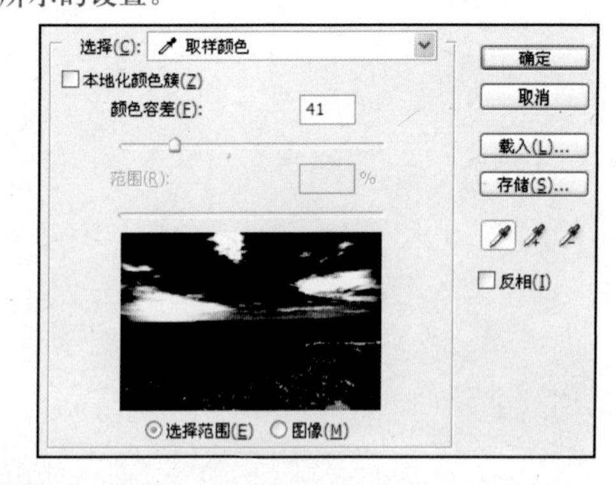

06 步骤 应用“色彩范围”命令后在图像上创建了选区，将选区内容复制到“图层2”上，如下图所示。

07 步骤 将“图层2”的混合模式设置为“滤色”，再将“填充”设置为67%，设置后的图像效果如下图所示。

13.3 瑕疵照片的实用编辑

拍摄的数码照片常会带有各种瑕疵，例如曝光不足、画面的层次感不够、有污渍和噪点等，这些问题在Photoshop中都可以得到很好地解决，在这一节中会为大家介绍处理这几种常见问题的方法。

13.3.1 修正曝光不足的照片

在Photoshop中要修复曝光不足的照片首先需要为照片增加曝光度，将亮度不够的照片提亮，然后通过色阶调整图层将照片的所有景色展现出来。

01 步骤 在Photoshop中通过执行“打开”菜单命令打开文件，在图像窗口中查看照片原来的效果，如下图所示。

02 步骤 按快捷键Ctrl+J复制图层，单击“调整”面板上的“创建新的曝光度调整图层”按钮，设置“曝光度”为1.36，如下图所示。

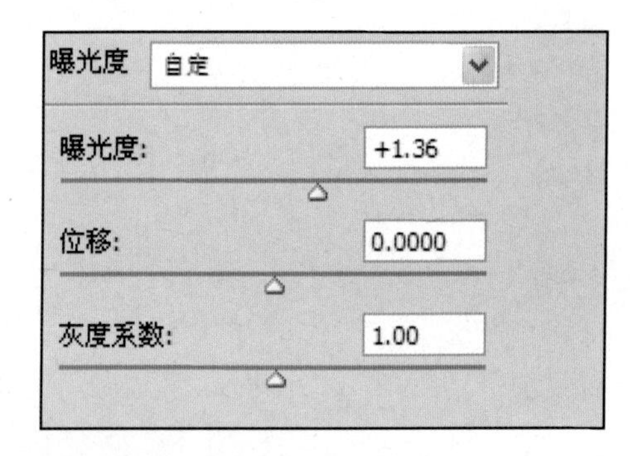

03 步骤 通过上一步追加曝光度后的图像效果如下图所示，图像的亮度得到了明显的提升。

04 步骤 在“曝光度”调整图层上创建“色阶”调整图层，对“色阶”的各项参数值进行如下图所示的设置。

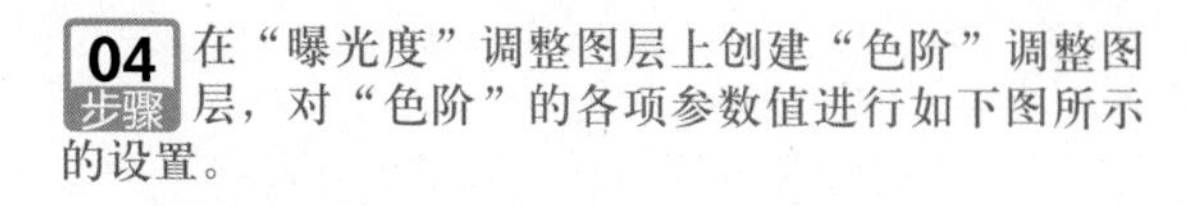

05 步骤 调整色阶后的图像效果如下图所示，图像的亮度得到了提升。

06 步骤 在“通道”面板中按住Ctrl键的同时单击“红”通道的通道缩览图，将高光部分载入选区，载入选区后的图像效果如下图所示。

07 步骤 单击“调整”面板上的“创建新的曲线调整图层”按钮，设置其参数值如下图所示。

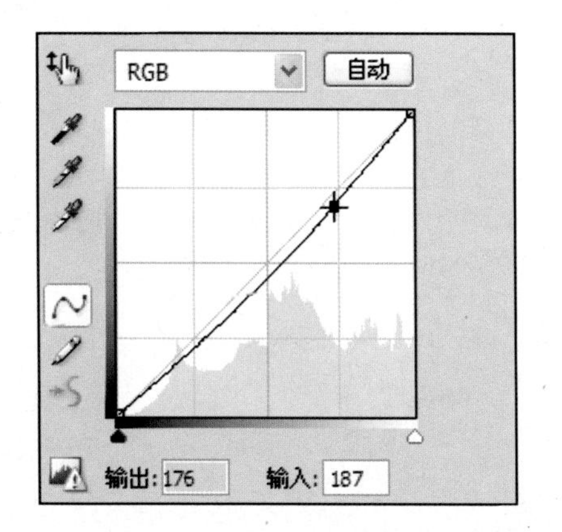

08 步骤 将高光部分的亮度减淡后的图像效果如下图所示。

13.3.2 为阴天照片提升层次感

阴天所拍摄的照片通常较为灰淡，画面略显平凡，可使用Photoshop中多项设置来提升照片的层次感。本实例主要通过调整图层混合模式、渐变映射和自然饱和度来提升照片色彩，使照片层次更分明。

01 步骤 打开文件，在图像窗口中查看照片原来的效果，如下图所示。

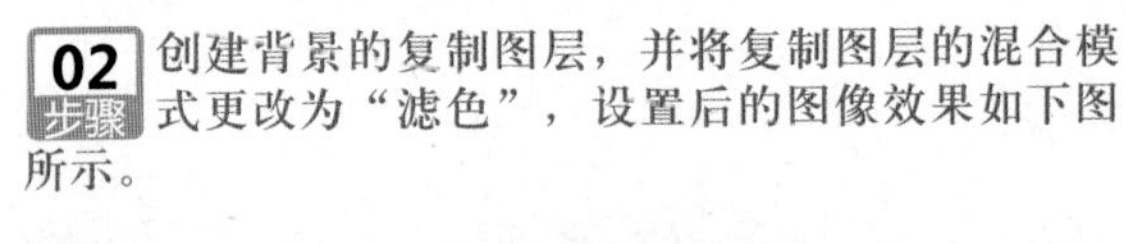

02 步骤 创建背景的复制图层，并将复制图层的混合模式更改为“滤色”，设置后的图像效果如下图所示。

03 步骤 再次复制图层为“图层1”图层，单击“添加图层蒙版”按钮，为“图层1”创建蒙版，再将蒙版填充为如下图所示的颜色，然后隐藏“背景”图层，设置后的图像效果如下图所示。

04 步骤 显示“背景”图层，按快捷键Ctrl+Shift+Alt+E盖印图层为“图层2”，图像效果如下图所示。

05 步骤 创建“图层2”的副本图层，单击“调整”面板中的“创建新的渐变映射调整图层”按钮，设置如下图所示的渐变，将“渐变映射1”图层的蒙版填充为如下图所示的颜色。

06 步骤 设置“渐变映射1”图层的混合模式为“正片叠底”，调整后的图像效果如下图所示。

07 步骤 在“渐变映射1”图层上创建“自然饱和度”调整图层，并对其参数值进行设置，调整后的图像效果如下图所示。

08 步骤 按快捷键Ctrl+Shift+Alt+E盖印图层，最终图像效果如下图所示。

13.3.3 去除画面中的污渍

运用Photoshop去除画面中的污渍很容易。对于较小的污渍只需要使用工具箱中的“污点修复画笔工具”即可将画面中的污渍去掉；若污渍较大，则可选用“修补工具”对其进行清除。通过修复后的照片不会留有任何痕迹。

01 步骤 通过执行“打开”菜单命令打开文件，在窗口中查看图像原来的效果，发现画面中有几处污渍，如下图所示。

02 步骤 在工具箱中单击“缩放工具”按钮，再在选项栏中单击“放大”按钮，将图像放大，如下图所示。

03 步骤 在工具箱中单击“污点修复画笔工具”按钮，在选项栏中设置合适的画笔大小，然后在有污渍的地方单击，如下图所示。

04 步骤 使用“污点修复画笔工具”修复画面后的效果如下图所示，图像中较小的污渍消失了。

05 步骤 在工具箱中单击“修补工具”按钮，再在画面中污渍较大的区域单击并拖曳鼠标将其选取，如下图所示。

06 步骤 拖曳选区到图像中没有污渍的部分释放鼠标，选区中有污渍的部分已被无污渍的部分替换，如下图所示。

13.3.4 去除画面中的明显噪点

数码照片中若出现了明显的噪点会使整个画面看起来特别粗糙，在Photoshop中运用“减少杂色”菜单命令，再结合“高反差保留”滤镜可以将照片中的噪点除去，使画面变得细腻。

01 步骤 在Photoshop中通过执行“打开”菜单命令打开文件，可看到效果如下图所示，照片中有许多噪点。

02 步骤 按快捷键Ctrl+J复制图层，再执行“滤镜>杂色>减少杂色”菜单命令，在对话框中进行如下图所示的设置，设置后单击“确定”按钮。

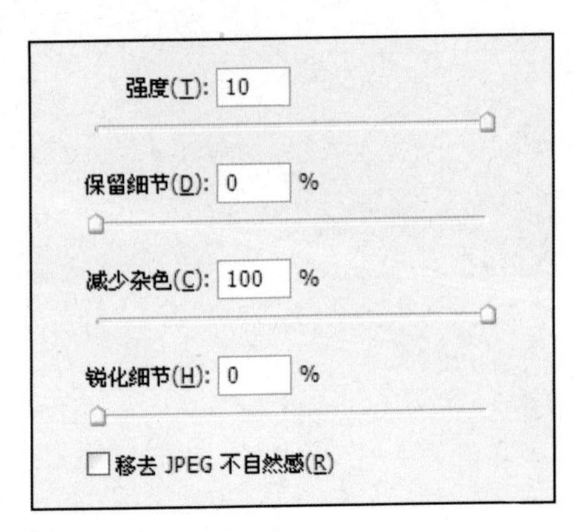

03 步骤 通过上一步的操作，应用“减少杂色”菜单命令后的图像效果如下图所示。

04 步骤 按快捷键Ctrl+F再次应用“减少杂色”菜单命令，应用后的图像效果如下图所示。

05 步骤 按快捷键Ctrl+Shift+Alt+E盖印图层为“图层2”，执行“滤镜>其他>高反差保留”菜单命令，在“高反差保留”对话框中设置“半径”为9.1像素，如下图所示。

06 步骤 在“图层”面板中设置图层的混合模式为“叠加”，改变图层混合模式后的图像效果如下图所示。

07 步骤 按两次快捷键Ctrl+J，在“图层”面板中创建两个“图层2”的副本图层，如下图所示。

08 步骤 通过上一步编辑后的图像效果如下图所示，图像明显比之前清晰了很多。

13.4 数码照片的色彩处理

色彩既是客观世界的反映，又是主观世界的感受，是数码照片中不可缺少的部分，对图像进行色彩的调整是Photoshop的核心技术之一，将图像调整成不同的颜色可以制作出风格迥异的艺术效果，也可以对图像中的局部色彩进行调整。

13.4.1 黑白照片的艺术处理

黑白照片也能做成颇具特色的艺术效果。在Photoshop中将一幅普通的彩色照片去色，然后通过添加滤镜效果再更改图层的混合模式，可以制作出水墨画效果。

01 步骤 在Photoshop中通过执行“打开”菜单命令打开效果如下图所示文件。效果如下图所示。

02 步骤 按快捷键Ctrl+J复制图层为“图层1”，并执行“图像>调整>去色”菜单命令，去色后的图像效果如下图所示。

03 步骤 执行“滤镜>模糊>高斯模糊”菜单命令，在“高斯模糊”对话框中设置“半径”为10像素。如下图所示。

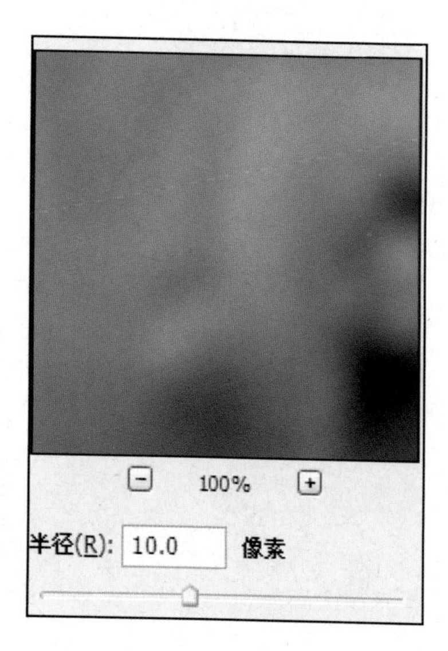

04 步骤 通过上一步设置后的图像效果如下图所示。

05 步骤 创建“图层1”的复制图层，并将图层的混合模式设置为“线性光”，设置后的图像效果如下图所示。

06 步骤 执行“窗口>字符”菜单命令，打开“字符”面板，对其设置如下图所示。

07 步骤 单击“直排文字工具”按钮，在图像合适的位置单击并添加文字，如下图所示。

08 步骤 单击“画笔工具”按钮，执行“窗口>画笔”菜单命令，对“画笔”面板进行如下图所示的设置。

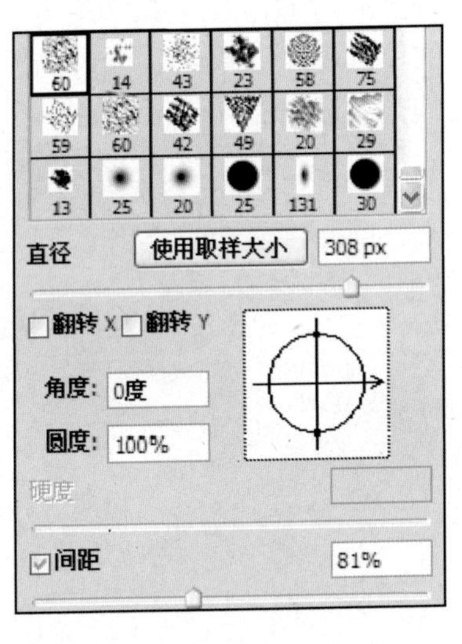

09 步骤 设置前景色为红色，创建一个新图层，在图像合适位置单击添加印章，效果如下图所示。

13.4.2 精确地用数字改变色彩

对色彩的调整除了使用“调整”面板上的调整功能进行调整外，还可以通过通道和“计算”菜单命令的配合来改变色彩，这样更能精确地改变需要调整的图像颜色，这个实例提供了另外一种调整颜色的思路。

01 步骤 打开文件，照片效果如下图所示。

02 步骤 按快捷键Ctrl+J复制“背景”图层，如下图所示。

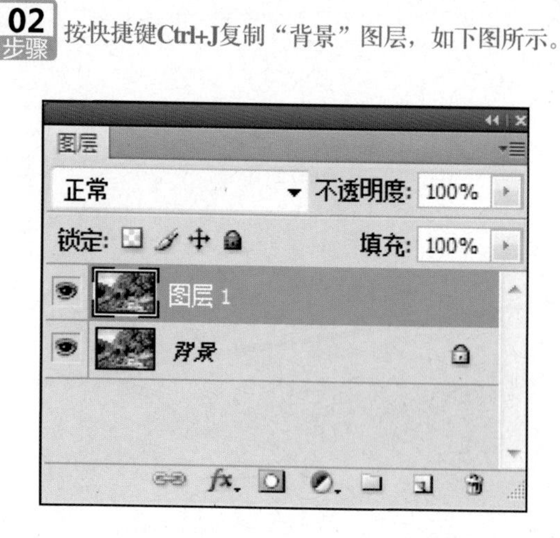

03 步骤 打开“通道”面板，执行“图像>计算”菜单命令，在“计算”对话框中进行如下图所示的设置，设置好后单击“确定”按钮。

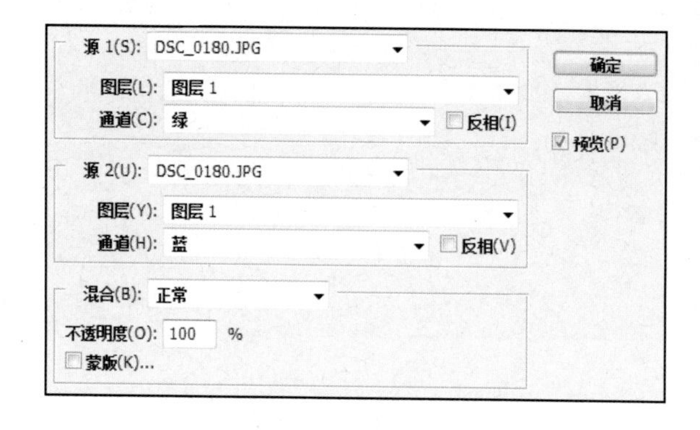

04 步骤 此时在“通道”面板中增加了一个Alpha通道，选中“绿”通道，设置前景色为黑色，按快捷键Alt+Delete将“绿”通道填充为黑色，效果如下图所示。

05 步骤 按住Ctrl键的同时单击Alpha1通道的通道缩览图，将其载入选区，如下图所示。

06 步骤 继续选中“绿”通道，将前景色设置为白色，按快捷键Alt+Delete将选区内容在“绿”通道中填充为白色，填充效果如下图所示。

07 步骤 选中“蓝”通道，按快捷键Alt+Delete将选区内容在“蓝”通道中也填充为白色，再按Ctrl+D取消选区，设置后的图像效果如下图所示。

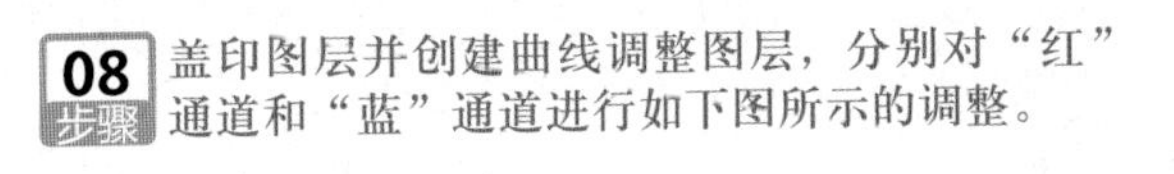

08 步骤 盖印图层并创建曲线调整图层，分别对“红”通道和“蓝”通道进行如下图所示的调整。

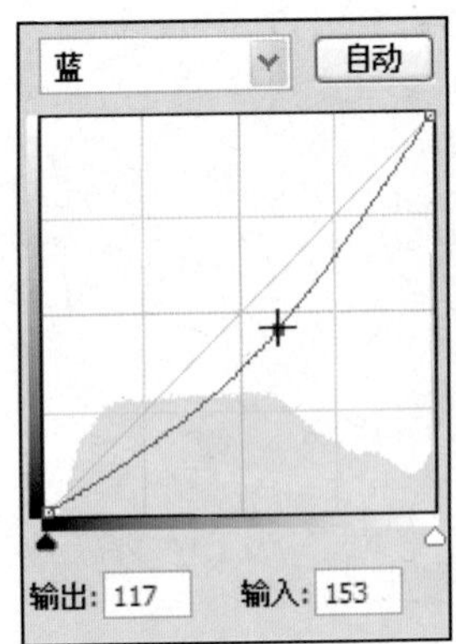

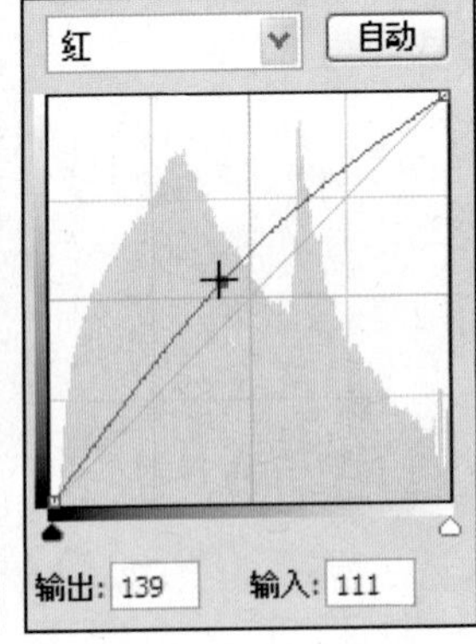

09 步骤 通过上一步对各通道曲线进行调整后的图像效果如下图所示。

10 步骤 盖印图层，在“通道”面板中按住Ctrl键的同时单击“蓝”通道的通道缩览图，将高光部分载入选区，如下图所示。

11 步骤 创建曲线调整图层，分别对“红”通道和“蓝”通道中的曲线形状进行设置，对选区内的图像色泽进行调整，如下图所示。

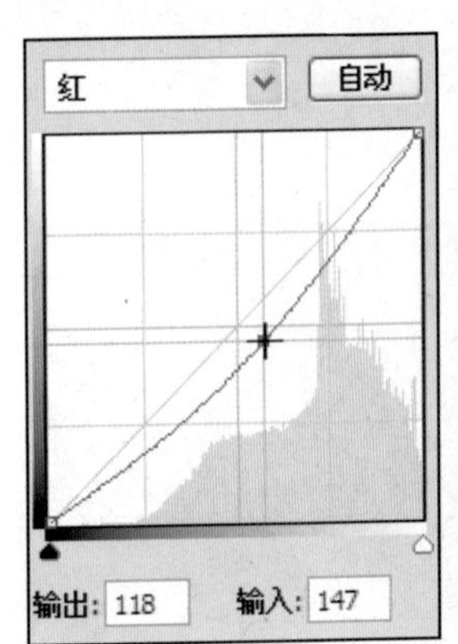

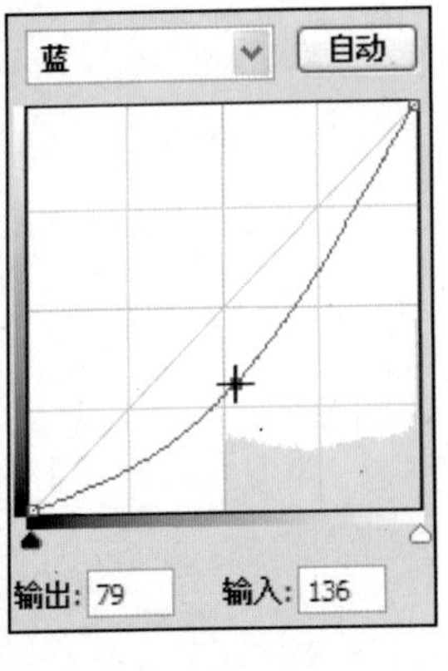

12 步骤 调整后的图像效果如下图所示，图像中石头和水的颜色恢复正常。

13.4.3 丢掉暗黄还原白皙皮肤

有些照片光线比较暗淡，造成人物的肤色不正常，这样的照片在Photoshop中可以通过更改图层的混合模式来提升画面亮度，再调整色相和饱和度对人物的肤色部分进行修正，使暗淡的照片变得亮丽。

01 步骤 打开文件，在图像窗口中查看照片原来的效果。如下图所示。

02 步骤 按两次快捷键Ctrl+J将背景图层复制两次，再将两个副本图层的混合模式更改为“滤色”。如下图所示。

03 步骤 查看调整图层混合模式的图像效果，如下图所示。

04 步骤 按快捷键Ctrl+Alt+Shift+E盖印可见图层在新图层“图层1”上，如下图所示。

05 步骤 单击“污点修复画笔工具”按钮，设置合适的画笔大小并单击人物脸上的斑点，如下图所示。

06 步骤 按快捷键Ctrl+J复制当前图层，再将复制图层的混合模式更改为“滤色”，如下图所示。

07 步骤 执行第6步操作后的图像效果如下图所示，图像的亮度得到了进一步的提升，图像变得更亮。

08 步骤 单击“调整”面板中的“创建新的色相/饱和度调整图层”按钮，设置“饱和度”的值为-36，效果如下图所示。

13.4.4 制作偏色的艺术效果

照片偏色的艺术效果曾经得到了很多人的喜爱，这种艺术效果在Photoshop中制作起来相当容易。先将彩色照片调整成黑白照片，然后再通过调整色相和饱和度为图像着色，最后再为图像添加模糊的效果即可制作出一张偏色的梦幻艺术效果照片。

01 步骤 通过Photoshop中的“打开”菜单命令打开文件，照片效果如下图所示。

02 步骤 单击“调整”面板上的“创建新的通道混合器调整图层”按钮，进行如下图所示的设置。

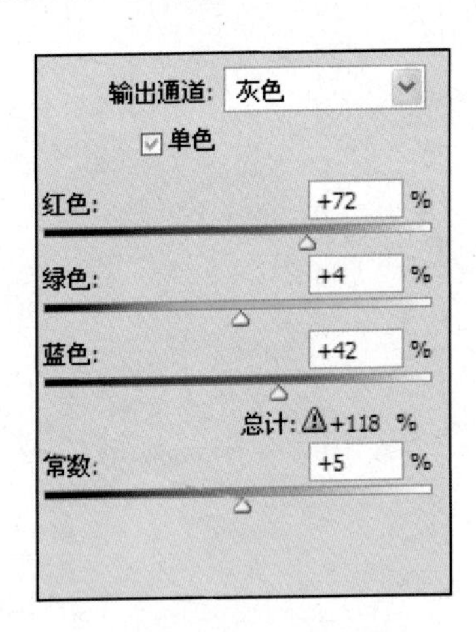

03 步骤 通过上一步调整通道混合器后的图像效果如下图所示。

04 步骤 单击“调整”面板中的“创建新的色相/饱和度调整图层”按钮，对其参数进行设置，如下图所示。

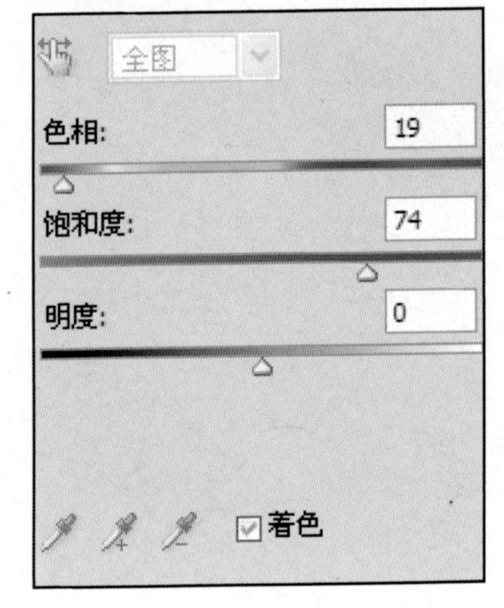

05 步骤 通过上一步对色相和饱和度进行调整后的图像效果如下图所示。

06 步骤 继续创建“亮度/对比度”调整图层，调整后的图像效果如下图所示。

07 步骤 按快捷键Ctrl+Alt+Shift+E盖印图层，生成“图层3”图层，复制“背景”图层，将“背景副本”图层拖曳到最顶层，如下图所示。

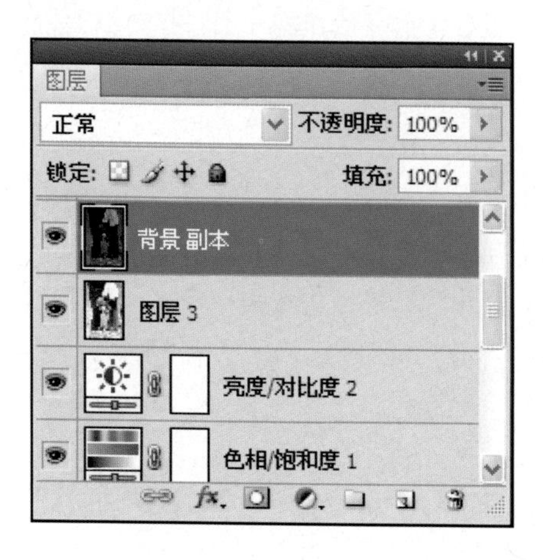

08 步骤 单击“添加图层蒙版”按钮，为“背景副本”图层创建蒙版，运用画笔工具将人物涂抹出来，蒙版效果如下图所示。

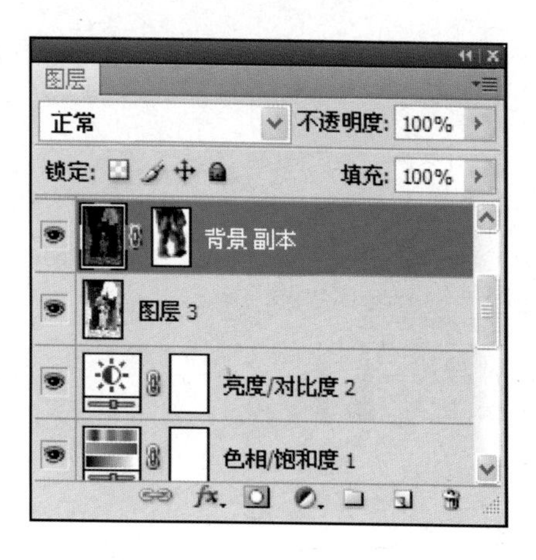

09 步骤 在“图层”面板上将“填充”设置为61%，再将图层混合模式设置为“滤色”，照片效果如下图所示。

10 步骤 盖印图层生成“图层4”图层，再复制“图层4”，然后对副本图层执行“滤镜>模糊>高斯模糊”菜单命令，设置“半径”为30.0像素，如下图所示。

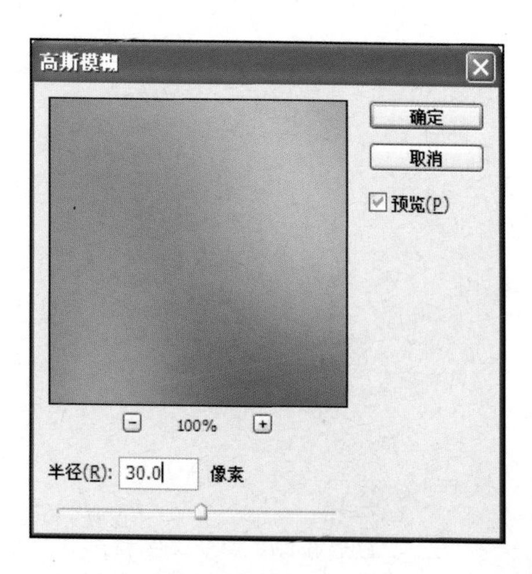

11 步骤 通过上一步执行“高斯模糊”菜单命令为图像添加模糊效果后的图像如下图所示，图像变得模糊。

12 步骤 将复制图层的图层混合模式设置为“滤色”，更改图层混合模式后的图像效果如下图所示。

13.5 后期处理的实际应用

Photoshop对照片强大的处理功能在照片的后期处理中起着非常重要的作用，包括拼合全景式照片、制作特殊效果、添加边框等，通过对Photoshop中各种知识点的灵活应用，可对数码照片后期进行各种处理，制作出需要的艺术效果。

13.5.1 合成全景式照片

在拍摄照片时，若想得到面积比较大的整张风景照片，而用相机无法整体一次拍摄下来的话，可以拍摄多张照片，然后用Photoshop的photomerge功能，即可将多张照片完美地拼合在一起。

01 步骤 将需要合并的图像在Photoshop中打开，如右图所示。

02 步骤 执行“文件>自动>Photomerge”菜单命令，在打开的Photomerge对话框中单击“添加打开的文件”按钮，再单击“确定”按钮，如右图所示。

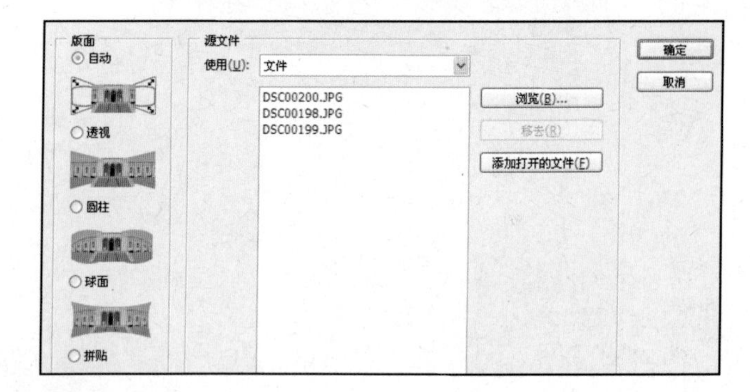

03 步骤 将图像合并的图像效果如下图所示，图像拼合在一起但有些不整齐。

04 步骤 单击工具箱中的“裁剪工具”按钮，在图像上拖曳出裁剪框，并对裁剪框进行调整，调整后的效果如下图所示。

05 步骤 通过上一步的操作将裁剪框调整好后，按Enter键提交当前裁剪的操作，裁剪后的图像效果如下图所示。

06 步骤 按快捷键Ctrl+Shift+Alt+E盖印图层，并为图像添加“亮度/对比度”调整图层，设置“亮度”为81，设置后的图像效果如下图所示。

13.5.2 制作惊艳的HDR照片图像

在Photoshop中可以将一张普通的照片制作成HDR高动态范围图像照片，使各部分的细节更加突出。首先通过“高反差保留”滤镜对图像进行清晰化设置，再使用“曲线”和“黑白”调整图层调整天空的图像，然后调整色阶设置画面的明暗对比，再结合蒙版的运用就可以完成HDR照片的合成。

01 步骤 通过Photoshop中的“打开”菜单命令打开文件，图像效果如下图所示。

02 步骤 按快捷键Ctrl+J复制“背景”图层为“图层1”，执行“滤镜>其他>高反差保留”菜单命令，对其半径进行设置，单击“确定”按钮应用滤镜效果，如下图所示。

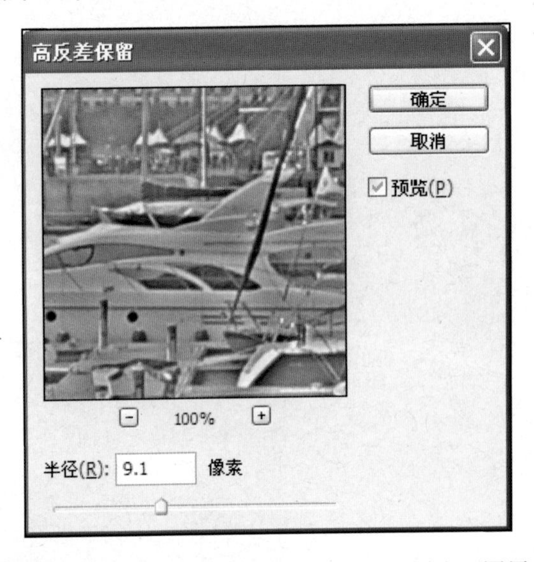

03 步骤 在“图层”面板中设置图层的混合模式为“叠加”，调整后图像效果如下图所示。

04 步骤 再为“图层1”创建两个副本，分别为“图层1副本”和“图层1副本2”，并将图层混合模式设置为“叠加”，加强高反差效果，如下图所示。

05 步骤 单击“调整”面板上的“创建新的曲线调整图层”按钮，新建一个“曲线”调整图层，适当地向下拖曳曲线形状，降低画面亮度，如下图所示。

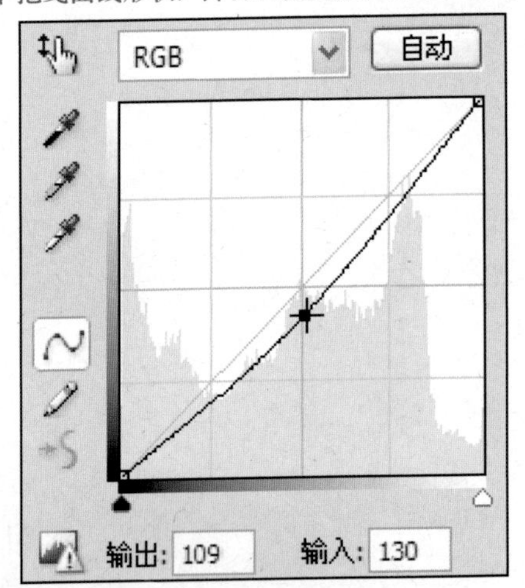

06 步骤 对曲线进行调整后的图像效果如下图所示，图像的亮度降低。

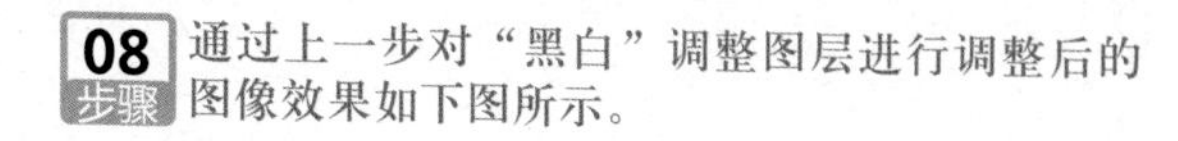

07 步骤 单击“调整”面板上的“创建新的黑白调整图层”按钮，创建一个“黑白”调整图层，设置选项值为206、214、91、-103、104、-35，如下图所示。

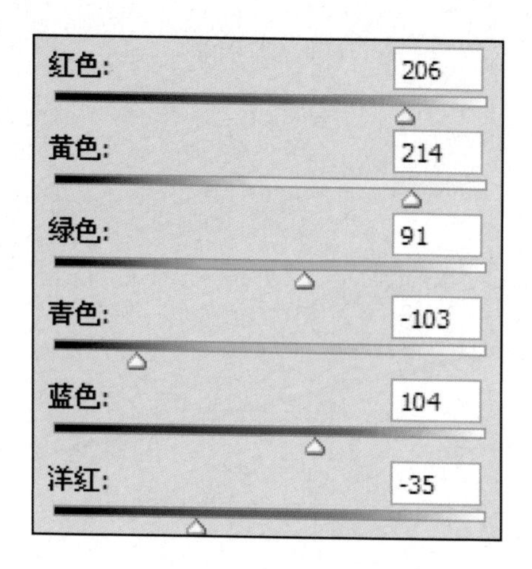

08 步骤 通过上一步对“黑白”调整图层进行调整后的图像效果如下图所示。

09 步骤 单击“图层”面板上的“添加图层蒙版”按钮，为“黑白1”图层创建蒙版，如下图所示。

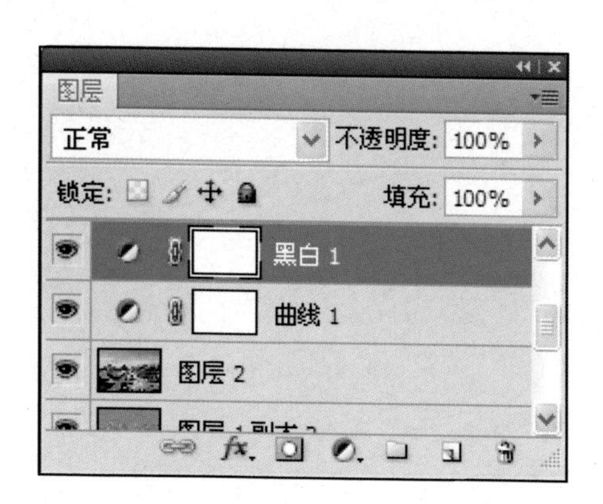

10 步骤 单击“渐变工具”按钮，在选项栏中单击渐变条打开“渐变编辑器”窗口，参数设置如下图所示，设置好后单击“确定”按钮。

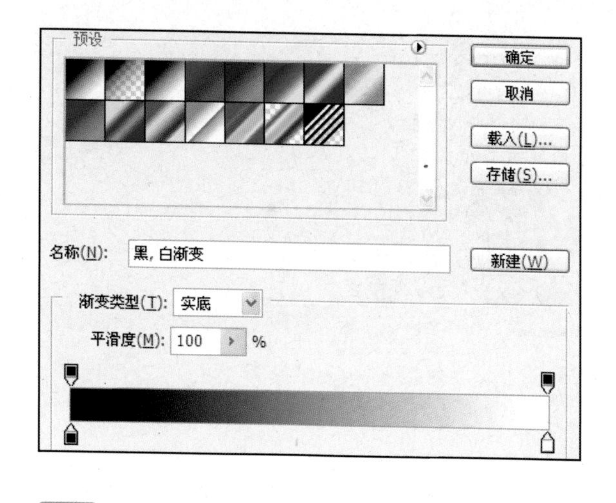

11 步骤 在图像上拖曳渐变，对蒙版进行渐变填充，再将图层的混合模式更改为“正片叠底”，图像效果如下图所示。

12 步骤 在“曲线”调整图层上创建“色阶”调整图层，参数值如下图所示。

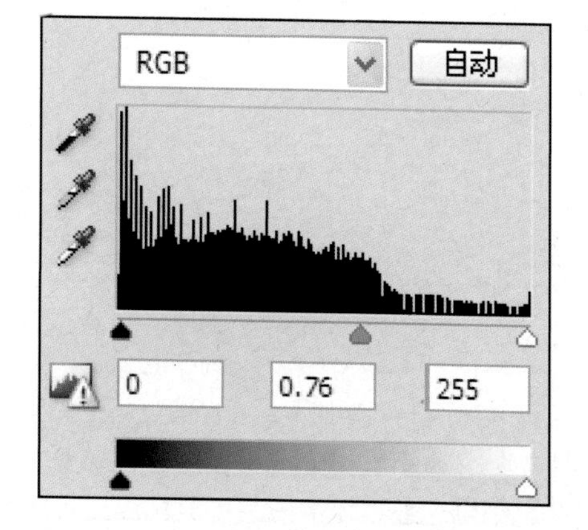

13 步骤 通过上一步对色阶进行调整后的图像效果如下图所示。

15 步骤 调整曲线后的图像效果如下图所示，图像的亮度增强。

17 步骤 按快捷键Ctrl+Shift+Alt+E盖印图层，执行“图像>应用图像”菜单命令，对其进行如下图所示的设置。

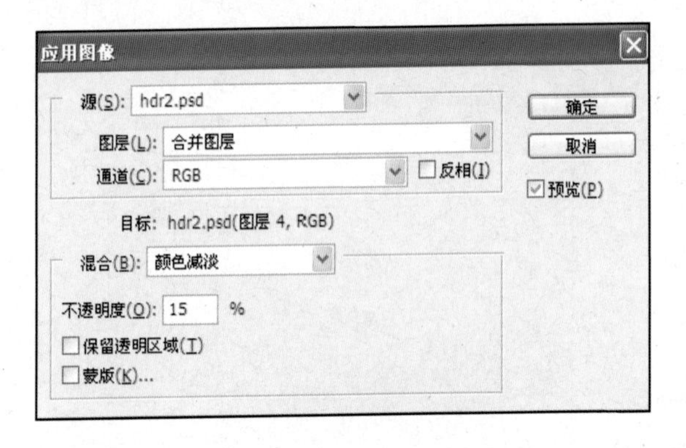

14 步骤 盖印可见图层，然后创建“曲线”调整图层，向上拖曳曲线，如下图所示。

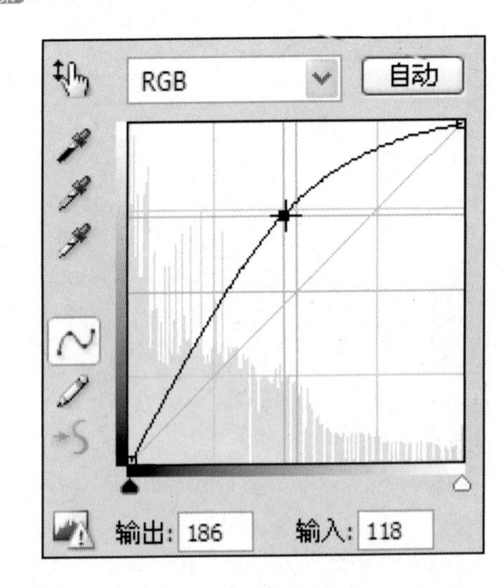

16 步骤 创建“色相/饱和度”调整图层，设置“饱和度”的值为**15**，效果如下图所示。

18 步骤 执行“应用图像”菜单命令后的图像效果如下图所示。

13.5.3 为照片添加艺术画框

为照片添加艺术边框后能为照片添加一种立体的效果，在Photoshop中能够轻松地为照片打造出各种艺术边框，在这个实例中将提供一种添加艺术边框的思路。首先创建出边框的形状，然后对所创建的边框进行各种编辑，最后添加图层样式即可完成边框的制作。

01 步骤 打开文件，按快捷键Ctrl+J将“背景”图层复制为“图层1”图层，如下图所示。

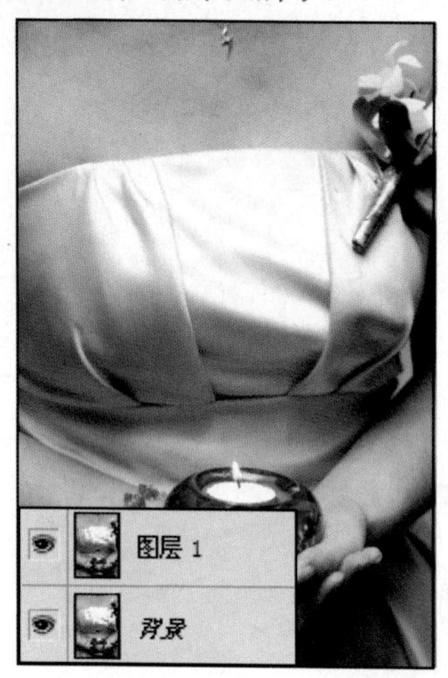

02 步骤 单击工具箱中的“矩形选框工具”按钮，在图像上创建一个矩形选区，如下图所示。

03 步骤 按快捷键Ctrl+Shift+I将选区反向，效果如下图所示。

04 步骤 单击“图层”面板底部的“创建新图层”按钮，创建一个新图层为“图层2”并填充为白色，效果如下图所示。

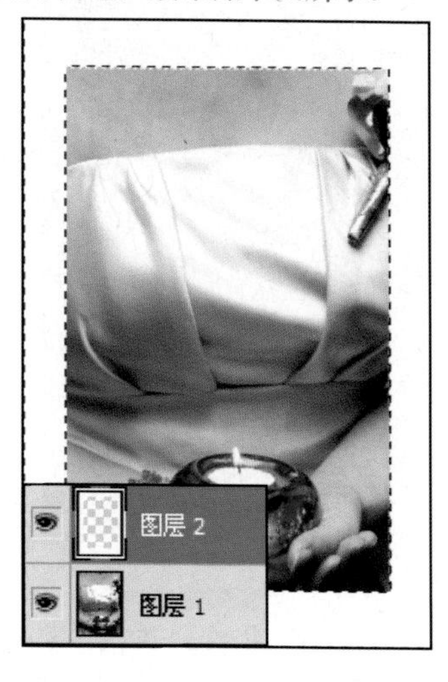

05 步骤 在“通道”面板中单击“创建新通道”按钮，新建一个Alpha1通道，如下图所示。

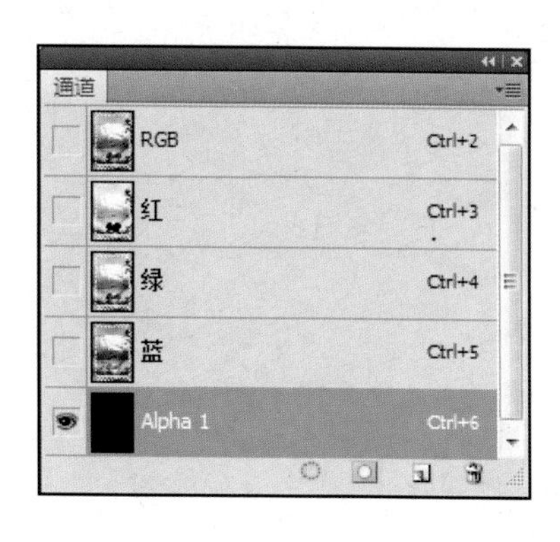

06 步骤 在工具箱中单击“渐变工具”按钮，再单击选项栏中的渐变条，打开“渐变编辑器”窗口，设置如下图所示的渐变。

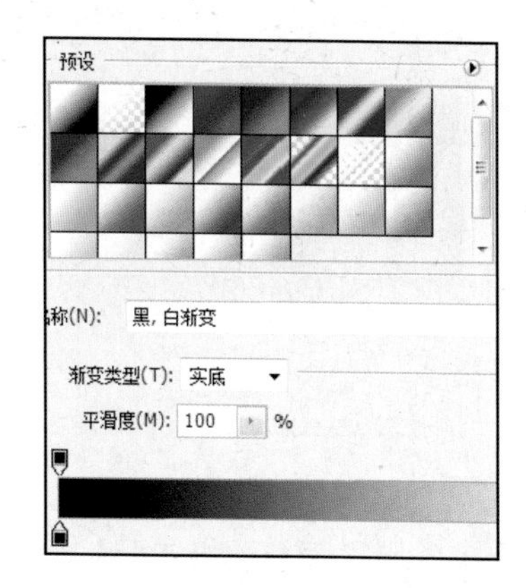

07 步骤 在图像上由左至右拖曳渐变，效果如下图所示。

08 步骤 执行“滤镜＞素描＞半调图案”菜单命令，在“半调图案”对话框中进行如下图所示的设置。

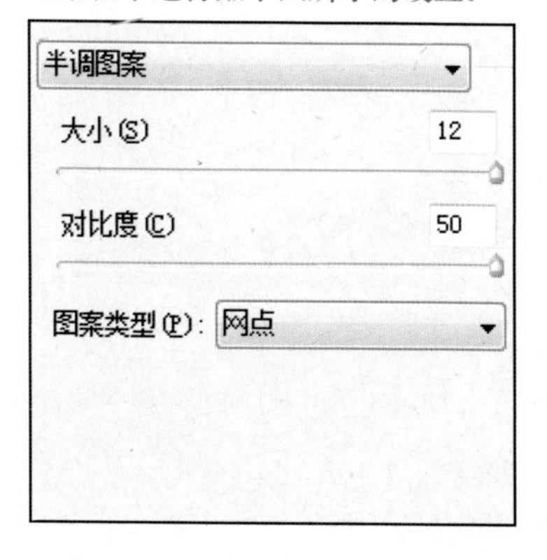

09 步骤 执行“半调图案”菜单命令后的图像效果如下图所示。

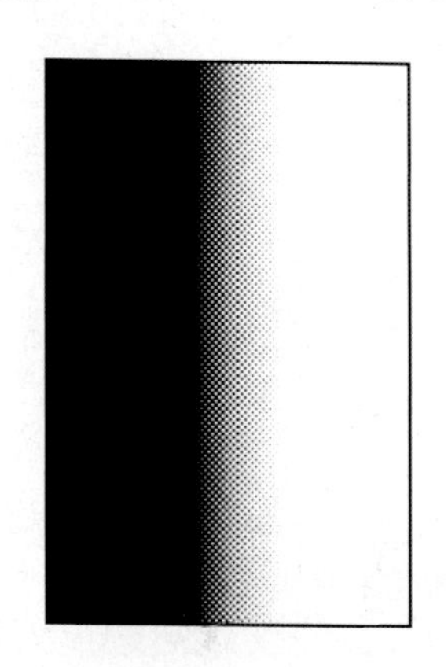

10 步骤 将Alpha1通道载入选区，选择“矩形选框工具”在“图层1”中拖曳选区到如下图所示的位置。

11 步骤 按Delete键将选区中的图像删除，再按快捷键Ctrl+D取消选区，效果如下图所示。

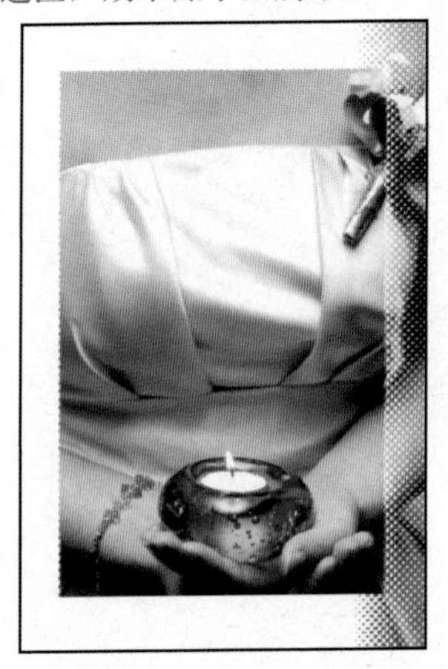

12 步骤 用同样的方法将图像中的其余三个边框也删除，效果如下图所示。

13 步骤 打开“图层样式”对话框，设置“投影”值如下图所示，再设置颜色值为R:133、G:93、B:6，并勾选“颜色叠加”复选框，图像效果如下图所示。

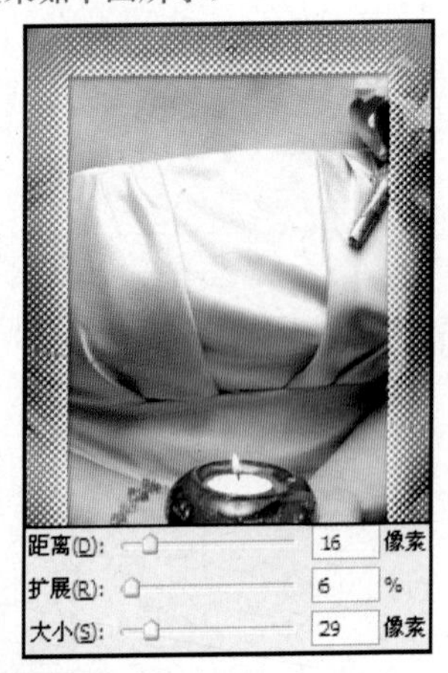

14 步骤 继续在“图层样式”对话框中单击“光泽”选项，对其参数值进行设置，并设置光泽的颜色值为R:253、G:231、B:180，如下图所示。

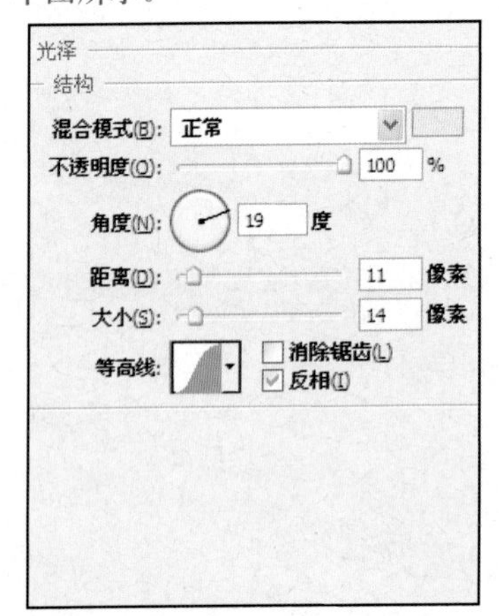

15 步骤 通过上一步的操作，对图像添加光泽图层样式后的图像效果如下图所示。

16 步骤 打开花朵素材文件，选择“移动工具”将花朵拖曳到制作边框所在的文件窗口中，并按快捷键Ctrl+T自由变换将花朵调整到合适的大小并放好，如下图所示。

17 步骤 打开“图层样式”对话框，对“投影”选项的参数进行如下图所示的设置，投影的颜色值为R:166、G:95、B:2，图像效果如下图所示。

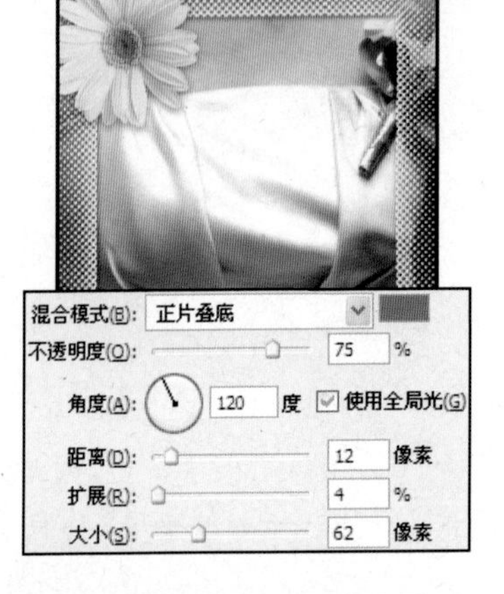

18 步骤 单击“横排文字工具”按钮T，选择合适的字体样式、颜色和大小后在图像合适的位置单击并创建文本，为图像添加文本后的图像效果如下图所示。

13.6 疑难解答

Q 只能通过“锐化”滤镜将模糊的照片调整清晰吗？

A 通过“锐化”滤镜将照片调整清晰只是其中一种方法，还可以通过“高反差保留”将模糊的照片变得清晰。下左图为原图，复制“背景”图层，生成“图层1”图层，再对“图层1”图层执行“滤镜>其他>高反差保留”菜单命令，将对话框中的“半径”设置为2像素，应用滤镜后将图层混合模式设置为“叠加”，效果如下右图所示，照片也同样变得清晰了。

Q 在将彩色照片转化为黑白照片时，为什么不直接使用“去色”菜单命令而要用“通道混合器”来调整呢？

A 运用“通道混合器”处理灰度图片比直接执行“去色”菜单命令所得到的图像效果要好很多。如下左图所示为执行“去色”菜单命令后的图像效果，去色后图像中的一些细节已经被省略，如下右图所示是运用“通道混合器”去色后的图像效果，图像中的细节完全被保留了下来。在调整“通道混合器”的参数值时，各通道颜色值都可以手动设置，用户可以根据自己的需要设置不同的参数值，得出更多更好的效果。

读者服务

亲爱的读者：

衷心感谢您购买和阅读了我们的图书。为了给您提供更好的服务，帮助我们改进和完善图书出版，请填写本读者意见调查表，十分感谢。

您可以通过以下方式之一反馈给我们。

① 邮　　寄：北京市朝阳区大屯路风林西奥中心B座20层　中国科学出版集团新世纪书局

办公室　　收　　（邮政编码：100061）

② 电子信箱：ncpress_market@vip.sina.com

我们将从中选出意见中肯的热心读者，赠与您另外一本相关图书。同时，我们将充分考虑您的建议，并尽可能给您满意的答复。谢谢！

读者资料

姓　名：　　性　别：☐男 ☐女　　年　龄：

职　业：　　文化程度：　　电　话：

通信地址：　　电子信箱：

意见调查

书名：《数码摄影完全实用手册》

◎ 您是如何得知本书的：　☐别人推荐　☐书店　☐出版社图书目录　☐杂志、报纸等的介绍（请指明）　☐其他（请指明）

◎ 影响您购买本书的因素重要性（请排序）：　(1) 封面封底　(2) 版式装帧　(3) 价格　(4) 前言及目录　(5) 出版社声誉　(6) 作者声誉　(7) 内容的权威性　(8) 内容针对性　(9) 实用性　(10) 书评广告　(11) 讲解的可操作性

对本书的总体评价

◎ 在您选购本书的时候哪一点打动了您，使您购买了这本书而非同类其他书？

◎ 阅读本书之后，您对本书的总体满意度：　☐5分　☐4分　☐3分　☐2分　☐1分

◎ 本书令您最满意和最不满意的地方是：

关于本书的装帧形式

◎ 您对本书的封面设计及装帧设计的满意度：　☐5分　☐4分　☐3分　☐2分　☐1分

◎ 您对本书正文版式的满意度：　☐5分　☐4分　☐3分　☐2分　☐1分

◎ 您对本书的印刷工艺及装订质量的满意度：　☐5分　☐4分　☐3分　☐2分　☐1分

◎ 您的建议：

关于本书的内容方面

◎ 您对本书整体结构的满意度：　☐5分　☐4分　☐3分　☐2分　☐1分

◎ 您对本书的实例制作的技术水平或艺术水平的满意度：　☐5分　☐4分　☐3分　☐2分　☐1分

◎ 您对本书的文字水平和讲解方式的满意度：　☐5分　☐4分　☐3分　☐2分　☐1分

◎ 您的建议：

读者的阅读习惯调查

◎ 您喜欢阅读的图书类型：　☐实例类　☐入门类　☐提高类　☐技巧类　☐手册类

◎ 您现在最想买而买不到的是什么书？

特别说明

如果您是学校或者培训班教师，选用了本书作为教材，请在这里注明您对本书作为教材的评价，我们会尽力为您提供更多方便教学的材料，谢谢！